光文社文庫

文庫書下ろし

二十年かけて君と出会った

CF ギャング・シリーズ

喜多嶋　隆

光　文　社

この作品は光文社文庫のために書下ろされました。

『二十年かけて君と出会った』目次

1 再会は雪の中 7
2 ふり返れば、青い矢車草 18
3 三四郎池を風が渡る 30
4 大切なことは、学校では教えない 41
5 盗撮は良くないよ 52
6 彼女のターニング・ポイント 61
7 渋谷戦争 71
8 ジェームス・ディーンに似ている 81
9 浅野青果店の危機 92
10 秋の雪が、君に降り注いでいた 102
11 切り口を探して 112
12 オニオンが泣かせた 121
13 ブドウ畑で追いかけて 132
14 カメラマンは、一瞬を見逃さなかった 141

15 世界で一番贅沢《ぜいたく》なチラシ 153
16 男がカムバックするとき 162
17 過ぎ去った日々ではなく 172
18 迷走して六本木 182
19 ハムレットは早起き 193
20 あえて難しい道を選ぶ男 202
21 きれいなバラは棘《とげ》だらけ 211
22 キャッチフレーズは命がけ 219
23 君の中に住んでいる少女 231
24 顔面スムージー 241
25 三点豪華主義 250
26 向かい風の中を走っている 260

27 その一行は、取り扱い注意 271
28 急展開、そしてエビ料理 280
29 君はもう揺れないだろう 291
30 決戦の夏がくる 299
31 曇り待ち 307
32 そのうち、一杯飲まないか 316
33 彼女は、ココナツの香り 325
34 やらせとけよ 336
35 君の声が欲しい 346
36 画像爆弾 357
37 女だって、腹をくくるときがある 367
38 二十年かけて告白した 376
あとがき 384

1　再会は雪の中

1

「雨がやみましたかね……」

巖《がん》さんが、カウンターの中でつぶやいた。グラスを磨いていたその手を止め、つぶやいた。

鎌倉。由比ヶ浜通りにある流葉《ながれば》亭。夕方の五時過ぎだ。

「いや、雨がやんだんじゃなくて雪に変わったようだ」

爽太郎《そうたろう》は、カウンター席のスツールに腰かけて言った。読んでいる文庫本のページから顔を上げずに静かな口調で言った。

爽太郎は、CFディレクターという仕事柄、五感が研《と》ぎすまされていた。特に音については鋭敏だった。店の窓ガラスを叩いていた雨音は確かに静まっていた。けれど、その雨音が、さらさらとした小さな音に変わっているのに気づいていた。

巖さんが、カウンターの中から出てきた。

窓ぎわに行き、閉じていたカーテンを開いた。雪の白いかけらが窓ガラスに当たっているのが、夕方のほの暗さの中でも見えた。

爽太郎も本のページから顔を上げた。窓ガラスに当たっている雪を見た。

「これじゃ、お客はきませんかね」と巖さん。爽太郎は軽くうなずいた。

「今日は、もう店じまいにするか」と言った。読んでいたヘミングウェイ短編集のページを閉じた。

そのときだった。店の出入口が、ゆっくりと開いた。巖さんと爽太郎はそっちを見た。若い女性客が一人で入ってきた。

巖さんが、「いらっしゃい」と言った。彼女が脱いだダウンコートをうけとり、店の隅にあるコートハンガーに掛けた。

彼女は、小声で「ありがとう」と言った。

巖さんが、落ち着いて食事ができる壁ぎわのテーブルに彼女を案内した。そして、メニューをテーブルに置いた。彼女は、メニューを眺めはじめた。

初めてきた客だった。爽太郎は、何気なく彼女を見た。年齢《とし》は三十代の前半というところか……。白いシャツブラウスの上にココアのような色のセーターを着ている。小さなポーチを持っていた。

黒くストレートな髪は、まん中で分けている。メイクは薄め。端正な顔立ちをしていた。結婚している雰囲気は感じられなかった。少なくとも、爽太郎には……。

やがて、彼女は巖さんにオーダーをした。メンチカツとライス。そして、グラスワインの赤。爽太郎は、彼女をちらりと見た。巖さんの作るものはすべて美味《うま》い。その中でもメンチカツは特上の味だ。

彼女は初めての客なのだから、そのオーダーは偶然だと思えたが……。巖さんと彼女のやりとりをきいていた爽太郎は、さらに彼女の横顔を見た。彼女の声に、きき覚えがあるような気がしたからだ。

けれど、声にきき覚えがあるように感じたのは、たぶん錯覚だろう。爽太郎は、また文庫本のページを開いた。

やがて、メンチカツを揚げるいい匂いが店に漂いはじめた。巖さんが、彼女の前にメンチカツと刻みキャベツののった皿を置いた。そして、ライス。赤ワイン。彼女は、ゆったりとした動作で、ナイフとフォークを使いはじめた。

2

彼らが店にやってきたのは、約三〇分後だった。食事を終えた彼女に、巖さんがコーヒーを出そうとしているときだった。

店の出入口が、勢いよく開いた。二人の男が入ってきた。二人とも、一見して四十歳ぐらいに見えた。紺のコートを着ている。襟《えり》もとには渋い色のネクタイが見えた。店に入ってくるなり、肩に積もっている雪を払い落とした。店の床に、雪が飛び散った。

むっとした爽太郎は、カウンター席から立ち上がる。四、五歩いき、彼らと向かい合った。

男の一人は、痩《や》せ型。四角い顔で、髪を二八分けにしている。かなり髪が淋しくなっているのがわかる。頭頂部に不足している髪を、わきから調達してきている。

もう一人は、顔も体も太目だった。髪はオールバックにしている。顔の色つやがいい。好物は焼肉だと想像できる。

向かい合った爽太郎に、二八分けが口を開いた。

「あんたが、この店の主人か？」とやや横柄《おうへい》な口調で言った。

爽太郎はそれには答えず、「人にものを訊《き》くときは、まず自分が名のるのが筋だろう？

幼稚園で習わなかったのか?」と言った。

二八分けは、ひどく不愉快そうな表情をした。それでも、コートの内側から、一枚の名刺をとり出した。爽太郎にさし出した。爽太郎は、それをちらりと見た。

〈鎌倉青年会議所　小嶋安明《こじまやすあき》〉とあった。爽太郎は、それを見てかすかに苦笑した。

「何がおかしいんだ」と二八分け。

「あんたたちがなんの団体の人間か知らんが、青年と名のるには、ちと無理があるんじゃないか?〈おじさん会議所〉にでもした方が似合うぜ」

爽太郎が言った。二八分けのとなりにいたデブが、顔を少し紅潮させた。

「青年会議所も知らないのか」と言った。爽太郎は、あい変わらず苦笑。

「さあ、知らんな。なんの会議をやる団体なんだ?」と言った。デブの顔がさらに紅潮する。

「あんた、われわれを馬鹿にして、鎌倉で商売がやりづらくなってもいいのか?」と言った。

「ほう、たいそうな脅《おど》し文句だな。あんたら、暴力団だったのか」と爽太郎。巖さんにふり向く。「どうやら、暴力団員が平和な市民を脅そうとしてるらしい。警察に電話してくれ」

と言った。巌さんも、わかっていて調子を合わせる。「わかりやした」と言う。カウンターの端にある電話に手をのばそうとした。

「ま、待て。われわれは暴力団員なんかじゃない」と二八分け。あせった声を出した。爽太郎は、また苦笑い。

「確かに、それほどの迫力はないな。それなら、いつまでもそこに突っ立って営業妨害してないで用件を言えよ」

二八分けが、うなずく。

「この店は、貸し切りの営業をしてないのか、それをききにきたんだ」

「貸し切り？」

「ああ、夕方から貸し切って、ちょっとしたパーティーをやるのは可能なのか？」

と二八分け。一秒とおかず、

「残念ながら、うちは個人客相手なんで、そういうリクエストにはこたえられないな」と爽太郎。二八分けとデブは、顔を見合わせる。

「わかったら、とっとと帰りな。もたもたしてると塩をまくぞ」

爽太郎は言った。二人は、むっとした表情のまま店を出ていった。勢いよく出入口を閉めたのが、せめてもの抵抗だった。

3

「あい変わらずね、爽《そう》ちゃん」

という声がした。爽太郎はふり向いた。テーブル席にいた女性客が、微笑している。

「態度の大きい相手や威張《いば》ってる相手とは必ず喧嘩《けんか》になる、あの頃と、まるで変わってないのね」と言った。

爽太郎は、あらためて彼女を見た。その言葉からすると、昔からの知り合い……。やはり、その声にも、聞き覚えがあるような気がした。けれど、穏やかに微笑んでいる顔には記憶がない……。

そのとき、食後のコーヒーを彼女のテーブルに置いた巖さんが、

「お嬢さん、もしかして浅野《あさの》さんじゃないですか？　本郷《ほんごう》の浅野青果店の娘さん……」と言った。

彼女は微笑したまま、小さく、けれどはっきりとうなずいた。まん中で分けているストレートヘアーが、さらりと横顔にかかった。その瞬間、爽太郎の脳裏に、過ぎた日の映像がフラッシュバックしはじめた。正確に言うと、過ぎた十代の映像が……。

爽太郎は、あらためて彼女の顔を見た。〈まさか〉という思いと驚きが、頭の中で交錯《こうさく》

していた。けれど、いつも相手をまっすぐに見る黒目がちの瞳と、知性を感じさせる表情が、十代の記憶をよみがえらせていく……。

そうか……。爽太郎は、胸の中でつぶやいていた。かなりの部分を思い出しはじめていた。

「……菜摘《なつみ》……浅野菜摘……」と、つぶやいた。彼女は、初夏の陽射しのような微笑を浮かべたまま、ゆっくりとうなずいた。

「ちゃんとフルネームを覚えていてくれたのね」と言った。

「忘れるわけないさ。君にはずいぶん世話になったし……」

「それは、お互いさまかも」

「……しかし、正直言って、なかなか気づかなかったよ。君が、あの菜摘とは」

「初めて中学で同じクラスになってから、もう二十年もたってるのよ。でも、爽ちゃんは、まるで変わってないわ……。予想通りというか……」と菜摘。かすかに苦笑した。

「君は……」

「変わった？」と菜摘。爽太郎は、しばらく言葉を探していた。〈きれいになった〉などという平凡な歌詞のような言葉は使いたくなかった。しばらく考え、

「とにかく、大人っぽくなったよ」と言った。菜摘は微苦笑したまま、

「だって、そういう年なんだから」と答えた。

菜摘が三月生まれだったことを、爽太郎は思い出した。しかも、三月の末だった。五月生まれの爽太郎より一年近く年下になる。

「それにしても、かなり驚いたな……」と爽太郎。店の冷蔵庫からＢＵＤ《バドワイザー》を一瓶とり出す。ラッパ飲み。

「ここへ来たのは、偶然なのかな？　それとも？」と訊いた。

「偶然じゃないわ。流葉亭が鎌倉に移ったことはわかってたし、爽ちゃんがＣＦディレクターとして大活躍してることも知ってるわよ」と菜摘。今度は、爽太郎が苦笑した。

「大活躍は大げさだな。いまだって、こうしてぼさっとしてるさ」

「それは、仕事を選んでるんでしょう？　自分がやりたいと思う仕事がないのかもしれない。とにかく、爽ちゃんが広告界の一線で活躍してることは、雑誌なんかで見てるわ」

「雑誌？」

爽太郎が訊いた。菜摘は、広告の専門誌の名前をあげた。一般の人間が読む雑誌ではない。ほう……。爽太郎は心の中でつぶやいていた。

「ということは、君も広告業界で仕事を？」爽太郎が訊くと、菜摘は小さくうなずいた。

「まあ……」と言った。

「じゃ、ここへ来たのは、なんか仕事がらみの件で？」

「それはそうなんだけど、今夜来たのは、とりあえず爽ちゃんと巖さんの顔を見るためよ」

「こんなつまらない顔でよければ、いくらでも」爽太郎が言うと、菜摘は声を上げて笑った。

「本当に爽ちゃん変わってないわね。中高生の頃のまま」と菜摘。今度は、爽太郎が笑った。「これでも少しは大人になったつもりなんだけどな」と言った。BUDを、ひと口。

「で、仕事がらみの件は？」

「きょうは、いいの。爽ちゃんの顔を見られただけで充分」と菜摘。「もしよかったら、四、五日のうちに連絡していいかしら」

「もちろん」と爽太郎。菜摘と、お互いの携帯電話の番号を教え合った。

一〇分後。呼んだタクシーで、彼女は帰っていった。爽太郎も、店の外まで見送った。すでに、二月が終わろうとしている。降っている雪も、やや湿りけのあるボタン雪だった。菜摘は、手を振りタクシーに乗り込んだ。遠ざかっていくタクシーのテールライトを爽太郎は見送った。

4

「しかし、意外というか……」と爽太郎。店に戻ると、つぶやいた。巖さんは、カウンターの中で洗い物をしている。

「意外ってのは、菜摘さんが、あんなきれいな大人の女性になったってことですか？」手を動かしながら、巖さんが言った。

「まあ……」と爽太郎。巖さんは洗い物をしながら微笑した。

「私は、それほど驚きませんでしたね。実は、若も、そうなんじゃないですか？」

「おれも？」爽太郎は訊き返した。巖さんは、うなずいた。「まあ、中高生の頃のことだから、半分は忘れてても当然ですけどね」と微笑したまま言った。

2　ふり返れば、青い矢車草

1

初めて爽太郎が菜摘と同級生になったのは、中学に入ったときだった。中一のクラスで、彼女と同級生になった。

その頃、洋食屋・流葉亭のオーナーは爽太郎の父だったが、実際に店をとりしきっていたのは巖さんだった。テキ屋の端くれだった巖さんを爽太郎の父が引き抜いてきたのだ。父に言わせると、屋台で巖さんが作っている焼ソバの味に感心したのだという。

爽太郎が物心ついた頃、すでに巖さんは腕利《き》きのコックだった。巖さんがそれほど腕を上げたのには、はっきりとした理由《わけ》がある。

流葉亭のある本郷は、昔から屋敷の多い町だ。何代にもわたって住んでいる人間が多い。

そのせいで、本当に味のわかる大人の客が少なくない。だから、きちんとしたものを出し続ける店しか、やっていけない。何十年も営業している老舗《しにせ》でさえ、味が落ちると客がはなれていくことがある。

その点、巖さんは研究熱心だった。いつも、メニューの質について考えているようだった。

あれは、爽太郎が小学六年の頃だった。巖さんが、野菜や果物を仕入れる青果店を変えた。それまで仕入れていた青果店に満足していなかったのだろう。そして、巖さんが新しく選んだのが、菜摘の家である浅野青果店だった。

「あの店で扱ってる野菜や果物はいいです」と巖さん。カウンターの上に、トマトやキュウリを置いて言ったものだった。

浅野青果店は、各地にある農家と契約していて、直接、野菜などを仕入れているという。

「そのあたりの市場に並んでるものとはかなり違いますね」と巖さん。

浅野青果店の主人が、野菜や果物にかけて、いわゆる目利《めき》きなのだと小学生だった爽太郎に説明したものだった。

2

そして、爽太郎が中学一年の五月だった。ある日の遅い午後、巖さんが爽太郎に声をかけた。

「若、ちょっと手伝ってもらえますか？」と言った。キュウリが足りなくなりそうなので、浅野青果店まで行ってくれないかという。巖さんは、シチューか何かの仕込みをしている最中だった。

爽太郎は、「いいよ」と気軽に答え、店を出た。浅野青果店に行くのは初めてだったけれど、場所はだいたいわかっていた。

イチョウ並木の本郷通りを四、五分歩き、わき道に入る。緑の多い屋敷町を一、二分いくと店があった。

一見、ごく普通の青果店だった。が、店頭の片隅に切り花があった。小さな束になったシンプルな切り花が何束か、水を張ったプラスチックのバケツに入っていた。

その日は、五月なので矢車草《やぐるまそう》の花がバケツに入っていた。〈一束一五〇円〉と小さな紙に書かれていた。その矢車草の青を、なぜか爽太郎はよく覚えている。

爽太郎は、店の中をのぞいた。奥で、一人の少女が古ぼけた椅子に腰かけ何か本を読んでいた。どうやら店番をしているらしい。爽太郎が入っていくと本のページから顔を上げた。

お互いの顔を見た爽太郎と彼女は、同時に小さく「あ……」と声を出していた。つい一ヵ月前、同じクラスになった相手だからだ。学校で口をきいたことはないけれど、顔はわかった。彼女、菜摘は読んでいた文庫本を閉じた。

「ここが、君の家……」訊くともなく、爽太郎は口を開いた。彼女の苗字《みょうじ》が浅野であることも思い出していた。彼女は淡い笑顔を見せてうなずいた。ブルーのTシャツを着て、少し色落ちしたジーンズをはいていた。

後からわかったことだけれど、通学区域の関係で、爽太郎と菜摘は別々の小学校に通っていたのだ。

「あの……電話きてるかな、キュウリの件で」と爽太郎。菜摘は、うなずく。

「流葉亭さんね。一〇分ぐらい前に、いつものコックさんから電話がきたわ」と彼女。立ち上がる。ビニール袋を手にとる。店先に行き、キュウリを七、八本、ビニール袋に入れた。

そのキュウリは、スーパーで売ってる物などに比べると、いろいろな曲がり方をしている。それは、中学一年だった爽太郎にもわかった。農家から直接仕入れているからだろうと思えた。

菜摘はビニール袋に入ったキュウリをさし出し、爽太郎がうけとった。うなずき「ありがとう」と言った。支払いはその場ではなく、月に一回まとめて精算していることは巖さんからきいていた。

爽太郎が帰ろうとしたときだった。彼女が、矢車草を一束、バケツから出し爽太郎にさし出した。「サービスよ、お店にでも飾って」と言った。爽太郎はうなずき、それをうけとった。そして、

「おれがあの店の息子だって、同じクラスになったときに気づいてたのか?」と訊いた。

彼女はあい変わらず静かな笑《え》みを見せたまま、「すぐにわかったわ。だって、流葉なんて苗字の家、めったにないもの」と言った。「それもそうか……」と爽太郎。軽く苦笑した。彼女に手を振り歩きはじめた。

3

爽太郎は、店に向かってゆっくりと歩いていた。少しうつむいて、ゆっくりと歩く……。珍しく、アスファルトの地面を見つめながら歩いていた。

いま短いやりとりをした菜摘のことを考えていた。

正確に言うと、何か、心に引っかかるものを感じていた。彼女のどこが心に引っかかるのか、わからなかった。けれど、普通に少年が少女を見て〈可愛い〉と感じるような単純なものではないような気がしていた。そんなことを考えているうちに流葉亭に着いた。

　爽太郎が持ってきた矢車草を見ると、

「いいですねえ」と巖さんが言った。「こういう素朴な花はいいです。うちの店に似合いますよ」とも言った。さっそく花瓶に矢車草を活《い》けてテーブルに置いた。

　その花を見つめながら、爽太郎は、また菜摘のことを思い返していた。通りの明るさとは対照的に、ほの暗い店の奥。本のページに視線を落としていた彼女の横顔。ストレートな黒い髪。端正な横顔。そして、相手をまっすぐに見る黒目がちな瞳……。

けれど、菜摘はクラスの中で目立つ娘《こ》ではなかった。逆に、地味な存在といえた。いつも物静かだ。昼休みなども、机についたまま本を読んでいることが多い。

　授業が終わっても、クラスメイトと遊んだりしない。すぐに下校していく。それが店番のためだと、後で知ったのだけれど……。

　中には、菜摘のことを〈暗い〉と言う同級生もいた。けれど、爽太郎は、そうは感じなかった。中学一年ぐらいで、明るいと言われる同級生は、言ってみれば、単におしゃべりだったり、騒ぐのが好きな生徒の場合が多い。

〈それは、明るいんじゃなくて、ただガキっぽいだけじゃないのか？〉と爽太郎は心の中でつぶやいていた。家が客商売をやっているせいか、その年齢《とし》にしては子供っぽくないクールな面を持った少年だったかもしれない。

4

それからも、週に一回ぐらい、爽太郎は巖さんに頼まれて菜摘の店に行くようになった。行けば、必ず菜摘が店番をしていた。そして、客を相手にしているとき以外は、店の奥で本を読んでいた。しだいに親しく口をきくようになったある日、爽太郎は彼女に訊いた。

「なんの本を読んでるんだい」

すると彼女は、文庫本の表紙を見せた。『赤毛のアン』だった。爽太郎もタイトルだけは知っていた。菜摘は、淡々とした口調で、たいていの本は図書館で借りてくると言った。

その後も、彼女の店に行くと、読んでいる本をのぞいてみた。彼女がページをめくっている本は、さまざまだった。本郷にゆかりのある夏目漱石《なつめそうせき》や樋口一葉《ひぐちいちよう》だったり、シャーロック・ホームズ物だったり、中学生には難しそうなフランソワーズ・サガンの恋愛小説だったり……。

「本当に読書が好きなんだな」と爽太郎が言うと、菜摘は微笑したままうなずいた。よけいなことは言わない少女だった。同時にその微笑みには、中学生らしいはにかみも感じられた。

5

「しかし、あのときは驚いたな……」と爽太郎は巖さんに言った。再会した菜摘がタクシーで帰っていった一時間後だった。

それは、中学に入って最初の中間テストのときだった。テストの採点が終わり、各学年の上位三〇人は、名前が貼り出される。皆が注目して、その発表を見た。

一年生の第三位に、菜摘の名前があった。爽太郎たちのクラスではトップの成績だった。それを見た爽太郎や同級生たちはみな驚いた。が、本人はごく平静な顔をしている。

その日から、クラスの中で菜摘の立ち場が少し変わった。〈地味で暗い子〉から〈口数は少ないけれど勉強のできる子〉に単純に変わった。もちろん〈ガリ勉娘〉と陰口を叩く生徒もいた。

けれど、本人はまるで気にしていないようで、それまでと変わらなかった。彼女は確かに目立たない少女だったが、〈ガリ勉〉というイメージではないと自分でわかっていたのかもしれない。

6

その発表があった三日後。爽太郎は、野菜の仕込みで菜摘の店に行った。菜摘は、あいかわらず文庫本を読んでいた。爽太郎はストレートに、

「なんであんなにいい成績なんだ」と訊いた。彼女は微笑したまま、「なんでって、理由はないわよ。普通にノートとってただけよ」と答えた。そして、

「流葉君は、成績どうだったの？」と訊いた。爽太郎は苦笑して、「ひどいものさ」とありのままに言った。少し考える……。

「なあ、二つ、きいてくれないか」と爽太郎。「二つ？」と菜摘。

「ああ。その一、〈流葉君〉っていうの、やめないか？　これだけしょっちゅう顔を合わせてるわけだから」

「じゃ、なんて呼べばいいの？」

「爽《そう》ちゃん、でいいよ。小学生のときから仲間からそう呼ばれてるし」

「わかったわ。で、その二は？」と菜摘。

「よかったらだけど、君のノートを貸してくれないか？」爽太郎は、ずばりと言った。彼女は間をおかず、「いいわよ」とあっさりと言った。

そして、文庫本を置き奥に入っていった。三、四分で戻ってきた。二冊のノートを手にしていた。「とりあえず、英語と国語」と言い、爽太郎にさし出した。爽太郎は礼を言い、それをうけとった。

7

家に戻り、爽太郎は菜摘のノートを開いて少し驚いた。

びっしり書き込まれていると思っていた。が、そんな予想は、はずれた。早い話、要点だけが書かれていた。さらに文字の下にピンクのマーカーが引かれているのは、〈ここが重要〉という箇所なのだろう。

それを見ただけで、菜摘の頭の良さがわかった。その大切な部分を中心に爽太郎は自分のノートに書き写した。

翌日の夕方、ノートを返しにいった。菜摘は女性客の相手をしていた。その客は、キャベツ、ニンジンなどを買っていった。「ありがとうございます」と菜摘が明るい声で言った。

爽太郎は、彼女にノートを返した。「助かるよ。おれは勉強ができないからな」と苦笑いして言った。すると、菜摘は、しばらく何か考えている。やがて、

「流葉君、じゃなかった……爽ちゃんは、勉強ができないんじゃなくて、学校で教えてるような事に興味がないんじゃない？」と言った。

興味がない……爽太郎は心の中でつぶやいていた。

「だって、爽ちゃん、授業中、しょっちゅう窓の外を眺めてるでしょう」と彼女が言った。

爽太郎の席は、窓ぎわだった。そして、授業中、頬杖をついて窓の外を眺めているのも事実だった。

そんな爽太郎の様子を、菜摘がちゃんと見ていたことが、かなり意外だった。爽太郎は照れながらも、

「確かに、授業の中身に興味が持ててないのは本当だな」とつぶやいた。菜摘は、そんな爽太郎の表情をじっと見ている。

「なんか、爽ちゃん、中学校の授業でやってることなんかより、もっと遠くにある何かを見てる気がするんだけど……」菜摘が言った。

ＣＦディレクターとして飛び回るようになったいまなら、彼女が中学生なりに予見したことも、うなずける。けれど、その頃は、意味がよくわからなかった。

「まあ、ぼさっと空を見てるわけだよ」爽太郎は照れかくしの笑顔を見せた。

8

「あの頃から、若は菜摘さんと親しくなりましたよね」と巖さん。ストレートグラスにI・W・ハーパーを注ぎながら言った。雪の降る夜が更けていく。店のオーディオからは、K《キース》・ジャレットの演奏が低く流れていた。爽太郎はライムのぶつ切りを入れたウォッカ・トニックを飲んでいた。

「確かに、しょっちゅう会うようになったな。その必要があったから」

3　三四郎池を風が渡る

1

爽太郎のグラスで、溶けかけた氷がチリンと小さな音をたてた。それをきっかけに、また再び、過ぎた日のページをめくりはじめた。

菜摘にノートを借りるのは、どうしても必要だった。それがなければ、勉強嫌いの爽太郎は落第するだろう。彼女にノートを借りる。それを返す。そのことだけで、爽太郎は週に二、三回、浅野青果店に行くようになっていた。

「若は、勉強なんかより、外で遊ぶのが好きでしたからね」と巖さん。I・W・ハーパーのグラスを片手にして言った。

確かに……と爽太郎は思い返していた。

子供の頃から、爽太郎は活発で、いわゆるガキ大将でもあった。近くの路地でサッカーのまねごとをやる。そばにある東大の構内を自転車で走り回る。よその家の塀《へい》によじ登り、なっている柿をもぎとる、などなど、何事も先頭に立ってやっていた。一人っ子らしくない子供だった。

当然のように、喧嘩《けんか》をすることも多かった。年上の相手とでも、かまわずやり合った。そのあげく、怪我《けが》をすることは、しょっちゅうだった。

といっても小学生の喧嘩なので、大怪我をすることはなかった。たいていはマキロンなどを塗るか、バンドエイドで手当てがすんだ。手当ては巖さんがやってくれた。爽太郎の父は、あえて知らん顔をしていた。

ただ、中学二年になったある日、まともな喧嘩をやった。正確に言うと、三年生から喧嘩を売られたのだ。相手は、その年なりに突《つ》っ張《ぱ》っている三、四人のグループだった。

そのリーダー格のやつは、体が大きかった。爽太郎も背は高い方だった。が、相手はさらに一〇センチぐらい背が高いだろう。柔道部の部員だったが、何か問題を起こして退部したらしかった。体全体が、太い。腕力も強いらしく、いつも三人ほどの生徒をしたがえていた。

塚田《つかだ》というその三年生から喧嘩を売られたのに、たいした理由はなかった。その中学校でも、なぜか爽太郎が目立つ存在だったからだろう。とりあえず目立つ生徒を痛めつけることで、自分達が悪《わる》だと自己主張してみせたい。そんなつまらない理由だろうと爽太郎にはわかっていた。

月曜の放課後だった。校舎の裏にある狭い空き地に呼び出された。

相手は塚田と、一緒につるんでいる男生徒三人だった。さらに、不良ぶった女生徒も二人いた。その一人は煙草を口にくわえていた。連中は、ニヤニヤしていた。塚田がどんな風に爽太郎を痛めつけるのか期待しているようだった。

塚田が、爽太郎と向かい合った。薄笑いを浮かべ爽太郎を少し見おろした。塚田は、髪を坊主刈りにしている。自分をワルに見せるためか、眉をほとんど剃《そ》り落としている。目つきは確かに凶暴そうだ。

そんな相手と向かい合ったら、たいていの中学生なら身がすくんでしまうだろう。けれど、爽太郎は一切動じなかった。平然と相手を見た。「おれになんの用だ」と言った。その瞬間、相手の目に、かすかな動揺が見えた。自分が相対しても恐怖を感じない相手がいる、そのことが初めてなのだろう。

やり合うことになりそうなら、一瞬でもひるんだら駄目だ。そのことを、爽太郎は半ば筋者《すじもの》だった巌さんに教わっていた。

だが、やつにしても、ここで止《や》めるわけにはいかない。手下が見ているのだ。

「女って、女にノートを借りてるんだってな」と言った。

「女って、C組の浅野のことか」と爽太郎。二年生になり、菜摘とは別のクラスになった。が、あい変わらず、ノートは借りていた。ときには学校の廊下でノートの受け渡しをすることもある。そんなところを見ていた生徒から噂が広まっても不思議ではない。

「ああ、C組の浅野からノートを借りてるぜ。お前も借りたいのか？」と爽太郎。「けど、浅野のノートを借りたところで、お前、どうにもならないよ」と塚田に言った。

「そりゃ、どういうことだ」と塚田。

「お前の頭の中には、脳ミソのかけらも入ってないってことさ」クールな声で爽太郎は言った。

「てめえ、言わせておけば」と塚田。目つきがとがった。一歩二歩、爽太郎につめ寄ってきた。

「そんなに痛い目にあいたいのか」と言った。左手で爽太郎の制服の襟《えり》をつかんだ。引き寄せようとした。やつが元柔道部なので、そうくるだろうと爽太郎は予測していた。

つぎの瞬間、爽太郎は頭突きをくらわせていた。相手の鼻めがけて、鋭い頭突きをくらわせていた。身長差から、爽太郎の頭突きは、塚田の顔面を直撃した。

何か、うめき声。塚田の手は爽太郎の襟もとから離れる。体が二、三歩よろける。校舎の壁に背中をぶつけた。すぐに鼻血が流れ出し制服を汚しはじめた。その体がふらついている。

「ヘディングが効いたようだな。なんせ、Jリーガー志望なもんでね」

爽太郎は言った。当時は、サッカーのJリーグがはじまり人気が出はじめた頃だった。

「この野郎……」と塚田。鼻血を流したまま爽太郎を睨《にら》みつけた。が、すでに平静を失なっている。何か叫びながら、爽太郎に向かい突進してきた。

爽太郎は、体を開いた。突っかかってくる相手の鳩尾《みぞおち》に左の拳《こぶし》を叩き込んだ。塚田の動きが止まった。続けざま、その横っ面に、右の拳を叩きつけた。

塚田の大きな体は、コンクリートの地面に転がった。うつ伏せに転がり、何かうめいている。

爽太郎は、日頃から巖さんに指南されている喧嘩の流儀を思い起こしていた。〈相手をやっつけるなら、とことんやらなきゃ駄目です。二度と向かってくる気にならないほどやっつけなきゃ駄目です〉という言葉を思い起こしていた。

爽太郎は軽くジャンプした。塚田の尻にとびおりた。意外にぶよぶよした尻を踏みつけた。塚田が、またうめいた。

やがて、コンクリートの床が濡れはじめた。塚田が小便をもらしはじめたらしい。まわりの連中は、かたまってしまっている。顔がこわばっている。

爽太郎は、煙草をくわえている女生徒に近づいていく。その口から煙草をもぎとり、地面に捨てた。

女生徒は口を半開きにしている。爽太郎は、自分の右手に血がついているのに気づいた。塚田の横っ面を殴ったとき、やつの鼻血がついたのだろう。

爽太郎は、口を半開きにしている女生徒がだらしなくしめている制服のネクタイを手にした。手についた血を、そのネクタイでゆっくりと拭いた。女生徒は、かたまったままでいる。

爽太郎は、身動きできないでいるまわりの連中を見回した。

「この薄汚いデブを、どっかに片づけろ、わかったな」と言った。うつ伏せで小便をもらしている塚田には目もくれず、ゆったりとした足どりで空き地から出ていった。

2

塚田は、医者で手当てをうけた。が、たいした怪我ではなかったようだ。致命的な怪我をしないように手加減した爽太郎にとっては当然だった。だが、塚田のメンツは間違いなく潰れた。そして、爽太郎は、一週間の停学処分になった。塚田は、学校にとっても問題の種だった。が、医者で手当てをするほどの喧嘩となると、相手の爽太郎を何かの処分にしないわけにいかなかったのだろう。

3

一週間の停学は、爽太郎にとって少し早い一週間の夏休みだった。

その二日目。午後。菜摘が流葉亭にやってきた。Tシャツ、ジーンズ姿だった。考えれば、浅野青果店は定休日だった。学校から帰った菜摘は、着替えてやってきたのだろう。

爽太郎は、仕掛けを作っていた。東大構内の三四郎池でザリガニを釣る仕掛けだ。菜摘がそれを見て不思議そうな顔をしている。爽太郎は、ザリガニ釣りのことを説明し、「一緒に行くか？」と訊いた。二、三秒考え、菜摘はうなずいた。

4

仕掛けを持った爽太郎と菜摘は、本郷通りを渡る。赤門から東大の構内に入っていく。広いキャンパスには、学生の姿がまばらだった。若葉が陽射しをうけて輝いていた。初夏の訪れを感じさせる柔らかい風が吹いている。そんなキャンパスを、二人はのんびりと歩きはじめた。

「学校で、すごい噂よ」

「もしかして、おれが塚田の馬鹿野郎に灸《きゅう》をすえたことか？」爽太郎が言うと、彼女はうなずいた。

「で、おれは悪者になってるのか？」

「うーん……あの人は皆に嫌われてたから、よくやったと思ってる生徒が多いみたい」

と菜摘。爽太郎はうなずき、「まあ、いいか」と言った。木もれ陽の中を、三四郎池の方に向かう。

5

「なかなか釣れないな……」爽太郎は、つぶやいた。

三四郎池で、ザリガニ釣りをはじめて一〇分ほど過ぎた頃だった。釣り竿は、あたりでひろってきた小枝。その先に、持ってきた細い釣り糸を結びつけてある。釣り糸の先には、スルメの細切りをくくりつけた。

そのスルメを、水の中に入れてある。深さ五〇センチあるかないかの深さに沈めてある。が、何もかかる気配はない。

それでも、気持ちは良かった。遅い午後の陽が、池の水面に揺れている。ときどき、肌ざわりの柔らかい微風が吹く。すると、なめらかな池の水面が、細かいシワのようになる。微風はまた過ぎ去り、水面はなめらかなゼリーのように静まる。その水面には、樹々の葉影が映っている。

爽太郎と菜摘は、何気ない話をはじめていた。

菜摘には、四歳年下の弟がいる。まだ小学生のその子は、爽太郎も二、三回見かけたことがある。その弟が六歳、菜摘が十歳のとき、母親は家を出ていったという。

「よそに好きな男の人ができて、まあ駆け落ちしちゃったの」菜摘はさらりと言った。爽太郎は、胸の中で〈へえ……〉とつぶやいていた。菜摘に母親がいないことは気づいていた。が、そんな事情があったとは、かなり意外だった。

「……駆け落ちか……」と爽太郎。水面を見つめてつぶやいた。

「うちの父さんは、トマトやリンゴには目利《き》きだったけど、女の人を見分けるのは下手《へた》だったのかもしれないわ」菜摘はほんの少し苦笑して言った。

三年前に母親が駆け落ち……。それは、中学二年の少女にとって、かなりショックなことだろう。

けれど、学校ではいつも物静かで、家に帰ればしっかりと店番をしている彼女の存在が、心のページに、確かなものとして描かれるのを爽太郎は感じていた。

爽太郎と並んで池の水面を見つめている。その静かな横顔は、世間で言う美少女という形容は当たらないかもしれないが、端正そのものだった。

爽太郎が菜摘の横顔から視線を移したとき、小枝の先が動いた。何か、もぞもぞという感じで枝先が動いた。「おっ」と爽太郎。ゆっくりと、小枝を持ち上げていく……。

ごく小さなザリガニが、スルメをハサミでつかんで上がってきた。

「釣れたわ！」と菜摘。このときばかりは、少女らしいはしゃいだ声を出した。

「まあ、ちっちゃいけどいいか」爽太郎は言った。そのザリガニを指先でつまんだ。近くの水面に、ポンと帰した。ザリガニが消えていった水面に、波紋が拡がっていった。

6

「あ、そろそろ帰らなくちゃ」と菜摘。「晩ご飯のしたくがあるから」と言った。爽太郎が釣り道具を片づけているときだった。弟の直樹《なおき》の夕食をつくらなければいけないという。

「たまには、うちに食いにこいよ」爽太郎は言った。「巖さんも、そう言ってた」

それは、本当だった。菜摘の青果店で仕入れる物は、問題なく質がいい。けれど、けして高くないという。「毎月かなりの量を買うんで、おまけしてくれてるんじゃないですか」

と巌さんは言っていた。そして、

「たまには、あのお嬢さんや弟さんにもご馳走《ちそう》したいもんですねえ」とも言っていた。そのことを言うと、菜摘は、「でも……」とつぶやいた。

「おれの、ノートの借り代もあるし、まあ遠慮するな」爽太郎は、そう言いながら菜摘の肩を叩いた。

7

その一五分後。爽太郎は流葉亭に戻っていた。菜摘は、一時間後に弟の直樹を連れて店にくるという。爽太郎は、それを巌さんに伝えた。

「そりゃいいですね」と巌さん。カウンターの中で仕込みをしながら言った。爽太郎は、うなずく。

「ところでさ、菜摘の店って、なんでいつもあの娘《こ》が店番してるんだ？　親父さんがいるのに」と訊いた。

「ああ、浅野さんですか……」と巌さん。包丁を動かしていた手を、ふと止めた。

4　大切なことは、学校では教えない

1

「菜摘の母親が駆け落ちしたってのは、さっき本人からきいたよ」と爽太郎。「そのことと何か関係があるのかな」と訊いた。巖さんは、

「あっしも、そう詳しくは知らないんですが、菜摘さんの親父さん、つまり浅野さん、毎日、呑み屋に通ってるみたいですよ」

「呑み屋？」

「ええ、東大農学部の向かいにある〈きび屋〉です」と巖さん。爽太郎は、「ああ、あそこか」と言いうなずいた。

本郷には、昔ながらの屋敷や和風の家が多い。そのせいで、大工、瓦《かわら》職人、畳《たたみ》職人、

経師屋《きょうじや》なども多く住んで仕事をしている。そんな仕事仲間が主に集まる居酒屋が〈きび屋〉だ。もう六十年近くやっている店だ。

「きいた話だと、浅野さんは、〈きび屋〉が店開きをする四時頃から行ってるようですよ」

「四時か……」爽太郎はつぶやいた。

確かに、職人たちの仕事は朝が早い。その分、夕方頃には終わってしまうことも多いようだ。そこで〈きび屋〉は午後の四時から店を開いている。

「浅野さんは、開店の四時には、もう店のカウンターにいるそうですよ」巖さんが言った。

「青果店も、朝が早い仕事でしょうから」とつけ加えた。

「まあ、仕入れた野菜や果物を並べちまえば、あとは店主がいなくてもいいわけか」と爽太郎。「そこで、菜摘が店番をやっているんだな」

「たぶん、そんなところでしょう」

「それにしても、菜摘の親父さん、毎日四時から飲みはじめるってのもなあ……。やっぱり、奥さんが駆け落ちしたってのが原因なのかな」と爽太郎。

「そうかもしれませんが、そのところは、よくわかりません」と巖さん。またゆっくりと包丁を動かしはじめた。軽々しい臆測でものを言わない人間だった。そんな巖さんを見ながら爽太郎は育ってきた。影響をうけていることは、自分なりにわかっていた。

2

六時少し過ぎ。店のドアが開いた。菜摘と弟の直樹が入ってきた。まだほかの客はいない。

弟の直樹は、小学五年生だろう。半ズボンをはき、Tシャツを着ていた。爽太郎が、「よお」と言うと、「こんにちは」と言い頭を下げた。素直でおとなしい少年だというのは、すでにわかっていた。

巖さんが、二人をテーブルに案内した。メニューをテーブルに置き、「なんにします?」と訊いた。菜摘は数秒考え、「あの……おまかせします」と言った。

「わかりました」と巖さん。カウンターの中に入っていった。メンチカツを作りはじめた。

爽太郎は、心の中でうなずいていた。メンチカツはすでに流葉亭の人気メニューになっていた。メンチが嫌いな子供もまずいないだろう。

一五分後。「お待ちどお」と巖さん。二人の前に皿を置いた。それぞれの皿には、中型のメンチカツが二枚、刻んだキャベツ、ポテトサラダがのっていた。そして、ライスののった皿。店内にはいい香りが漂っている。

二人は「いただきます」と言い食べはじめた。無言で食べる。特に直樹は、かなりの勢いで食べている。もちろん美味いからだろう。

菜摘が二枚目のメンチを食べはじめたとき、直樹の皿にはほとんど何も残っていなかった。爽太郎と巖さんは、二人に気を遣《つか》わせないよう、テーブルから離れてカウンターの中で雑談をしていた。けれど、菜摘が直樹に小声で「がっつき」と言い、直樹が「だって」と言い返すのがかすかに聞こえた。〈だって〉は、〈だって、うまいんだもん〉ということだろう。爽太郎も巖さんも聞こえないふりをしていた。

3

「あの、爽ちゃん」と菜摘が言った。二人とも食事を終え、〈ごちそうさまでした〉と言い、帰ろうとしたときだった。店の出入口で、菜摘が爽太郎に声をかけた。

そして、持っていた小さなバッグから、一冊の文庫本をとり出した。

「停学中、暇でしょ？」と言って、爽太郎にその本をさし出した。夏目漱石の『坊っちゃん』だった。タイトルはもちろん知っていた。

「貸してくれるのか？」訊くと、菜摘はうなずいた。

「この本の主人公って、なんか爽ちゃんに似てる気がして」と言った。

爽太郎は、〈へえ……〉と心の中でつぶやいていた。そう言われると気になった。菜摘に礼を言った。「読み終わったら返すよ。四、五日かかるかもしれないけど」

そのとき菜摘が貸してくれた一冊の文庫本が、自分のいく道を大きく変えるとは、爽太郎も想像していなかった。

4

菜摘たちが帰って一時間後。爽太郎は、自分のベッドで『坊っちゃん』のページを開いた。軽い気持ちでページを開いたけれど、一行目から引き込まれた。ページをめくる手が止まらなくなった。物語の情景が目に浮かぶ。映画を観るように、爽太郎は文字を追っていった。四、五日どころか、その晩のうちに読み終えてしまった。

菜摘が言うように、喧嘩っぱやい〈無鉄砲〉な主人公には、確かに自分と共通するところがある。なにかと〈坊っちゃん〉の世話をする清《きよ》には、なんとなく巖さんのイメージがだぶる。

そして、〈無鉄砲〉をつらぬいていく主人公の活躍は痛快そのものだった。爽太郎は、もう一度読み返し、二日後に菜摘に返しにいった。本を返すとき、正直に「面白かったよ」と言った。菜摘の顔に笑顔が広がった。

「あれがきっかけで、若は本を読むようになりましたよね」と巖さん。I・W・ハーパーのグラスを片手に言った。「ああ、あの頃はみんな菜摘が貸してくれたものだけどな」爽太郎も、グラスを手にして言った。

5

店の外では、雪が静かに降り続いている。爽太郎は、ウォッカ・トニックをゆっくりと口に運びながら、〈あの頃〉を思い出していた。

『坊っちゃん』がはじまりで、菜摘は爽太郎に本を貸してくれるようになった。彼女が店番している青果店に、巖さんの手伝いや、ノートを借りるために行くと、菜摘が本を貸してくれた。

どうやら、爽太郎が面白がりそうな本を選んでいるらしかった。難しい本はない。冒険小説やミステリーがほとんどだった。爽太郎が一冊読んでそれを返すと、つぎには新しい本を貸してくれた。

あい変わらず、爽太郎は勉強嫌いな少年だった。けれど、菜摘が貸してくれる本は読んだ。単純に面白かったからだ。

面白がって本を読んでいるうちに、爽太郎にとって、それがごく自然なことになっていった。そして、本を読んでいるうちに、学校では教えないさまざまなことが心に根づいていったようだ。人々が持つべき勇気、希望や失望、何を愛するか、何にプライドを持つか、などなど……。

「あの頃に本を読むくせがついてなかったら、洋食屋の馬鹿息子のままだったな」

爽太郎が言うと、巖さんがグラスを手に苦笑した。

「それはどうかわかりませんが、菜摘さんのおかげで本を読むようになったのは、若にとってはよかったと思いますよ」と言った。

爽太郎は、かすかにうなずいた。カウンターの隅には、読みかけの『ヘミングウェイ短編集』が無造作《むぞうさ》に置かれていた。爽太郎は今夜《ひ》三杯目のウォッカ・トニックをつくりはじめた。スピーカーからは、K《キース》・ジャレットが弾くバラードが低いボリュームで流れていた。

雪の夜がふけていく……。

6

三日後。菜摘から電話がきた。

「この前はごちそうさま」と彼女。「久しぶりに爽ちゃんの顔を見られて嬉しかったわ」

「こっちも同じさ。……で、何か仕事の用事があるんじゃないか？」

「そうなんだけど、近々会える?」

「もちろん。君の用件なら話をきくよ」

「じゃ、明日でも?」菜摘が訊き、爽太郎は、オーケイと答えた。「で、どこで会う?」

「それが……」と菜摘。

「何か事情があるのか?」爽太郎が訊くと、菜摘はぽつりぽつりと話しはじめた。彼女はいま、広告主《クライアント》の担当者としてあるキャンペーンの準備に入っているという。ところが、この数日、身辺を探られているような気がするという。

「それは、穏《おだ》やかじゃないな」と爽太郎。「その君がやろうとしている広告キャンペーンというのは、担当させる広告代理店を決めてあるのか?」

「まだよ。まず、爽ちゃんと話をしないことには、何も進まないから」

「なるほどな。何が起きてもおかしくない広告業界だから、クライアントである君の動向を探ろうというやつがいても不思議じゃないな。……で、尾行されたりしてるのか?」

「なんとなく、そんな気がするの」と菜摘。「気のせいならいいんだけど……」と言った。

彼女が勤めている仕事場は、横浜にあるという。その仕事場を出たところで誰かに尾《つ》けられているような気がするという。毎日というわけではないが、尾行されている気配があるらしい。

「どんなやつだ。変質者っぽいとか……」

「そういう感じじゃないわ。距離を置いてついてくるから、はっきりとはわからないけど、サラリーマンっぽい外見よ」

「一人か？」と爽太郎。そうみたい、と菜摘が答えた。

「わかった。じゃ、作戦を考えよう」

7

翌日。午後四時過ぎ。リョウが運転するプジョーで、爽太郎は横浜に向かっていた。ステアリングを握っているリョウは、意気込んでいる。

「ひさびさにやばい仕事ですか？」

「さあ、どうかな……」爽太郎は、アクビまじりに言った。

やがて、車は横浜の中心部に入っていく。

〈本牧《ほんもく》ジャンクション〉で高速湾岸線から、通称〈K3〉と呼ばれている神奈川三号線に入る。すぐに〈新山下《しんやました》〉のランプで高速道路をおりた。鉛色の東京湾が、夕陽の色に染まっている。

山下公園に沿ってしばらく走る。菜摘が言っていた通り、八階建てのま新しいビルがあった。全面ガラスの外壁にも夕陽が照り返していた。ビルのとなりに、コインパーキングがある。

「そこだ」と爽太郎。リョウがステアリングを切った。コインパーキングは、ガらがらにすいていた。ビルの出入口が見える位置に駐めた。爽太郎はスマホを手にする。菜摘にかけた。

「位置に着いたぜ」と言った。「わかったわ。もうすぐ出る。どっちみち仕事を終える時間だから」菜摘が言い通話を切った。爽太郎は腕時計を見た。あと四、五分で午後五時だった。

カーラジオの横浜FMが、天気予報をやっている。明日は、荒れ模様《もよう》だとアナウンスしている。

「こっちも荒れますかね」とリョウ。「さて……」爽太郎は、またアクビまじりに言った。が、油断なくビルの出入口を見ていた。

8

しばらくして、菜摘がビルから出てきた。ベージュのコートを着ている。オフ・ホワイトのマフラーを巻き、明るいグレーのバッグを持っている。

菜摘は、打ち合わせた通り、爽太郎たちの方は見ず、歩きはじめた。

「さて、出動だな」爽太郎は言った。リョウと一緒に車からおりた。

近くにあるショッピングモールに行くように、菜摘と打ち合わせをしてあった。行き先がわかっているので、爽太郎たちは、ゆっくりと歩く。菜摘から一〇〇メートルぐらいの距離をおいて歩いていく。

日没が近くなっていた。通りを走っている車が、スモールライトを灯《つ》けはじめた。そんな大通りの歩道を菜摘は歩いていく。

歩きはじめてほんの二、三分したときだった。わき道から人影があらわれた。黒っぽいコートを着た男だった。かなり離れている爽太郎からは、髪を横分けにしてコートを着た男としかわからない。菜摘が言っていたように、サラリーマン風には見える。

男は、菜摘の四〇メートルぐらい後ろを歩きはじめた。彼女との距離を保って歩いていく。

爽太郎は、スタジアム・ジャンパーのポケットからスマホをとり出した。歩きながら、菜摘にかけた。すぐに彼女が出た。

「どうやら、お出ましになったようだ」爽太郎は言った。

5　盗撮は良くないよ

1

「君の四〇メートルぐらい後ろを歩いてるよ。気がつかないふりをしていろ」

「それで？」と菜摘。その声が少し緊張している。

「心配するな。おれは近くにいる。打ち合わせ通りにやるんだ」爽太郎は言った。「わかったわ」と菜摘。通話を切った。

そのまま菜摘は歩いていく。約四〇メートル後ろを男が尾《つ》けていく。さらに、その五〇メートルほど後ろを爽太郎たちが歩いていく……。尾行しているやつは、爽太郎たちに全く気づいていないようだ。

港を渡っていく風を感じながら、いわゆる〈みなとみらい〉のエリアに入っていった。

大きなビルやホテルの建物がふえてくる。そんなビルやホテルの窓にも明りが灯りはじめた。

やがて、ショッピングビルが見えてきた。かなり大きなショッピングビル。外側はライトアップされている。

菜摘は、そのビルに入っていく。尾行しているらしい男も、爽太郎たちも続く。

一階にはアクセサリーや化粧品のテナントが多く入っている。仕事を終えた女性客たちで、そこそこにぎわっている。菜摘は、エスカレーターに乗った。二階に上がっていく。

二階から四階は、女性ファッションのフロアーだ。ブランド物を扱っているテナントが多い。女性客たちの姿は、一階よりはかなり少ない。

菜摘は、二階のフロアーをしばらくいき、トイレに入った。それは、打ち合わせ通りだった。

爽太郎たちも、そのフロアーをゆっくりと歩いていく。すると、その男がいた。トイレに近いブティックの前に、黒っぽいコートを着た男がいた。ややカジュアルな女性服を並べてあるブティックの前にいた。ウインドーの中に並んでいる服を眺めているふりをしている。

やつは、誰かにプレゼントする服を選んでいるようなふりをしている。が、その視線は、しょっちゅうトイレの方に向けられている。もちろん菜摘が出てくるのを見張っているのだろう。爽太郎たちは、かなり離れて、それを見ていた。

男は、三十歳ぐらいだろうか。確かにサラリーマンっぽい、特徴のない外見をしていた。目立たないので、誰かを尾行するには向いているとも言える。

爽太郎は、また菜摘のスマホにかけた。「打ち合わせ通り、トイレの個室で腰かけてるわよ」と彼女。

「もうしばらく我慢《がまん》しててくれ」

「その男は？」

「近くをうろついて、君が出てくるのを待ってるが、そのうちしびれを切らすだろう。そう長くは待てないはずだ」爽太郎は言った。

その通りになった。

男が、じっと、トイレの方向を見ている。たぶん、心の中に疑問が生じている。もしかしたら、菜摘がトイレから出て、歩き去ったのを、自分が見逃《のが》したのではないか……。そんな疑問が、わき上がっているのだろう。

ついに男が歩きはじめた。トイレの方に歩いていく。爽太郎は、リョウに目で合図をした。男の後を追う。

トイレの目印として、洒落たサインが出ている。そこを入っていくと、短い通路がある。突き当たりの右側が男性用トイレ、左側が女性用トイレだ。

男は、その突き当たりに立っていた。女性用トイレの方を見ている。やがて、女性用トイレの入口から、中を覗《のぞ》き込んだ。

もう、爽太郎は男の後ろに迫っていた。

少し前のめりになってトイレを覗き込んでいる男。その尻を、後ろからスニーカーで、思い切り蹴った。

何か悲鳴のような声を上げ、男は前につんのめる。三、四歩ほどいき、閉じている個室のドアに頭をぶつけた。

爽太郎とリョウは、トイレに入った。人の姿はない。

男は、個室のドアの前に倒れていた。うつ伏せに倒れていた。かなり強く頭をぶつけたのだろう。それでも、よろよろと立ち上がろうとした。

「無理するなよ」爽太郎は言った。立ち上がりかけた男の尻を、もう一度スニーカーで蹴った。やつはまた個室のドアに額《ひたい》をぶつけた。仰向けに転がった。完全に気絶している。

「出てきていいぜ」爽太郎が言った。個室のドアが開いた。入っていた菜摘が、恐る恐るという感じで出てきた。トイレの床に仰向けに倒れている男を見た。

「知ってる顔か？」爽太郎が訊くと、彼女は首を横に振った。

爽太郎は、トイレの中にある用具入れのようなスペースのドアを開いた。掃除に使うモップをとり出す。リョウにさし出した。

「これを持って出入口にいろ。〈いま清掃中です〉と言って誰も入れさせるな」と言った。

リョウはうなずく。モップを手にした。

爽太郎は、気絶している男のポケットを探った。名刺入れが出てきた。そこから一枚抜き出した。

〈東邦《とうほう》エージェンシー　第一営業部　芝田良一《しばたりよういち》〉

それを見た爽太郎は、「やっぱり広告屋か……」とつぶやいた。東邦エージェンシーは、日本でも五本の指に入る大手の広告代理店だ。

さらに服を探る。ポケットからスマホが出てきた。それを手にした爽太郎は、菜摘に、「ちょっと手伝ってくれ」と言った。彼女が、トイレの個室に入ろうとしている、その後ろ姿をやつのスマホで撮った。つぎに、菜摘を個室に入れドアを閉じた。個室のドアは、下に一〇センチほどのすき間がある。そのすき間にスマホを近づける。すき間ごしに、中にいる菜摘の足もとを撮った。オーケイ。

「盗撮は良くないよ」爽太郎は言った。倒れている男のそばにスマホをぽんと放った。

「じゃ、ずらかろう」と爽太郎。菜摘とリョウと早足でトイレを出る。すぐ近くにあるブティックの店員に、

「女子トイレに痴漢がいる！」と大声で言った。店員が男女二人、店から出てきた。男の店員が、「ガードマンを呼べ！」と叫び、トイレの方へ走り出した。女子店員は店内に戻る。電話でガードマンを呼ぶんだろう。

ほかの店からも「痴漢!?」という声がして、男の店員が何人か、トイレの方に駆けていく。

爽太郎たちは、知らん顔でエスカレーターに歩いていく。

2

その三〇分後。爽太郎たちは、中華街のはずれにある店にいた。客でにぎわっている横浜中華街、そこから少しはずれた場所にある店にいた。

いわゆる中華の菜館ではない。クールなインテリアで、雰囲気はバーに近い。がメニューには中華の点心が並んでいる。そんな店だった。

いまは、ピータンがテーブルに出ていた。爽太郎はウォッカ・トニック。菜摘はグラスワイン。リョウは運転手なのでジンジャーエールを飲んでいる。まだ時間が早いので、ほかの客はいない。

「とりあえず、君を尾行してたのが広告代理店のやつだとわかった」と爽太郎。「東邦エージェンシーと仕事でつき合ったことは？」と菜摘に訊いた。

菜摘はグラスを手に首を横に振った。

「大手の広告代理店だとはきいたことがあるけど……」と言った。

その菜摘に、リョウが眩《まぶ》しそうな視線を送っている。爽太郎はウォッカ・トニックのグラスに口をつける。

「大手の代理店がクライアントの君を尾行するということは、これから君が担当しようとしてるキャンペーンは、かなり大型で予算規模の大きなものなのかな？」

訊くと、菜摘はまたうなずいた。

「たぶん、大きな予算のキャンペーンになると思うわ。わたしは、初めてこういう立場にたったんで、正確にはわからないけど」と言った。

「初めて、か……」と爽太郎。「よかったら、君がこれまでやってきた仕事のことを話してくれないか」

3

「もともと読書が好きだったから、自然に、自分でも何かを書く仕事をしたいと漠然《ばくぜん》とは思っていたわ」

菜摘は話しはじめた。高校を卒業して、早稲田《わせだ》大学の文学部に入ったという。

「大学ではゼミにも参加して楽しく過ごしたわ」

と菜摘。そろそろ卒業が近くなったとき、爽太郎の噂をきいたという。

「おれがアメリカで暴《あば》れ回ってる噂か？」と爽太郎。菜摘はワインを吹き出しそうになる。少しむせていた。やっと苦笑いをした。

「そんな噂じゃないわよ。爽ちゃんが、アメリカの広告業界で仕事をしてるらしいっていうこと」と言った。爽太郎は、うなずいた。

「南カリフォルニア大学を中退して、CFをつくる仕事をはじめた頃だな」と言った。二杯目のウォッカ・トニックをオーダーした。酒を飲めないリョウのことも考え、中華の点心も何皿かオーダーした。

「その頃の爽ちゃんって、どんなだったの？」

「たいして難しい話じゃないよ。南カリフォルニア大学の映画学科にいたんだけど、映画をつくるより、CFをつくる方が自分に合ってそうだと思っただけさ」

「CFの方が、自分に合ってる?……」と菜摘。爽太郎は、うなずいた。

「たとえ三〇秒のCFでも、三時間の映画をこえるインパクトをあたえられるんじゃないか……。観《み》た人の心を撃《う》ち抜くような一種の感動をあたえられるんじゃないかと思ったわけさ」

爽太郎は言った。菜摘が、じっと爽太郎を見ている。

「それに、もともと短気だから三時間より三〇秒の世界の方が性《しょう》に合ってる気もしたしな」爽太郎が言うと、菜摘は微笑しうなずいた。その菜摘を、リョウがあい変わらず、眩しそうな目で見ている。

「そんな、おれの噂が、日本まで伝わってたのか」

「そうよ」と菜摘。「そして、そのことが、わたしの人生も変えようとしていたの」と言った。

6 彼女のターニング・ポイント

1

「人生が？」と爽太郎。菜摘は少し照れたような表情をした。

「人生が変わったっていうのは少し大げさかもしれないけど、わたしの進路は、確かに変わったわ」と言った。白ワインをひと口。ゆっくりと話しはじめた。

彼女は大学の文学部で勉強していた。将来は、何かものを書く仕事につきたいと漠然と考えてはいた。

「でも、めざすものが具体的になんの仕事なのか、まるで見当がつかずにいたわ」と菜摘。

そんなとき、爽太郎が広告の仕事をしているという噂をきいたという。

「そこでピンときた？」と爽太郎。彼女は、うなずいた。

「コピーライターという仕事があるのは知っていたわ。それまで具体的に考えたことはなかったけど、その仕事に興味を持ちはじめた。やってみるのもいいなと思ったの……」と言った。

ただ、大手の広告代理店の入社試験はすでに終わっていた。そこで、中小の広告代理店やプロダクションの求人広告をチェックしはじめたという。

「そうしているうちに、ある求人広告が目に入ったの」と菜摘。それは、〈Every Wear《エヴリウエアー》〉というファッション・ブランドで、いわゆる通販で服を売る会社だったという。

「Everywhere《エヴリウエアー》、つまり〈どこでも〉に引っかけたブランド名だな」

と爽太郎。彼女は、うなずいた。

「その会社で、コピーライターを募集している求人広告が目に入ったの。業界では大手らしいし、とりあえず、そこへ行ってみたわ」

その会社では、一年に六冊のぶ厚い通販カタログを出す。同時に、定期的に女性誌に広告も出している。そのため、コピーライターが不足しているらしかった。

「コピーを書いた経験がないと正直に言ったけど、それでもかまわないということで、一週間後には採用通知がきたわ」と菜摘。

もともと、まったくの新人が広告界で派手な仕事をできるわけはない。初めは通販の地味な仕事でもいいから、基本から勉強しようと思い、入社することを決めたと言った。

「うまいっす」とリョウが言った。出てきた魚翅《フカヒレ》を口に入れたところだった。リョウの食生活を考えると、初めての体験かもしれない。

2

爽太郎は、苦笑い。菜摘との話を続けた。

彼女はまず、通販カタログのページにコピーを書く仕事をはじめた。先輩のコピーライターに教えてもらいながら新人コピーライターとしての一歩をふみ出したという。

「もちろん、通信販売のカタログだから、ごく平凡なコピーでよかったわ。〈春の陽射しにはえるシルクのブラウス。〉とか、基本中の基本みたいなものを書いていたわ」

と菜摘。そんな仕事をやりながら、商品を表現する広告コピーというものの基礎を身につけていったという。

「それを四、五年やっているうちに、少しずつ、自分の個性みたいなものを出せるようになってきたみたい」

彼女は言った。たまたまファッション通販の業界も競争が激しくなってきていたらしい。あまりに平凡なコピーの並ぶカタログでは競争に勝てない時代になってきたという。

「商品や価格にあまり差がないから、あとは写真の質やコピーでの表現が売り上げに直結するようになってきたの」

菜摘は言った。しだいに、彼女は重要な仕事をまかされるようになっていったという。

「そんなある日、役員に呼ばれたの。販売戦略をたてていくプロジェクト、その中心的なポストにつくように言われたわ」と菜摘。

「大抜擢《ばってき》か……」爽太郎が言うと、菜摘は小さく、うなずいた。「とりあえず、自分の仕事が認められたのは嬉しかったわ」と言った。

それからは、ただコピーを書くだけでなく、販売戦略をたてる仕事をはじめたらしい。

「たとえば、ファッションの通販っていうと、お客のほとんどが主婦だと思われがちだけど、実は若い女性たちもかなりのパーセンテージをしめていたりすることがわかったわ。主婦層は黙っていてもある程度は買ってくれるけど、若い人たちにアピールできれば、販売高はぐっと上がると考えて、戦略を考えなおしたわ。そして、若い女性向けの雑誌に積極的に広告を出したりするようになったの」

「効果は？」

「あったわ。若い層にも受け入れられた結果、業績は毎年20パーセントぐらい上がり続けた……」

「なるほど。君は、いわば宣伝部長のような仕事をやってきたわけだ」

「まあ……」と菜摘。少し照れたような表情を浮かべた。頰に赤味がさしているのは、ワインのせいだけではなさそうだ。爽太郎は、ウォッカ・トニックのグラスに口をつけた。

「そろそろ、本題に入ろうか」

3

「君がファッション通販の業界でいい仕事をしてきたのは偉《えら》いと思う。けど、通販のテレビCFをおれに依頼するとは思えないな。何か別の、もっと大きな仕事の話があるような気がするんだけれど、違うかな？」

「……さすが爽ちゃんね」と菜摘。微笑しながら言った。二杯目のグラスワインに口をつけた。しばらく無言。やがて口を開いた。

「あれは、去年の七月だから、半年以上前ね……。突然、ある人から連絡がきたの。最初はFacebook《フェイスブック》を通じての連絡だったんだけど、それは驚くような話だったわ」と菜摘。

「〈BAD BOY《バッド・ボーイ》〉っていう若者向けのブランドがあるでしょう？」と言った。するとリョウが、

「あっ、おれ、よく着てますよ。これもそうですよ」と言った。着ているジャンパーの前

を開いた。黒地のTシャツ。黒地に、ドクロのイラストが銀色で入っている。

「ちょいワルなガキのイメージか……」爽太郎がつぶやいた。菜摘が、うなずいた。

「安くて手軽といえば、なんといってもユニクロだけど、ユニクロは、もう、世代を超《こ》えたブランドになってしまっているわ」と言った。

「確かに。オジサンやオバサンまでユニクロを買ってるな。うちの向かいにある蕎麦《そば》屋のオヤジなんか、もう七十代なのにユニクロを着てるぜ」爽太郎が苦笑しながら言った。菜摘も微笑しながら、うなずく。

「そこで、若い層を意識して大手のアパレル・メーカーが四、五年前から立ち上げたブランドが〈BAD　BOY〉。ごく大ざっぱに言ってしまえば、ストリート系と呼ばれてるものに近いわ」と菜摘。「十代、二十代を中心に、そこそこ売れてるわ」と言った。

爽太郎はうなずいた。「だが、〈BAD　BOY〉は、物真似《ものまね》だな。以前からアメリカにある〈DEAN《ディーン》〉っていうブランドを真似したものだ」

そう言うと、菜摘は少し驚いた表情。〈よく知ってるわね……〉という感じの表情をした。爽太郎はニッと白い歯を見せた。

自分が着ているスタジアム・ジャンパーの前を開いた。濃いブルーのTシャツ。白抜きの文字がある。かなり乱暴なタッチの文字で〈GO FOR BROKE《ゴーフォーブローク》〉、つまり〈当たって砕けろ〉と描かれている。

「それって、もしかして……」

「もしかしなくても、〈DEAN〉のTシャツさ。確か、三、四年前、仕事でニューヨークに行ったときに買ったよ」

「じゃ、爽ちゃんは〈DEAN〉のものをよく買ってたの?」と菜摘。爽太郎は、うなずいた。

「アメリカに行ったときに、まとめ買いすることが多かったな。なんせ、お上品なラルフ・ローレンは似合わないもんでね」と苦笑まじりに言った。そして、

「そこまで話をきくと、なんとなく先が読めてきたな。君にきた驚くような話ってやつは、〈DEAN〉に関係してるんじゃないか?」

「……どうして、それが?」と菜摘。

「たいした推理じゃないよ。〈BAD BOY〉は、一定のサイクルで広告キャンペーンを展開してる。おれは特に感心しないが、そこそこの予算をかけてキャンペーンをやってるようだ」

と爽太郎。二杯目のウォッカ・トニックを飲み干した。

「そうなると、予想できる意外な展開といえば、アメリカの本家〈DEAN〉が、いよい

よ日本に上陸するってことだろうな」と爽太郎。「で、君のところにきた驚くような話ってやつは、どう考えても〈DEAN〉に関係してるような気がする。違ってるかな？」

爽太郎は言った。三杯目のウォッカ・トニックをオーダーした。若いカップルの客が店に入ってきた。隅の方のテーブル席についた。いま、まだほかの客はいない。J・D・サウザーの曲が、低いボリュームで流れていた。

4

「わたしに連絡してきた人は、吉沢敬一郎《よしざわけいいちろう》というの。五十歳ぐらいだと思う。これまで、大手のアパレル・メーカーで営業本部長をやっていた経歴の人よ」

と菜摘。爽太郎は、うなずいた。

「その吉沢っていう人物が〈DEAN〉からヘッド・ハンティング、つまり引き抜きをされ、さらに、その彼が、君をヘッド・ハンティングしたわけか」と言った。さらに、

「ビンゴ？」と爽太郎が訊き、菜摘は、はっきりと、うなずいた。

「そうなると、話はさらにわかりやすくなるな。ちょっと待っててくれ」

爽太郎は言った。ポケットからスマホをとり出す。プロデューサーの熊沢にかけた。三、四回目のコールで熊沢が出た。

「おっさん、まだ酔っぱらってないか？」

「そりゃ失礼なセリフだな、流葉。まだ六時半だぜ」と熊沢。その口調は確かに酔っていない。

「ちょっとあんたの情報網で調べて欲しいことがある。仕事がらみだ」と爽太郎。〈BAD BOY〉の広告キャンペーンを担当している広告代理店を調べて欲しいと言った。

「わかった。一〇分か一五分はかかるな」と熊沢。〈仕事がらみ〉のひとことがきいたらしく、きびきびした口調で言った。

5

一〇分は、かからなかった。爽太郎がフカヒレを口に入れようとしていると着信音。かけてきたのは熊沢だ。

「わかった。そいつは東邦エージェンシーだ」と言った。

「やっぱりか……」爽太郎は、つぶやいた。

「東邦エージェンシーが、どうかしたのか？」と熊沢。「後でゆっくり話すが、とりあえず、明日のニュースに出るかもな」

爽太郎は言った。菜摘を尾行してきた東邦エージェンシーの社員は、いま頃、警察で取り調べをうけているだろう。トイレを盗撮したスマホとともに……。

「何か面白い展開になるのか？」と熊沢。「あるいは」と爽太郎。とりあえず通話を切る。

菜摘を見た。

「じゃ、もう少し詳しい話をきこうか。〈ＤＥＡＮ〉の日本上陸作戦について」

7 渋谷戦争

1

「X《エックス》デイは？」爽太郎が訊いた。

「Xデイ？」と菜摘。「ああ、アメリカの〈DEAN〉が日本上陸の作戦を決行する日さ」

「それは、七月の二〇日よ」と菜摘。爽太郎は、うなずいた。「高校生や大学生が夏休みに入るタイミングを狙ったわけか。上手《うま》いタイミングだ。で、どこに上陸するんだ？」

「どこって？」

「〈DEAN〉ぐらいの大型ブランドが、どこかのテナントに入るとは思えない。独立した店舗をかまえて、派手にオープンするんだろう？」

と爽太郎。菜摘は、うなずいた。

「もう、業界内には情報が流れてしまっているから話すけど、渋谷よ。道玄坂で、駅から歩いてすぐの所」と菜摘。ふいに、リョウが口を開いた。

「その辺に、〈BAD　BOY〉の本店がありません？　おれ、買いに行ったことがあると思うんですけど」と言った。菜摘が大きくうなずいた。

「そう。〈BAD　BOY〉本店のほとんど真向いに〈DEAN〉がオープンするの」

爽太郎は、ニッと白い歯を見せた。

「七月二〇日に渋谷戦争がはじまるわけだ。で、それを決めたのは？」

「〈DEAN〉の日本支社で、最高責任者つまりCEOをつとめてる吉沢敬一郎よ」菜摘が言った。爽太郎は、うなずいた。

「〈DEAN〉の日本支社は、いつ頃にできたんだ？」

「日本進出を決めたのは、一年半ぐらい前だというわ。アメリカの本社から、マーケティング部門の専門スタッフがやってきて、準備をはじめた」

「そして、吉沢という大手のアパレル・メーカーで営業本部長をやっていたおっさんをヘッド・ハンティング、つまり引き抜いた。日本進出の作戦本部ができたわけだな」

「そう」と菜摘。

「アメリカ人のマーケティング担当、さらに日本人のCEOが決まった。そうなると、つぎは広告戦略だな。そこで、そのCEOから君に声がかかった……」爽太郎が言い、菜摘がまたうなずいた。

「吉沢CEOは、以前から、わたしがやっていた仕事に注目してくれていたというわ。自分が日本支社のCEOになってすぐ、わたしに連絡をとってきた……」

「宣伝担当の責任者になってくれという話だな。……で、君は、すぐにその話にのった？　それとも迷った？」

「もちろん、すごく迷ったわ。ずっと仕事をやってきた通販の会社には、そう簡単にグッバイできるわけがなかった……。でも、二つの事が、わたしの背中を押したの」

「二つ？」

「ええ。その一つは、わたし自身が新しい事に挑戦してみたくなった事……。通販の仕事で経験を積んで、つぎのステージにふみ出したいタイミングだったのね」

「なるほど、それで、もう一つは？」

「後輩が順調に育ってきてた事ね。特に二歳年下の女性スタッフはとても優秀で、わたしの後任として十二分に仕事ができると思えたわ。わたしがいなくなったら、さらに活躍できるとも感じられた」

爽太郎は、うなずいた。

「で、君は〈DEAN〉に移った……」

「一ヵ月考え、さらに二ヵ月の引き継ぎを終えて、〈DEAN〉の日本支社に移ったわ。広告キャンペーンの責任者として」と菜摘。爽太郎は、ウォッカ・トニックのグラスを手にうなずいた。

「〈DEAN〉側の臨戦体勢は？」

「アメリカ人スタッフが二人。吉沢CEOをはじめとする日本人スタッフが八名。これから七月の開店に向けて増えていくと思うけど」

「なるほど。で、広告キャンペーンにかかわっているのは？」

「わたしの下にアシスタントの男性社員が一人いるだけよ」

「つまり、君が責任者として、すべてをコントロールするわけだ」言うと菜摘はうなずいた。

「この広告キャンペーンが成功するかしないかで、わたしの人生もまた大きく変わるかもしれない……」と、つぶやいた。その表情には、不安も感じられた。当然のように……。

爽太郎は、ゆっくりとグラスに口をつける。

「まあ、そう悩むなよ。勝ち目はあるさ。こいつは口から出まかせじゃない」と言った。

菜摘が爽太郎を見た。

「〈BAD BOY〉のキャンペーンを担当してる東邦エージェンシーの社員が、君の動向を探ろうとした。君が、どこの広告代理店と接触するか、どんな広告制作者と接触するか、ひどく気になっているようだ。それは、言いかえれば、自分たちに100パーセントの自信があるわけじゃないからだ」

爽太郎が言った。ワイングラスを口に運ぼうとしていた菜摘の手が止まった。

「もし自分たちに完璧な自信があったら、ライバルのことを気にする必要なんかないだろう。そこまでの自信がないから、君が担当しようとしている〈DEAN〉のキャンペーンがどう展開するのか探ろうとしてるのさ」

爽太郎は淡々と言った。

「……たぶん、そうなのね」菜摘が、つぶやいた。

「間違いないよ。だから、あんなドジなやつに君を尾行させたりしたわけだ」苦笑しながら爽太郎は言った。「まあ、キャンペーンのことは心配するな」

「……ということは、この仕事を引きうけてくれるの？」と菜摘。爽太郎は白い歯を見せた。

「君には借りがあるしな」

「おい、信号、青に変わったぜ」爽太郎は言った。リョウは、はっとわれに返った。「すんません」と言い、アクセルを踏んだ。

2

中華街はずれの店を出て約三〇分。菜摘を彼女の部屋まで送ったところだった。

菜摘の部屋は、横浜の山手にあった。山手の高台に上がっていく途中。木立ちに囲まれたマンションだった。

派手ではないが、落ち着いた赤レンガ造りの低層マンションだった。セキュリティーも、しっかりしていそうだった。〈DEAN〉の仕事をすることが決まったので、このマンションに移った。それは、車の中で菜摘からきいた。

オートロックの出入口まで彼女を送った。周囲に怪しげな人影はない。菜摘は小さく手を振り、マンションのロビーに入っていった。

「じゃ、帰ろうか」と爽太郎。リョウが運転するプジョーは、鎌倉に向かって走り出す。けれど、ステアリングを握っているリョウの様子がおかしい。いまも、信号が青になったのに、ぼうっとしている。

「お前、柄にもなく花粉症にでもなったのか?」と爽太郎。ステアリングを握っているリョウに言った。

「いや……彼女ですよ」

「彼女？　菜摘のことか」と爽太郎。「彼女がどうかしたのか？」と訊いた。

「いやあ……知的だし、美人だし……」とリョウ。爽太郎は苦笑い。「まあ、お前がつき合ってきたヤンキーのねえちゃんとは違うよな。そんなことより、ちゃんと前を見て運転しろよ」と言った。リョウの頭を軽くはたいた。

3

「お帰りなさい、若」と巖さん。手を拭きながら言った。流葉亭に戻ると、もう夜中近かった。店の片づけは終わっていた。

爽太郎は、I・W・ハーパーのボトルをとった。オン・ザ・ロックをつくる。カウンター席で、ゆっくりと飲みはじめた。

「菜摘さんの話は、どうでした？」と巖さん。爽太郎は小さくうなずき、「色々と仕事の話をしてきたよ」と言った。

「で、引きうけたんですね」と巖さん。爽太郎は巖さんを見た。「どうしてそう思うんだい」と訊いた。巖さんは出刃包丁を木綿の布で拭きながら、

「若の目つきですよ」と言った。

「おれの目つき？」と爽太郎。巖さんは、うなずいた。「若の眼が、仕事に入ったときの眼になってますから」と言った。

爽太郎は無言。少し苦笑した。オン・ザ・ロックのグラスに口をつけた。店のオーディオからは、B《ボズ》・スキャッグスのバラードが低く流れている。気づけば、窓ガラスに雨粒が当たりはじめていた。FMのキャスターが言っていた通り、天気は荒れてくるようだ。巖さんは、包丁の手入れをしている。爽太郎は、無言でオン・ザ・ロックのグラスを口に運んでいる。

4

〈おお、やってるやってる〉と爽太郎は胸の中でつぶやいていた。

翌日。午前七時過ぎ。爽太郎は、雨の中を由比ヶ浜の海岸沿いに五キロほど走った。流葉亭に戻ってきたところだった。

冬の終わりとはいえ、かなりのスピードで五キロ走ると、そこそこの汗をかく。爽太郎は、タオルで額の汗を拭いた。冷蔵庫から、スポーツドリンクを出す。ペットボトルから、ラッパ飲みする。

そうしながら、カウンターの端にある小型の液晶テレビをつけた。朝のニュースをやっている。画面に、

〈大手広告代理店の社員、女子トイレを盗撮！〉の文字が映し出された。

〈東邦エージェンシー〉の名前も出されている。容疑者として警察で取り調べをうけている社員の名前は、まだ伏せられている。

爽太郎がニュースを観ていると、電話がきた。かけてきたのは熊沢だった。

「呑んべえにしちゃ、早起きだな」と爽太郎。スポーツドリンクを手にして言った。熊沢は、少し寝ぼけた声で、

「麻記子《まきこ》に起こされたんだ」と言った。麻記子は、実質的に熊沢の女房だ。

「お前、きのう、横浜で暴れただろう」と熊沢。

「なんのことだ？」

「とぼけるんじゃないよ。いまニュースでやってる東邦エージェンシー社員の件だ」

「ああ、女子トイレの盗撮か。いかんなあ……」軽く苦笑しながら爽太郎は言った。

「いかんなあじゃないよ。あれは、お前の仕業《しわざ》だろう」

「どうしてだ」

「小学生にでもわかる。昨夜、お前が電話をかけてきて、〈BAD　BOY〉のキャン

ペーンを手がけてる広告代理店を訊いてきた。おれが調べ、東邦エージェンシーだと教えてやった。そして、今朝のニュースだ。お前がからんでるのは間違いない」

「……で、もしそうだったら？」

爽太郎は言った。テレビでは、キャスターが早口でしゃべっている。

〈一流の広告代理店社員が、なぜこのような行為にいたったのか、いま警察では……〉

8　ジェームス・ディーンに似ている

1

「もし、そうだったら？」と爽太郎。

「言うまでもない。何か、やばくて面白いことになってるはずだ」

「だとしたら？」

「その件を、おれに黙ってやろうとしたら許さない」と熊沢。爽太郎は苦笑い。

「わかったよ。もちろん、おっさんをはずして面白いことをはじめたりしないさ。午後、そっちに行く」と爽太郎。「それまでに、〈BAD　BOY〉について調べといてくれないか。わかる範囲でいいから」

「了解」

2

キンッと乾いた音が響いた。

午後四時。葉山《はやま》の森戸《もりと》海岸にあるバー〈グッド・ラック〉。熊沢が遊び半分にやっている店だ。

店にはビリヤード台が置いてある。いま爽太郎は、キューをかまえ玉を突いた。12番の玉を右コーナーのポケットに落としたところだった。きのうから降っていた雨は上がり、窓からは斜めの陽が射し込んでいる。

爽太郎は、キューを置いた。カウンターに行く。熊沢に、「バド」と言った。カウンターの中にいる熊沢が冷蔵庫から瓶のBUD《バドワイザー》を二本出す。一本は爽太郎の前に置いた。一本は、自分で飲みはじめた。

「で、きのうは何があったんだ」とBUDを片手に訊いた。

「東邦エージェンシーの社員が女子トイレを盗撮したのさ」と爽太郎。

「そうじゃなく、本当のことを話せよ」

「わかったよ」と爽太郎。ゆっくりとBUDを飲みながら話しはじめた。

3

「なるほど、東邦エージェンシーもドジな社員を使ったものだな」と熊沢。もう二本目のBUDに口をつけている。

「まあ、地味なやつだから尾行に向いてると思われたんじゃないか」と爽太郎。「それより、〈BAD　BOY〉の方はどうなんだ」

「ああ、いまのところ売れゆきはまずまずらしい。広告キャンペーンは、お前も知っての通り、平凡なものさ。だが……」

「だが？」

「アメリカから本家の〈DEAN〉が上陸すると知って、あせったと同時に、体勢をたてなおすっていう噂だ」

「体勢をたてなおす？」

「ああ、広告キャンペーンのスタッフを大幅に入れかえるらしい。特にCFディレクターは腕利《き》きを探しているって話だな」

「CFディレクターか……」爽太郎がつぶやいたときだった。ポケットで着信音。爽太郎は、スマホをとり出した。電話は、東京からだった。〈03〉ではじまる番号が表示されている。爽太郎は出てみることにした。

「突然お電話しますが、流葉さんですよね」と中年男の声。

「たぶん、そうらしい」と爽太郎。相手は含み笑い。

「私、東邦エージェンシーでプロデューサーをやっている藤本《ふじもと》と申しますが」

「ほう、いまニュースで話題の東邦エージェンシーか……」爽太郎は言った。

「いや、まあ、その件はそれとして……」と相手。少しあせった声を出した。「それはそれとして、少し話をきいていただけませんでしょうか」

「……三〇秒、CF一本分ぐらいの話なら。なんせ、気が短いものでね」と爽太郎。

「噂通りですね。では簡潔に申し上げます。うちの仕事をやっていただけないでしょうか。クライアントは、アパレルの〈BAD　BOY〉です」

藤本というプロデューサーは言った。爽太郎は、吹き出すのをこらえる。

「急にそう言われてもなあ……」

「まあ、話だけでもきいてください。明日、鎌倉の流葉亭にお伺いしますから」

「明日って言っても、おれが店にいるとは限らないぜ」

「もし留守だったら、帰られるまでお待ちします」と藤本。「まあ、好きにしてくれ」と爽太郎。通話を切った。

4

「東邦エージェンシーからか」と熊沢。爽太郎は、笑いながらうなずいた。

「おっさんの情報通り、CFディレクターを探してるらしい。明日、うちの店に押しかけてくるとさ」言うと、熊沢もBUDを片手に笑い声を上げた。

「まあ、お前さんが〈DEAN〉の仕事を引きうけたことは知らないわけだから、やつらが必死で依頼してくるのも、わからないじゃない」と熊沢。「しかも、キャンペーンがキャンペーンだけに」と言った。

「というと？」

「つまり、この仕事はメッセージ作戦になるってことだ」

「うむ」

「たとえば、まったく新しい方式のエンジンを載せた新車のキャンペーンなら、そのエンジンのメリットを直接的にCFで表現すればいい。……が、今回みたいなファッション・ブランドのキャンペーンは、言うまでもなくイメージ対イメージの争いになるわけだ。いわゆる商品による差別化は強く表現できない。となると、そのブランドが発信するメッセージの良しあしが決め手になる」

「確かに」

「そうなった場合、つまりメッセージ・キャンペーンになる状況だと、どのCFディレクターが凄腕《すごうで》か……。そう考えれば、お前さんに声がかかるのは当然だろうな」熊沢は言った。爽太郎は苦笑い。

「おっさんも、ただの呑んだくれじゃないな」

「馬鹿野郎」と熊沢。ぐいとBUDをラッパ飲みした。

5

翌日。午後四時半。彼らは店にやってきた。

爽太郎は、壁ぎわのテーブルにいた。足を投げ出し、ビールを飲んでいた。気分をかえ、ハイネケンを瓶から飲んでいた。テーブルには小型のボウルがあり、ピスタチオが盛ってある。

爽太郎は、ピスタチオの硬い皮をむき、口に放り込む。そして、ハイネケンをラッパ飲み。テーブルに拡げてあるヘミングウェイ短編集のページをめくっていた。巖さんは、カウンターの中にいる。キャベツを切っていた。

店のドアが開いた。

男が二人、入ってきた。二人とも、三十代に見えた。スーツの上にコートを着込んでいる。スーツもコートも、洒落たデザインだった。

広告業界人だと、すぐにわかった。

一人は痩せ型で、もう一人はデブと言えるほど太目だった。痩せ型が、爽太郎の方に歩いてくる。

「失礼します。流葉さんですね。私、東邦エージェンシーの藤本と申します」と言った。名刺をテーブルに置いた。

「昨日、電話でお話しした件で伺いました」と藤本が言った。主に、こいつが話すらしい。デブは、お付きらしい。藤本が爽太郎に殴り倒された場合に、背負って連れ帰る役なのかもしれない。

「昨日って、なんだっけ」と爽太郎。ピスタチオの皮をむきながら言った。

「もうお忘れですか。〈ＢＡＤ　ＢＯＹ〉の広告キャンペーンの件です」と藤本。

「ああ、そうだったな」と爽太郎。ピスタチオを口に放り込む。ハイネケンを、ひと口。

「わが社では、ここ数年、〈ＢＡＤ　ＢＯＹ〉の広告キャンペーンを担当してきました」と藤本。勝手にしゃべりはじめた。

「そして、この夏に向けて、まったく新しい展開を考えています」

「まったく新しい？」

「ええ。まず、渋谷にある本店、〈BAD　BOY〉のフラッグシップ・ショップなのですが、その本店を七月二〇日に全面リニューアルします。それに合わせて、約一ヵ月前から広告キャンペーンを展開します。テレビCFはもちろん、ポスター、雑誌広告などオール媒体で展開します」

「というと、六月の末からキャンペーンをはじめるわけか」と爽太郎。

「そういうことです。そのキャンペーンを、ぜひお願いしたいと、こうして伺ったわけです」と藤本は言った。

爽太郎は、ピスタチオの皮をむきながら、「そのあたりに、何かほかの仕事を引きうけた気がするなあ」と言った。

「ほかの仕事？」と藤本。その表情が少し硬くなった。

「それは、どこの仕事ですか？」と訊いた。

「どこだったかなあ……」と爽太郎。ビールの瓶を片手に、巖さんにふり向いた。

「引きうけたのって、クライアントはなんて会社だっけ」

「ああ、あれですね」と巖さん。包丁を動かす手を止めた。かなり驚いた表情の藤本たちに、

「そこにいる巖さんが、おれの仕事のマネージャーでね」と爽太郎。また、カウンターの中の巖さんに、「クライアント、なんて会社だったっけ？」と訊いた。

「ええと、なんか、有名な外人さんの名前に似てましたね……」と巖さん。思い出すふり……。やがて、

「そう、ジェームズ・ボンドじゃなかったですか？　ほら、007は殺しの番号とかの、やたら強い……」と言った。

「あ、そうか。ジェームズ・ボンドのジェームズはよけいで、ボンドだったかもな、クライアントは」爽太郎は言った。

「ボンド？」藤本ともう一人は、顔を見合わせる。「接着剤のボンドか？……」とつぶやく。

「接着剤のボンドが、あなたにキャンペーンの依頼を？」藤本が爽太郎を問いつめた。

「いや、接着剤じゃなかったような気がするなあ」と爽太郎。「巖さん、ちゃんと思い出してくれよ」とふり向いた。

巖さんは、包丁を置く。すみに置いてあるノートを手にとった。ページをめくる。

「ええと……アジが二〇匹に、豚肉三キロ……。あ、これは店の仕入れノートでした。すんませんねえ……。なんせ、年なもので……」と言った。藤本たちは、いらいらした表情

で巖さんを見ている。

巖さんは、もう一冊のノートを手にした。「ああ、こっちが仕事用のノートでした」と言う。そのページをゆっくりとめくる。さらに、近くにあった老眼鏡をかける。

藤本のいらいらはピークに達しそうだ。

やがて、巖さんが、「ああ、ありました、ありました」と言った。藤本の眼が光った。

「これですね。ああ、ジェームズ・ボンドじゃなくて、ジェームス・ディーンでした」と巖さん。「似てるもんで間違えちまいました」と言った。

「ジェームス・ディーン？」と藤本。爽太郎を見た。

「ああ、そうだった、ジェームス・ディーンだ」

「ということは？　クライアントは？」と藤本。

「ジェームスの方じゃないから、ディーンかな？……そうだ、ディーンだった」と爽太郎。藤本は、口を半開き。そして、

「……ディーンって、アメリカのファッション・ブランドの？……」と言った。爽太郎はうなずく。

「確かそうだ。アメリカのファッション・メーカーだ」と言った。ハイネケンをひと口。

「そのファッション・メーカーの仕事を引きうけたようだから、あんたがいま言った〈バ

ット・ボーイ〉の仕事はうけられないな。同じアパレルのクライアントだから」

藤本のこめかみに青筋が立った。

「バット・ボーイじゃない！〈BAD《バッド》・BOY《ボーイ》〉だ」と半ば叫んだ。

「どっちでもいいじゃないか」と爽太郎。

「よくない！」と藤本の金切り声。藤本は、爽太郎と巖さんを交互に睨みつけた。

「あんたら……最初から、わかってて、おちょくったな！」

「なんのことかな？」と爽太郎。

「とぼけんじゃない！」と藤本。爽太郎は微笑し、

「とぼけてるのは、そっちじゃないか？　相手のクライアントの女性を尾行するような卑《ひ》怯《きょう》な広告代理店は、どこのどいつだ」

爽太郎は言い放った。藤本の頭の中で、回線がショートしたらしい。口をパクパクとさせている。

「び……尾行？」と言った。

9　浅野青果店の危機

1

「そういうこと。女子トイレの盗撮で警察にやっかいになった、あんたのところの社員さ」爽太郎は言った。口をパクパクさせている藤本。

「……じゃ、あれはあんたが……」

「そんなことは、どうでもいい。けど、被害者が訴えたら、どうなる」

「被害者？」

「ああ、〈DEAN〉の広告担当者さ。あんたも知ってるはずだ。彼女が、さらにストーカー行為であの社員を訴えたら、どうなる。事件はもっと大事《おおごと》になって、マスコミはあんたの会社に押しかける。楽しい展開かもしれないな」

爽太郎は言った。藤本の顔が紅潮している。

「貴様《きさま》！」と金切り声で叫んだ。爽太郎につめ寄ろうとした。

爽太郎は、皮をむこうとしていたピスタチオの実をピッと指で弾《はじ》いた。実は、つめ寄ってきた藤本の額《ひたい》に命中した。

藤本は、「うっ」と声を上げた。額を手で押さえた。皮をむいていないピスタチオだから硬いのだ。爽太郎は、ゆっくりと立ち上がった。額を押さえている藤本は、すでにひるんだ表情。それでも、爽太郎を睨《にら》みつける。

「こそこそと裏で動いたりするから、墓穴《ぼけつ》を掘るんだ」と爽太郎。一歩、向かい合った藤本に近づく。

「さて、どうする。その一、さっさとシッポを巻いて退散する。その二、ボコボコにされて、そこにいるデブの手下にかつがれて帰る。選ぶのは自由だ」と藤本に言った。

爽太郎が喧嘩早いことは、広告業界では知れ渡っている。藤本は、爽太郎を睨みつけながらも、一歩後退、また一歩後退……。

「このままですむと思うなよ、流葉」と古典的な台詞《セリフ》を吐き捨てる。身をひるがえす。手下とともに店を出ていった。

爽太郎は苦笑い。巖さんにふり向く。

「アカデミー賞もののいい演技だったよ」と言った。巖さんは少し照れたような表情で、

「お役に立てて……」と言った。また包丁を使いはじめた。

2

「こんな目立つところでいいの？」と菜摘が言った。

午後一時。表参道にあるカフェ。爽太郎と菜摘は、テーブル席で向かい合っていた。場所が場所だけに、洒落た身なりの客が多い。

ときどき、爽太郎をチラリと見る客もいる。おそらく広告関係者だろう。

「かまうものか」と爽太郎。「おれが〈DEAN〉の仕事をやることは、もう広告業界に知れ渡ってるさ」と言った。

爽太郎は、東邦エージェンシーが流葉亭にやってきた、そのてんまつを話した。話をききながら、菜摘は吹き出すのをこらえていた。

「まあ、とんだ笑い話だ。が、それで、あらためてわかったことがある」

「わかった？」

「ああ、その一つ。いちおうライバルになる〈BAD BOY〉のキャンペーンを担当してる東邦エージェンシーのやつらには、やはり自信がない」と爽太郎。

「日本に上陸してくる〈DEAN〉を迎え撃つ、そのことに自信が持てないでいる。だから、広告担当者の君が、どこの代理店や制作者と接触するのか探ろうとして尾行までした。で、みごとにドジをこいた」

苦笑しながら爽太郎は言った。

「尾行が失敗したとわかると、とりあえず、おれに仕事を依頼しようとした。それもこれも、やつらの自信のなさをあらわしてる」

菜摘はうなずいた。

「だが、やつらも、このままじゃ、すまさないだろう。何か、手を打つはずだ。七月二〇日の渋谷戦争に勝つために。油断はできない」

と爽太郎。菜摘は軽くうなずいたまま、

「で、こちらの体勢は？」と訊いた。

「難しいことはない。七月二〇日に渋谷の店がグランド・オープンする。それに合わせて、一ヵ月ぐらい前からキャンペーンを展開する。テレビCF、それに連動して、ポスター、雑誌広告などなど……」

「わかるわ。そこで、広告代理店が必要になるわね」

と菜摘。「そういうこと」爽太郎が言ったときだった。

「流葉さん」という声がした。

顔を上げると、一人の男が笑顔を見せている。広告代理店〈CNインターナショナル〉のプロデューサーだった。一度だけ、何かのパーティーで自己紹介され、名刺を渡されたことがある。それだけのことだ。が、相手はなれなれしく、

「あい変わらずお元気そうで」と言った。

「おかげさまで、元気過ぎてね」爽太郎が答えたときだった。ポケットで着信音。スマホをとり出す。かけてきたのは、外資系広告代理店〈S&W〉の制作本部長、氷山《ひやま》だった。

爽太郎は、電話に出た。

「流葉君、いまどこだ」と氷山。やたら早口で言った。

「どこって……表参道さ」

「表参道？　何をやってるんだ」と氷山。その声が大きい。爽太郎と〈DEAN〉の情報は、もう知れ渡っているらしい。

「何って、人と話してるのさ」

「人？　人って誰だ」

「ええ、アメリカのブランド〈DEAN〉の広告担当者と、それに……〈CNインターナショナル〉のプロデューサーもいるけど」

「何？〈CNインターナショナル〉だと！」かん高い声で氷山が言った。その声が、あまりにうるさいので、爽太郎は苦笑。スマホを少し耳からはなした。

〈CNインターナショナル〉のプロデューサーは、腰を曲げ「じゃ」と小声で言う。立ち去っていった。爽太郎は、

「いま打ち合わせ中なんで、また」とだけ言った。ぶつっと通話を切った。着信音をオフにセット。菜摘との打ち合わせを再開した。

3

その打ち合わせが終わろうとしているときだった。今度は、菜摘のスマホに着信。彼女は画面を見る。

「ちょっと、ごめんなさい」と言った。スマホで話しはじめた。かけてきたのは、親しい相手らしい。が、その表情が曇っている。

「え、そんな？……」

「大丈夫なの？」

など、相手を心配しているような会話をしている。

「いま、仕事の打ち合わせ中だから、また後で電話するわ」そう言うと菜摘は通話を切っ

た。爽太郎と目が合った。

「……いまのは、弟の直樹よ」と言った。

「何かトラブルか？」爽太郎がきくと、菜摘はゆっくりと話しはじめた。

彼女の父親は、五年ほど前に他界した。すでに青果店を手伝っていた弟の直樹が、店を継《つ》いだという。三年前に結婚し、若い夫婦で浅野青果店をやっていると菜摘。

「ところが、二年前、わりと近くにスーパーが開店したの。そのスーパーの方が、野菜も果物も安いの」と彼女。「うちの方が、絶対にものはいいんだけど、どうしても、お客さんたちは、スーパーの方で買うことが多くなり、うちの売り上げは落ちていく一方よ」と言った。

「スーパーができて、昔からの商店は経営がきつくなる。典型的な状況だな……」

爽太郎は言った。菜摘は、当然のように浮かない表情でうなずいた。

「それだけじゃなくて、地上げの問題がもち上がってて……」

「地上げ？」と爽太郎。菜摘が説明しはじめた。浅野青果店の周辺には、昔ながらの家が多い。そんな一帯の土地を買い占め、マンションを造ろうとしている不動産業者がいるらしい。

それは、本郷やその周辺でよくあることだ。もともと古い家が多く、住んでいるのも高齢者が多い。

そんな土地が買い占められ、マンションが造られることはよくある。閑静な土地柄で都心にも近いから、造られたマンションの売れゆきはいいようだ。不動産業者にとっては、おいしい仕事になるんだろう。

「地上げ屋みたいな連中がきてるのか?」

「地上げ屋かどうかわからないけど、あまり柄《がら》のよくない不動産業者が、毎日のように押しかけてくるみたい。商売にもさしつかえるし、直樹は困ってるわ」

「そいつはよくないな。もう打ち合わせはすんだから、すぐ行こう」爽太郎は言った。立ち上がる。

4

五分後。ジープ・ラングラーで本郷に向かっていた。爽太郎は、走りながら地上げの状況を菜摘からきいていた。話をしながらも、

「ねえ、爽ちゃん、なんかうきうきしてない?」と菜摘が言った。爽太郎の気性をよく知っている。ステアリングを握っている爽太郎は白い歯を見せる。

「心配するな。暴れ回って店を壊したりはしないから」

5

本郷に着いた。本郷通りから、わき道に入る。浅野青果店が見えてきた。店のわきに駐車スペースがある。爽太郎は、そこにラングラーを駐めた。菜摘と車をおりる。

いま、青果店に客はいない。淡い午後の陽射しが、店頭にあるリンゴやニンジンを光らせていた。爽太郎の胸に、一瞬、懐しさがよぎる。

直樹は店の奥にいた。菜摘の姿を見ると、ほっとしたような表情を見せた。爽太郎は、直樹を見た。

少年だった直樹も、一人前の大人になっていた。身長は、爽太郎と同じぐらい、一七〇センチを軽くこえている。トレーナーにジーンズというスタイルだ。菜摘が、爽太郎にふり返り、

「ほら、流葉亭の爽太郎さん」と直樹に言った。直樹の顔に、一瞬の驚きと笑顔……。

「変わらないですね」と言った。

「進歩がないとも言える」爽太郎は、白い歯を見せて言った。

「いや、そういうことじゃなくて」と直樹。

「わかってるよ。冗談さ。ところで、地上げ屋まがいの連中に困ってるんだって?」爽太

郎は言った。

　直樹は、うなずく。説明しはじめた。

　マンション建設の話は、三ヵ月ほど前に持ち上がったという。ある建設業者が、かなり強引に、このあたりの土地を買い占めはじめた。近隣では、すでに土地を売ることを決めた住人もいるらしい。爽太郎はうなずいた。

「で、そいつらは、どこの、なんていう業者なんだ」と訊いた。

　直樹は、奥に入る。一枚の名刺を持ってきた。爽太郎は、それを見た。

〈浅見建設　開発部　野島利男〉と印刷されている。会社の住所は、江東区《こうとう》になっている。

「よそ者か……」爽太郎がつぶやいたときだった。直樹の表情が硬くなった。後ろで、靴音がきこえた。

10 秋の雪が、君に降り注いでいた

1

爽太郎は、わざとゆっくり振り向いた。

男が二人。濃いグレーのスーツを着ている。地味な色のネクタイをしめている。黒い靴は磨き込まれている。二人とも三十代に見えた。一人は、小柄だった。髪をオールバックにしている。もう一人は、ひょろりと背が高い。髪は、短く刈っている。

二人とも、ダークスーツ、ネクタイというスタイルだ。が、銀行員には見えない。顔に浮かべている薄笑い……。どこか、うさん臭《くさ》さを漂わせている。

爽太郎は、名刺を手に、やつらを見た。相手の表情が変わった。

この日の爽太郎は、黒地のアロハに、光沢のある銀色のジャンパーを着ていた。ジャンパーには龍が刺繡《ししゅう》されている。濃い色のサングラスをかけている。無表情。左手に持った名刺を、右手の人さし指で軽く弾《はじ》きながら、やつらを見た。二人の顔から、薄笑いが消えた。爽太郎は凄味《すごみ》のある低い声で、

「この野島ってのは、どっちだ」と言った。五秒ほどして、

「わ、私だが」とオールバックが言った。その声が、少しこわばっている。爽太郎は、軽くうなずいた。サングラスをかけたまま、相手を見ている。二人とも、かたまっている。

爽太郎は、ジャンパーのポケットからスマホを出した。爽太郎のスマホは、金色にデコられている。リョウが、〈これが流行ですよ〉と言って、勝手にデコったものだ。爽太郎は、その派手なスマホを耳に当てる。誰かにかけているふり。五、六秒待ち、

「ああ、おれだ。社長はいるか？」と言った。また四、五秒……。野島の名刺に視線を移す。

「江東区の連中だ」と言った。さらに六、七秒……。

「わかった、ほどほどに、だな。社長には後で話す」と言った。通話を切ったふり。スマホをポケットに入れる。ゆっくりと、オールバックを見た。軽くため息をつく。

爽太郎は、ゆっくりと、オールバックに近づく。その肩を叩いた。退屈したような口調で、

「ちょっとそこまでつき合ってくれないか」と言った。

「そこまで？……」とオールバック。かたまったまま言った。

「近くに公園がある。そこで、ちょっと話そうじゃないか」

「公園……。なんの話だ」とオールバック。その声が、かすれている。

「まあ、ちょっとした話だ。……あんたらのやってる事を面白く思わない人がいるものでね。気は進まないが、ちょっと話す必要がある」と爽太郎。あい変わらず、退屈したような抑揚《よくよう》のない口調で言った。その抑揚のない口調が、相手にとっては怖《こわ》さを感じさせるのは計算ずみだ。

オールバックの肩をもう一度叩く。「さあ、そこまで行こう」と言った。

「……いや、やめとくよ」とオールバック。こわばった表情で答えた。爽太郎は、軽くため息。

「やめるってわけにはいかないんだ、残念ながら。公園は嫌いか？」

「そういう問題じゃなくて……」とオールバック。

「ぐだぐだ言ってるんじゃないよ。じゃ、ここで話すか？」爽太郎は少し強い口調で言った。身がまえるふり……。

体をこわばらせていたオールバックは、二歩後退。もう一人は、三歩後退。二人とも身をひるがえす。早足でずらかっていった。爽太郎は、苦笑しながらそれを見送った。

2

一分後。爽太郎は、またスマホをとり出す。源《みなもと》組の組長、源正一郎《しょういちろう》にかけた。

「久しぶりだな」と正一郎。

「ああ。ちょっと調べて欲しいことがある。たぶん、あんたなら簡単なことだ」と爽太郎。名刺を見ながら、江東区にある浅見建設のことを伝えた。

「ここがどんな建設会社なのか知りたい。やばい連中と関係があるかどうか……。知り合いが、この会社から地上げの嫌がらせをうけてる」と言った。

「わかった。東京の同業者に訊いてみる。一〇分ほどくれ」と正一郎。

一〇分もかからなかった。正一郎から電話がきた。

「わかった。その浅見建設は、暴力団との関係はないようだ。ただ、かなり強引な地上げをやっていることは確からしい。何か手伝おうか?」と正一郎。爽太郎は礼を言い、「もし必要になったら、あんたのところの若い者を二、三人貸してくれ」

「お安い御用だ」正一郎が言った。

3

「何がおかしいんだ」と爽太郎。並んで座っている菜摘に言った。

三〇分後。二人は、青果店の近くにある公園にいた。木のベンチに腰かけていた。菜摘は、いまにも吹き出しそうな表情……。

「笑っちゃいけないんだけど、あの建設会社の二人、爽ちゃんを危ない人だと思ったみたいね」と言った。爽太郎は苦笑い。

「おれの身なりが、少し派手だったかな？」

「派手っていうか……」と菜摘。「まあ、毒をもって毒を制《せい》すってやつだな。これで、やつらも当分はこないだろう」爽太郎は言った。菜摘は笑顔を見せたまま、

「ほんと、爽ちゃん、変わらないわね、あの頃と……」と言った。

あの頃か……。爽太郎は、胸の中でつぶやいていた。

4

中学を卒業すると、爽太郎と菜摘は別々の高校に進んだ。学力が違うので当然なのだけれど……。

学校は違っても、菜摘とはよく顔を合わせた。巖さんの手伝いで、浅野青果店に行くこともあった。あい変わらず、菜摘は本を貸してくれていた。高校生になると、貸してくれる本も、大人っぽくなっていた。爽太郎の性格をよくわかっていて、冒険小説やハードボイルドが多かった。フォーサイス。ギャビン・ライアル。ミッキー・スピレイン。さらに、ロバート・B・パーカー、などなど……。みな面白かった。

そんな本たちを借りたり返したりしながら、爽太郎と菜摘は、よく、この公園でしゃべったものだった。

その頃、弟の直樹が中学生になって、店番ができるようになった。直樹に任せて、菜摘が店を離れられるようになっていた。

そんな夕方。爽太郎と菜摘は、この公園で他愛ない話をしたものだった。

店から歩いて二、三分のところにある公園。だが、公園と呼ぶには、あまりに素《そ》っ気《け》ない。子供のためのブランコも砂場も何もない。

木のベンチが二つあるだけ。なので、子供たちはやってこない。ときおり、近所に住む年寄りがベンチに座っているぐらいのものだ。

特徴があるとすれば、公園の隅にある大きなイチョウの樹だ。本郷周辺には、イチョウの樹が多い。その中でも、この公園にあるイチョウは大きかった。秋になると、葉が鮮やかな黄色になる。まるで、黄色いクリスマス・ツリーのようだった。秋の終わりには、一面の落ち葉で、公園の地面は黄色い絨毯《じゅうたん》を敷いたようになる。

そんな公園で、爽太郎と菜摘は、よく雑談をした。その頃、人気になっていたJリーグの影響で、爽太郎はよくサッカーボールを蹴っていた。ボールをリフティングしたり、軽く蹴ったり……。そうしながら、菜摘と言葉をかわしていた。

あれは、高校二年の秋だった。

爽太郎は、玉ネギとピーマンなどを買いに青果店に行った。弟の直樹が店番をしていた。野菜を買い、爽太郎は帰ろうとした。

歩いていた爽太郎は、ふと立ちどまった。いつもの公園の所だった。ベンチに、菜摘が座っていた。それ以外に、人はいない。彼女は本を読んでいた。

爽太郎は、近づいていって、声をかけようとした。が、足をとめて、彼女の端正な横顔をじっと見た。

本のページに目を落としている菜摘の頰に、涙がひと筋つたっていた。彼女は、左手の指で、頰の涙を、そっとぬぐった。

爽太郎は、立ちどまったまま、彼女を見ていた。こげ茶色のセーター。晩秋の午後の、ひんやりとした空気。淡い陽射し。黄色いイチョウの枯れ葉が、まるで雪のように彼女に降り注いでいた……。その光景は、爽太郎の心に消し去れない映像としてくっきりと残っている。

それから年月が過ぎた。けれど、この公園は何も変わっていない。そして、いま二人が腰かけている木のベンチ……。あの日、菜摘が本のページに目を落としていたのも、このベンチだった……。

5

そこまで思い出して、爽太郎はわれに返った。三〇秒ほど、考える。

「地上げは、されないですむかもしれないが、根本的な解決がされたわけじゃない」と菜摘に言った。

「……そうね」

「落ち込んでいる店の売り上げを復活させる必要がある。そうしないと、いずれは閉店しなきゃならなくなるな」

「考えたくないけど、そういうことね。でも、ここまで離れてしまったお客をとり戻せるかしら……」

「その可能性はある」爽太郎は言った。彼女が、爽太郎の横顔を見た。

「何か、いい手が？」

「あるかもしれない。ちょっとまかせてくれないか」

6

「これは、やっぱりいいですね」と巖さん。トマトを手にして言った。

午後六時過ぎ。流葉亭。爽太郎は、浅野青果店から持ち帰ったトマトやキュウリ、玉ネギなどをカウンターに置いた。

巖さんは、トマトを手にとる。その色つやを見て、「やっぱりいいです。この店の野菜は」と言った。

巖さんは、まな板の上にトマトを置く。包丁で二つに切った。トマトには、タネがつまっていた。強い香りが、あたりに漂う。「これが本来のトマトです。スーパーには売っていませんがね」と言った。

爽太郎は、うなずいた。そのときだった。スマホに着信。かけてきたのは、〈S＆W〉の氷山だった。きょうの午後中、氷山からは七回ほど電話がかかってきていた。が、着信音は消して、無視していた。

電話に出る。

「流葉君！　なんで電話に出ないんだ」

「まあ、いろいろと忙しかったものでね」

「それは、〈DEAN〉のキャンペーンについてなのか⁉」

「まあ、そんなところかな」

「君……もしかして、そのキャンペーンの扱いを〈CNインターナショナル〉にまかせたのか⁉」きんきんとした声で氷山は話す。あきらかに、額に青筋が立っている。

「まあ、そこまで話は決まってないけど」と爽太郎。

「だって君……そういう大きなキャンペーンは〈S&W〉にまかせるのが筋ってものじゃないか⁉」

「そんなこと、誰が決めたんだ」

「誰って……」と氷山。一瞬、言葉につまる。

「まあいいや。キャンペーンを〈S&W〉にまかせる可能性はある。が……それには、一つ条件がある」

「条件？」と氷山。

11　切り口を探して

1

「条件って、どんなことだ」と氷山。

「たいしたことじゃない。明日でも、〈S&W〉に行くよ。そのとき話す」爽太郎は通話を切った。

2

翌日。午後三時。爽太郎、熊沢、菜摘の三人は、南麻布にある〈S&W〉にきていた。かなり大きなビルの九階。広い会議室に通された。

氷山は、「光栄に存じます」などと歯が浮くような台詞《セリフ》を吐くと、菜摘に自分の名刺をさし出した。あい変わらず上質なスーツに身を包んでいる。

菜摘が自分の名刺を渡すと、氷山はうやうやしくうけとる。

「このたびは、弊社《へいしや》を選んでいただき望外《ぼうがい》の」などと言いかけた。そのとき爽太郎が口を開いた。

「おいおい、誤解してもらっちゃ困るぜ」と言った。「誰も、あんたの会社に〈DEAN〉のキャンペーンをまかせるとは言ってないよ」

氷山は間の抜けた表情で「へ？」と言った。本人は〈え？〉と言ったつもりなんだろう。そして、「だって……」とつぶやく。

「だっても何もないぜ。〈S&W〉にまかせるかどうか、そいつは、条件によるって、きのうの電話で言っただろう」と爽太郎。

「あ、ああ、そうだった……」と氷山。

3

「え？　チラシを？」と氷山。またメタルフレームの眼鏡の奥で目を丸くした。

「チラシって、どういうこと……」

「別にやっかいなことじゃないさ」と爽太郎。「ある商店のチラシを制作する。それも一流のカメラマンを使ってつくる。それを三種類、各千枚、印刷する。で、作ったチラシを約千軒の家に計三回、ポスティングつまり投函《とうかん》する。そういうこと」と言った。

「店の、チラシ……」と氷山。

「そう。チラシを三千枚作り、バイトを雇ってそれを投函する。それが、〈DEAN〉のキャンペーンを〈S&W〉にまかせる条件だ」

爽太郎は、きっぱりと言った。氷山は、まだ、あっけにとられた表情でいる。外資系広告代理店〈S&W〉は、一流の広告代理店といえる。制作本部長の氷山にしても、チラシをつくったことがないのかもしれない。

「頭が混乱してるなら、おれが整理してやろうか」と爽太郎。「三種類のチラシを千枚ずつ作って投函したところで、費用はたかが知れてるさ。それで〈DEAN〉のキャンペーンの扱いをとれるとしたら、いくらになるのか、考えるまでもないだろう」と言った。

それはハッタリでもなんでもない。いくら質のいい紙を使って三種類のチラシをカラー印刷しても、一〇〇万円もかかるか、かからないか……。それに比べて、〈DEAN〉のキャンペーンを扱うことになったら、少なくとも数千万円、場合によっては一億円をこえる媒体費《ばいたいひ》が〈S&W〉に入ると思われる。

氷山は腕組みして、考えを整理している様子……。

「迷ってるんなら、いいよ。ほかの代理店に話を持っていくから」と爽太郎。会議室の椅子から立ち上がろうとした。

「ま、待て!」と氷山。あせった声を出した。「わかった。チラシ三千枚だな、わかった!」

4

「チラシを近所に配る作戦なのね」と菜摘。カシス・ソーダのグラスを手にして言った。

夕方の五時過ぎだった。〈S&W〉の近くにあるカフェに三人はいた。軽く飲みはじめていた。爽太郎は、モヒートをひと口。

「おれは、複雑なことをやるのが好きじゃない。根が単純にできてるんでね」と白い歯を見せた。モヒートを、さらにひと口。

「浅野青果店を再生させるには、これまで買いにきていた本郷周辺の客を引き戻すしかないだろう。そのためには、チラシ作戦が一番だと思う」と言った。

菜摘が、うなずいた。熊沢が口を開いた。

「しかし、お前さん、チラシなんてつくったことないだろう」と言った。爽太郎は軽くうなずき、

「別に問題ないさ。全国に流れる三〇秒のテレビCFも、三千枚のチラシも、原点は同じだ」

「原点？」と熊沢。

「ああ、メッセージを伝えるという意味では、CFもチラシも同じだぜ」爽太郎は言った。

そのとき、菜摘のスマホに着信。彼女は「ごめんなさい」と言ってスマホを耳に当てた。

誰か知人と話している。

「今夜だったわね。忘れてはいないわ」と菜摘。「六時半に開演ね。わかった。行くわよ」

と言って通話を切った。また、爽太郎たちに「ごめんなさい、打ち合わせの最中に」と言った。

「開演ってことは、知り合いがコンサートでもやるのか」と爽太郎。

「大学時代の知人が、ある劇団をやっているの。といっても、小劇団なんだけど……」

「演劇か……」と熊沢。菜摘は、うなずいた。

「ええ、彼は劇団を主宰《しゅさい》していて、脚本を書き、演出もしているわ」と言った。

菜摘は、かたわらにあるバッグから何かとり出した。四つ折りにした紙だった。カラーコピーしたものだった。A4のサイズ。どうやら、公演の知らせらしい。

〈迷走せしハムレット・序章〉という文字が目に入った。顔を白塗りにした男が、眼をむいて何か叫んでいるらしい写真。少しボケている。

〈劇団・夢限《むげん》　作・演出　倉田サトシ〉と下の方に書かれている。

それを見た熊沢が、「日本人はシェイクスピアが好きだな」と、軽く苦笑しながら言った。

「しかし、ハムレットが迷走すると、どうなるんだろう」爽太郎が言った。菜摘も、かすかに苦笑。

「ちゃかさないでよ。やってる本人は真面目《まじめ》なんだから」と言った。そして、

「あのハムレットを、現代の悲劇に置きかえて表現するそうよ」とつけ加えた。爽太郎も、それ以上はちゃかさなかった。

菜摘は、腕時計を見る。

「わたし、そろそろ行っていいかしら」と言った。爽太郎は、うなずく。「チラシの件は、まかせておけ。〈DEAN〉のキャンペーンは、まだスケジュールに余裕があるが、このチラシの方が急を要する。企画ができしだい、君に見せるよ」

菜摘は、コートを着て店を出て行った。その後ろ姿を見送った熊沢が、「彼氏かな？その劇団をやってるのは」と言った。爽太郎は肩をすくめる。

「そうかもな」とだけ言った。すでに、チラシ作りに考えをめぐらせていた。モヒートの

グラスを口に運ぶ。

5

翌日。夕方の四時過ぎ。

爽太郎は流葉亭にいた。カウンターで、考えごとをしていた。BUDをゆっくりと飲みながら、浅野青果店のチラシについて考えていた。

三種類のチラシで、三種類の野菜について表現しようと思っていた。

店から持ってきたのは、トマト、キュウリ、玉ネギだ。その三つが、最もポピュラーで親しみのある野菜だと感じられたからだ。

菜摘の弟の直樹からは、それぞれの仕入れ先などもきいてある。

爽太郎は、トマトを一個、カウンターに置き、じっと眺めていた。このトマトを、どう表現しようか考えていた。いま作ろうとしているチラシは、いわゆるチラシ風ではなく、雑誌広告のようにする、そのことは決めてあった。問題は、表現の切り口だった。

表現方法は、いくつも考えられた。そのどれを使うか、爽太郎は考えていた。

カウンターの中では、巖さんが包丁を使っていた。

浅野青果店から、段ボールに入れて持ってきたかなりの量の野菜。その中から、玉ネギを出し、それを刻《きざ》んでいた。ハンバーグに使うため、玉ネギをみじん切りにしていた。

そんな巖さんが、片手で目尻をぬぐった。どうやら、玉ネギを刻んでいるうちに、涙がにじんできたらしい。巖さんは、

「いやあ、強烈ですね」と言いながら目尻をぬぐっている。

「ほかの玉ネギより目にしみるのか？」と爽太郎。巖さんは、包丁を置き、

「鎌倉で手に入る玉ネギも、そこそこいい物ですが、これほどじゃないですね」と言った。また、目をぬぐっている。

そのときだった。爽太郎の頭の中で何かがチカッと光った。やがて、

「そうか……」と口に出していた。切り口が、ちらりと見えたと感じていた。

カウンターの中の巖さんを見る。「ちょっと手伝ってくれないか」と言った。

6

午後一時過ぎ。爽太郎は由比ヶ浜の海岸にいた。砂浜にタオルを敷き、そこに寝そべっていた。タオルの上にA4サイズのノートを広げ、ボールペンを走らせていた。

いま書いているのは、チラシのためのコピーだった。

大きな高気圧が、関東地方をカバーしていた。快晴。風はない。春先とは思えないほど、

陽射しが強かった。

サーファーも、ウインドサーファーもいない。がらんとした砂浜に、明るい陽があふれていた。まだ少しひんやりとする空気。明るい陽射し……。それは、LA《ロス》を思い起こさせた。

南カリフォルニア大学を中退し、CF制作の現場に入った。あの頃も、こんな時間があった。

午後のサンタモニカ・ビーチ。タオルを敷き、その上で、CFのアイデアを考えていた。あの頃の熱い気持ちが、胸の中によみがえるのを、爽太郎は感じていた。

広げたノートに、ヘッドラインを書く。書いては消し、また書く。頭上では、カモメの鳴き声がきこえていた……。

12　オニオンが泣かせた

1

「鎌倉に、こんなお店があったのね」

菜摘が言った。店の外に拡がっている風景を眺めて言った。

鎌倉山。その頂上にある蕎麦屋《そば》に、爽太郎、熊沢、菜摘、そして運転手のリョウがいた。広く格調のある屋敷を改装した蕎麦屋だった。座敷からは、鎌倉山の広大な景色が望める。なだらかな斜面には、山桜が咲いていた。

平日の午後なので、店は、すいていた。

そんな座敷に、四人はいた。爽太郎と熊沢は、ビールのグラスに口をつけていた。グラスを置いた爽太郎が、

「少し待たせたが、浅野青果店のチラシ、そのプランだ」と言った。Ｂ４サイズの紙を、とり出した。菜摘や熊沢が、身をのり出した。

ＣＦのコンテではなく、広告のラフスケッチが描かれていた。ごく簡単なレイアウト、そしてコピーが書かれている。

その一枚目。ヘッドラインは、こうだ。

『あの日のトマト。』

そして、四行のボディ・コピーが書かれていた。

『この店のトマトを切ると、
たっぷりした種がこぼれ出す。
あの日に食べた本物のトマトが、
ここにはある。』

そんなコピーだ。コピーの上には、写真スペースがレイアウトされている。

「ここには、トマトの切り口を撮った写真を入れる」と爽太郎。

そして、スペースの右下。

『浅野青果店』と、ほどほどの大きさでレイアウトされている。電話番号とシンプルな地図も小さめにレイアウトされている。

ホワイト・スペースも充分にとってある。チラシというよりは、押しつけがましさのない端正な雑誌広告のようだった。それを、熊沢が見ている。無表情で見ている。その眼だけは、鋭く光っている。熊沢が本気になったときだけに見せる表情だった。やがて、

「そうか……トマトを切ってみせたか……」熊沢が、つぶやいた。爽太郎は、うなずいた。ビールでノドを湿らせる。

「大型スーパーに並んでいる野菜は、〈土の上でつくった工業製品〉などと呼ばれている。確かに、型が揃っていて見栄《みば》えはいいが、中味はいまいちだ。このコピーで書いたように、たとえばトマトを切っても、種がこぼれ出ることはない。昔のトマトとは別物といえる」

熊沢と菜摘が、うなずいている。

「だが、君の店のトマトは違う。その違いは、包丁を入れてみればわかる」爽太郎は、菜摘を見て言った。

「外見だけはキレイなスーパーの野菜。だが、包丁で切ってみれば、それがどんなものかわかる。そこを突いてみた」と爽太郎。「このヒントをくれたのは巖さんだけどな」と

言った。

「なるほど……表現の切り口は、文字通り〈切り口〉にあったわけか」と熊沢。爽太郎はうなずき、白い歯を見せた。

「こんなこと、まったく思いつかなかったわ……」と菜摘。熊沢が笑顔になり、

「このお兄さんは、一見ただの不良のようだが、こういう発想をさせたら、とんでもないことをやる。そんな場面を、何回も見てきたよ」と言った。そして、爽太郎を見た。

「チラシは、三種類作るんだろう？　あと二つのアイデアはあるのか」と言った。「もちろん。じゃ、企画その二」と爽太郎。またB４の紙をとり出した。

第二案のヘッドラインは、こうだった。

『オニオンが泣かせた。』

そして、ボディ・コピー。

『この店のオニオンを切ったとたん、

思わず涙があふれ出る。

本物のオニオンだけが、

あなたを泣かせる。』

そんなボディ・コピー。

「写真は、オニオンの切り口をアップで撮ったものを使う」と爽太郎。『浅野青果店』と、電話番号・地図などは、第一案とまったく同じにレイアウトされている。

熊沢がうなずき、「いいじゃないか。で、第三案は？」と言った。

「せっかちなオッサンだなあ。アイデアは、逃げていきゃしないよ」と爽太郎。三枚目の紙をとり出した。ヘッドラインは、こうだ。

『キュウリの真実。』

そして、四行のボディ・コピー。

『この店のキュウリを切ると、
ほかにはない強い香りが漂う。
本物のキュウリは、
少年時代の夏を思い出させる。』

店名、地図など、レイアウトは三案とも統一されている。熊沢が鋭い目つきでそれを見ている。一〇秒ほどすると、微笑した。

「少年時代の夏を思い出す、か……。広告コピーのレベルをはるかに超えているな」と、つぶやくように言った。

菜摘も、その三案をじっと見ている。

「一商店のためのチラシに、こんな企画……贅沢《ぜいたく》すぎるかも……」と、つぶやいた。

「そんなことはないさ。君の店に並べてある野菜や果物には、それだけの価値がある、冗談抜きにね」と爽太郎。熊沢を見る。「どうやら、クライアントのオーケイが出たようだから、制作に入るぜ」

「了解。必要なのは、カメラマンと、デザインを最終的に完成させるデザイナーだな」と熊沢。

「レイアウトはほぼ完成してるから、デザイナーは、〈S&W〉で一番腕利《き》きのを起用すればいいだろう。問題は、カメラマンだ。一流の感性を持ったカメラマンが欲しいな」

爽太郎は言った。そして、

「トマトや玉ネギを切った写真は、平凡に撮ろうと思えば、いくらでも平凡でつまらない写真が撮れる。が、それをドキリとするような映像に仕上げるには、鋭い感性が必要だ」

熊沢も、うなずいた。菜摘が何か考えている。爽太郎は口を開いた。

「たとえば、世界の辺境に行き、珍しい風景や珍しい動物に出会ったら、人が珍しがって見てくれる写真が撮れるかもしれない。が、それはカメラマンの腕というより、被写体の持つ力だ。ところが、キュウリの切り口を撮って、人をうならせようとしたら、これは大変だ。カメラマンとしての、本当の力量を問われることになるんだ」

爽太郎は言った。菜摘が爽太郎を見た。そして、小さくうなずいた。

「……そうね。きっとそうなんだと思う。これまで考えたこともなかったけど」

爽太郎は白い歯を見せた。

「これまではいいとして、これからは違う。広告業界の第一線でやっていくわけだからな」と言った。さらに、

「十代の頃は、君に教えてもらうばかりだったけど、こっちから教えられる事ができてよかった」とつけ加えた。

「鶴《つる》の恩《おん》返しじゃなくて、不良少年の恩返しか」と熊沢。ニヤリとして言った。

「うるさいなあ、おっさん。それより、カメラマン選び、よろしくな」

「わかったよ。すぐにとりかかる」

2

「もう会議室にきてるぜ。塚田浩一《つかだこういち》のマネージャーだ」と熊沢が言った。

四日後。午後二時。南麻布にある〈S&W〉の廊下を、爽太郎と熊沢は歩いていた。カメラマン、塚田浩一のマネージャーがきているという。

塚田浩一は、売れっ子のカメラマン。この三日間、熊沢がカメラマンの候補を一〇人近くリストアップした。その中の一人だった。塚田は、売れているということでは、ナンバーワンだろう。

爽太郎と熊沢は、第三会議室に入っていった。八人ほどのミーティングができる部屋に、マネージャーらしい女性がいた。三十代の後半だろうか。黒ずくめの服を着てセルフレームの眼鏡をかけている。いかにも業界人らしい……。爽太郎たちが入っていくと立ち上がった。

3

「チラシ、ですか?」とマネージャー。驚いたような表情を浮かべた。

「そう、チラシだ。ある青果店のチラシ。撮るのは、トマト、玉ネギ、キュウリだ。ギャ

ラは、通常レートで払う」と爽太郎は言った。マネージャーは、渋々という感じで手帳にメモしている。やがて、

「わかりました。塚田本人に話してみます。いまロケでハワイに行ってるので連絡をとってみます」と言った。それ以上は何も訊かず、会議室を出ていった。

爽太郎と熊沢は、廊下を歩いていくマネージャーの後ろ姿を見送る。

「ありゃ、ダメだな」爽太郎がつぶやいた。熊沢も、うなずいた。

4

「本気なんですか？　流葉さん」と八木沢《やぎさわ》は言った。

翌日。午後一時。やはり〈S&W〉の会議室だ。

カメラマンの八木沢ハジメが爽太郎たちと向かい合っていた。八木沢も、いま日本でベスト3《スリー》に入る売れっ子カメラマンだろう。

爽太郎の仕事、扱いは〈S&W〉というので、本人が直接〈S&W〉にやってきた。向かい合った八木沢に、爽太郎は、昨日と同じ説明をした。それをきいた八木沢は、

「本気なんですか？　流葉さん」と訊き返してきた。

「ああ、本気さ。青果店のチラシで、撮るのは野菜三種類だ」爽太郎は言った。

「でも、どうして流葉さんがチラシの仕事なんか……」と八木沢。

「理由はないさ。仕事として引きうけただけの話だ」爽太郎が言うと、八木沢は少しかん高い笑い声を上げた。

「しかし、冗談きついなあ……。この八木沢ハジメに、チラシの仕事をやれって？　ちょっと、かんべんしてくださいよ。どうかしてるんじゃないの？　流葉さん」

「どうもしてないが、嫌ならそれでいいよ」爽太郎は言った。

5

「やつも、大きな魚を逃がしたな」と熊沢。廊下を歩き去っていく八木沢を見送りながらつぶやく。爽太郎もうなずき、

「ああ。プライドってのは、やっかいだな」と言った。

「そういうことだな。よけいなプライドが邪魔《じゃま》をして、大きな魚を逃がしたわけだ」熊沢が言った。その言葉の〈大きな魚〉とは、〈ＤＥＡＮ〉のキャンペーンのことだ。チラシの仕事を引きうけたカメラマンには、〈ＤＥＡＮ〉の仕事をやらせようと二人の間で決めてあったのだ。

「それはそうとして、全滅か」と熊沢。手にしているリストを眺めた。熊沢がリストアッ

プしたカメラマン一〇人。全員と交渉したが、誰もチラシの仕事を引きうけなかった。いまの八木沢ハジメが最後の一人だった。

「さて、どうするか」と熊沢。

「心配するな。あと一人、いる」と爽太郎。

「あと一人？」熊沢が、つぶやいた。

13　ブドウ畑で追いかけて

1

「あと一人って、誰だ」熊沢が訊いた。

「東堂昇《とうどうのぼる》」と爽太郎。

「東堂？」と熊沢。「彼は引退した人間じゃないか」と言った。

「確かに、撮影の仕事から足を洗ったときいてるよ」

「じゃ、なぜ彼を……」と熊沢。

「すごい映像を撮るからさ」爽太郎は言った。そして思い起こしていた。

あれは、五、六年前だ。少し気になるテレビ番組がオンエアーされるようなので、爽太郎はそれを録画しながら観た。

民放のあるキー局でオンエアーされるドキュメントだった。『ピッチに夢を追う少女』という、かなり平凡なタイトルだった。が、どうやらサッカーをやる少女を追ったドキュメントらしかった。少年時代によくボールを蹴っていた爽太郎にとって気になる番組だった。

テレビで、一時間のドキュメントがオンエアーされはじめた。地方の高校の女子サッカー部。そこでストライカーをやっている十七歳の少女を追うドキュメント。

番組が流れはじめると、爽太郎は身をのり出した。その映像が鮮烈だったからだ。

サッカーボールのアップからはじまり、十七歳の少女ストライカーの姿が映し出される。その映像を、爽太郎はじっと見た。

スポーツ少女を撮ったドキュメントは数多くある。が、そのドキュメントの映像は、それらすべてと違っていた。

カメラマンは、主に望遠レンズを使っていた。スポーツの映像を撮る場合、広角《ワイド》レンズを使うカメラマンが多い。その方が、視界の全体をとらえやすいからだ。

だが、そのドキュメントはあきらかに違っていた。ほとんどの映像が望遠レンズで撮られていた。

その結果、アップの画像が多くなる。

ボールを蹴る少女の脚。フリーキックでゴールを狙う顔のアップ。ゴールネットを揺らしたボール。少女の笑顔。流れる汗。ピッチにのびている選手たちの影。練習が終わり、片づけをしている選手たちの後ろ姿。それらすべてが、望遠レンズで撮影されていた。映像は、緊張感とリアリティーにあふれていた。

ワンカットだけ、望遠ではないレンズで撮った映像があった。それは、番組のラスト。夕暮れのサッカーグラウンド全体を撮ったものだった。誰もいなくなったグラウンド。遠くの山なみ。暮れていく空。ドラマチックなエンディングだった。

その映像に、クレジットが写し出されていく。爽太郎は、さらに身をのり出しカメラマンに注目した。

やがて、《撮影　東堂昇》というクレジットが写し出された。

爽太郎は、かなり驚いていた。東堂昇は、売れっ子のファッション・カメラマン。売れっ子というより、すでに大御所という言葉が似合うカメラマンだった。ファッション・ブランドの広告キャンペーンを次つぎとこなしていた。スチールもムーヴィーも撮っていた。

そんなカメラマンが、スポーツのドキュメント番組を撮った。そのことが、爽太郎には意外だった。同時に、あることを予感させた。

その予感は、当たった。番組がオンエアーされた一ヵ月後。東堂が引退したという情報が業界に流れたのだ。情報は本当だった。広告キャンペーンの仕事に、東堂の名前がクレジットされることはなくなった。

当時、東堂はまだ四十代の前半。引退するには早過ぎる。というより、これからカメラマンとしての円熟期に入ろうという年齢だ。

爽太郎の胸の中で、〈なぜ〉という思いと、同時に〈やはり〉というつぶやきが交錯《こうさく》していた。その思いは、いまも心のすみに刻み込まれていた。

2

「ああ、あのドキュメントか」と熊沢。「よく覚えてる」と言った。

その当時、爽太郎と熊沢は、録画してあるドキュメンタリーを、酒を飲みながら何回も観たものだった。

「しかし、彼は事務所も閉じて、完全に仕事をやめたはずだ」と熊沢。「なんでも、生まれ故郷に帰ったという噂だな」

爽太郎は、うなずいた。

「その東堂を起用したいと？」と熊沢が訊いた。

「ダメもとで、当たってみたいのさ」爽太郎は言った。東堂が本当に仕事をやめてしまったのなら、その理由を、本人の口からききたいと思っていた。

「同じ現場にかかわる人間として、気になるんだ」爽太郎は言った。熊沢が、うなずいた。

「しかし、彼の居場所をつきとめる手があるのか？」と訊いた。

「あてが無いわけでもない」爽太郎。ポケットからスマホをとり出した。

Nテレビのディレクター、亀《かめ》木《ぎ》理《みち》夫《お》にかけた。あのドキュメントは、Nテレビが制作しオンエアーされたとわかっている。

「ああ、流葉さん」と亀木。感じのいい声が響いた。

「ちょっと教えてほしいことがあるんだ」と爽太郎。東堂が撮ったドキュメントのことを口に出した。

「ああ、あのサッカー少女のドキュメントですね」と亀木。「あれはよく覚えてますが、僕がかかわった仕事じゃありません」と言った。

「あれを制作したプロデューサーかディレクターはわかるだろう？」

「ええ、わかります。もう現場を離れて管理職になってますが」と亀木。

「そっちから、東堂昇のことをきけるかな？」

「たぶん、きけると思います。いや、きいてきますよ」

爽太郎のファンを自認している亀木は言った。

「助かるよ」と爽太郎。二人は、夕方、麻布のバーで会う約束をした。

3

「お待たせしました」と亀木。約束に五分遅れただけなのに礼儀正しく言った。爽太郎と並んでバーのスツールに腰かけた。爽太郎と同じウォッカ・トニックをオーダーした。

グラスに口をつけ、ひと息。

「あのドキュメントですが、制作したディレクターに話をききました」と亀木。ゆっくりと話しはじめた。

番組を制作するにあたり、プロデューサーやディレクターは、これまでとは違うカメラマンを起用したいと考えた。その頃、超一流のファッション・カメラマンだった東堂昇に交渉したという。

「ダメでもともとだったようですが」と亀木。

だが、東堂は、意外にもその仕事を引きうけたという。しかも、彼としては相当に安いギャラで……。

「ドキュメントは、あの通り、素晴らしい出来でした。が、制作した人間としては、それが彼の最後の仕事になるとは思っていなかったといいます」と亀木。

そのドキュメントの編集を終えようとした頃、ある噂がきこえてきたという。東堂が、カメラマンの仕事を引退するという噂だった。

「噂は本当だったようです。東堂昇は、撮影の仕事から足を洗ってしまったらしいんです」亀木は言った。ウォッカ・トニックに口をつけた。爽太郎も、ひと口飲む。

「わかった。そのとき撮影を一緒にしたディレクターからきいたことを、できる限り話してくれないか」と爽太郎。

「わかりました」亀木が言った。

4

「お、ワインの匂いがするな」と熊沢。後部《リア》シートでつぶやいた。爽太郎は助手席で苦笑い。

「おっさん、さすがに酒の匂いには敏感だな」

「当たり前だ」と熊沢。開けた窓から入ってくる風をうけながら言った。

土曜日。正午過ぎ。運転手のリョウがステアリングを握るラングラーは、山梨県・甲府市の郊外を走っていた。

そのあたりは、ブドウ畑があちこちに拡がっていた。サントリーをはじめとするワイナリーも数多くある。ワインの一大産地だった。

特産ワインの広告も、道路のわきに出ている。ワインの直売所も、ところどころにある。土曜なので、直売所の前で試飲させたりもしている。そんな香りが、風に乗って漂ってくるのに、敏感な熊沢が気づいたのだろう。爽太郎は熊沢にふり向く。

「ワインの試し飲みもいいが、そいつは、東堂昇を見つけてからだ」と言った。

「そりゃいいが、どうやって東堂を見つけるんだ」と熊沢。「いまある情報といえば、彼が甲府あたりの出身だってことと、この写真だけだ」と、切りとった雑誌の一ページを手にして言った。

それは、広告の専門誌のページだった。東堂昇のインタビュー記事が載《の》っている。そして本人の写真も片隅にある。

が、その写真の東堂は大きく濃いサングラスをかけている。顔の半分は影……。顔立ちは、ほとんどわからない。

「もともと、自分の顔を出すのが嫌いな人間だったらしい」と爽太郎。

「それじゃ、いくらなんでも情報が無さすぎるだろう。甲府あたりの出身だけで、顔も何もわからないんじゃ」と熊沢。「なんか、あてがあるのか」

「まあ、ちょっとまかせろ」と爽太郎。ステアリングを握っているリョウに、「この道を、とりあえずまっすぐ行け」と言った。

道路は、片側一車線だった。左右に広いブドウ畑が拡がっている。ところどころ、商店や民家がある。彼方には、南アルプスの山なみが望める。

道路が、ゆるいカーブを描いたところだった。歩道をランニングしている一〇人ほどの一団が見えた。女子高生たちのようだった。揃いのTシャツ。膝たけのジャージを身につけている。部活らしかった。みな比較的に背が高いところを見ると、バスケかバレー部の部員らしい。そのTシャツの背中に、〈南梨〉の文字が見えた。爽太郎はリョウの肩を叩いた。

「あの女子高生たちを追え」と言った。

「え？　あの娘《こ》たちですか？」とリョウ。「ああ、女子高生、嫌いじゃないだろう？」爽太郎は言った。

「そりゃまあ……でも」

「つべこべ言わず、追いかけろ」爽太郎はリョウの頭を軽く叩いた。リョウがあわてて車のステアリングを切る。

14 カメラマンは、一瞬を見逃さなかった

1

女子高生たちの追跡に、それほど時間はかからなかった。

背の低いブドウ畑を左右に眺める県道。ところどころ、レストランや家並みがある。そんな道を五〇〇メートルほどいくと、彼女たちは左に曲がった。一〇〇メートルもいかないうちに、校舎と校門が見えてきた。

彼女たちは、校門を入っていく。校門には、〈南梨《なんり》学園　女子中・高等部〉と表示されていた。車は、校門の前をいき過ぎた。そこに、広いグラウンドがあった。

「停めろ」爽太郎は言った。リョウが、ブレーキを踏んだ。

そのグラウンドは、あきらかにサッカーのグラウンドだった。爽太郎は、グラウンドの

わきに車を停めさせた。熊沢と一緒に車をおりた。

低いフェンスに囲まれて、立派なサッカー・グラウンドがあった。フェンスは一部が開《ひら》けていた。爽太郎と熊沢は、そこからグラウンドに入っていく。

「ほう、芝生のピッチか……」と熊沢がつぶやいた。確かに芝生のグラウンドだった。耐寒性のある芝が使われているのだろうか。ピッチはグリーンだった。

いま、そのピッチの芝を刈っている。カートのような芝刈り機が、エンジン音を響かせて走り回っている。やがて、芝刈りのカートはピッチから外に出る。爽太郎たちの近くで停まった。芝刈りは終わったらしい。

爽太郎は、近づいていく。カートのハンドルを握っている男に、

「サッカー部の練習は、いつはじまるんだ？」と訊いた。紺のジャンパーを着た作業員が
「もうすぐだな」と言った。その言葉通り、ユニフォーム姿の女子サッカー部員たちがピッチに出てきた。マネージャーらしい娘《こ》も二、三人いる。サッカー部員は約二〇人だ。ピッチの上でストレッチをはじめた。着ている紺のユニフォームにも〈南梨〉と描かれていた。

女子選手たちは、ストレッチをし、軽いランニングをはじめた。チームワークのとれた動きだった。

やがて、髪を短く切り揃えた女性がピッチに出てきた。トレーニングウェアーを着て、首からホイッスルをさげている。三十歳ぐらいだろうか。よく陽灼けしていた。どうやら、コーチ……。

彼女がホイッスルを吹くと、部員たちは彼女の前に集まった。

ふと見ると、簡単なスタンドがある。木造りで六、七列あるスタンド。そこには、二〇人ぐらいが腰かけていた。あきらかに部員のクラスメイトらしい制服の女子高生もいる。部員の家族なのか、大人も七、八人いた。

爽太郎と熊沢も、そのスタンドの隅に腰かけた。練習を眺めはじめた。

明るい春の陽がピッチに射していた。紺のユニフォームで走り回っている選手たちの影が、グリーンの芝生に落ちている。周囲のゆるい斜面はブドウ畑。彼方には、南アルプスの山なみが望める。

いま、選手たちは試合形式での練習をしていた。そのボールさばきを見ていた熊沢が、

「上手《うま》いな」と、つぶやいた。

「強豪校《きょうごうこう》だからな」爽太郎が言った。

2

ピーッ。ホイッスルが鳴った。

練習がはじまって、二時間が過ぎていた。選手たちは、女性コーチのところに集まった。練習は休憩ということらしい。マネージャーらしい部員が選手たちにスポーツドリンクを渡している。

「ちょっと行こうか」爽太郎は言った。熊沢とスタンドをおりる。歩きはじめた。ゆっくりとグラウンドの隅に歩いていく。芝刈り用のカート。その運転席には、紺のジャンパーを着た作業員のような男がいた。カートの運転席で、のんびりとスマホをいじっている。

爽太郎は男の近くに立った。

「東堂さん」と声をかけた。

3

男が爽太郎を見た。

「東堂昇さんだね。おれは怪しい者じゃない。ディレクターをやっている流葉だ」爽太郎は言った。

「なんのことかな？」と男。

「とぼけなくていいよ、カメラマンの東堂さん」と爽太郎。「何も、やっかいな話をしたいわけじゃないんだ」と落ち着いた声で言った。男は、じっと、爽太郎を見ている。

「なんの根拠《こんきょ》があって、私が、その東堂というカメラマンだと？」

「根拠は、あんたが最後に撮ったドキュメントさ。確か東北にある高校の女子サッカー部で、ストライカーをやっている少女のドキュメントだ」

爽太郎は言った。男は無言でいる。

「あのドキュメントはとても良かったが、ただ良いだけじゃない。あれを撮ったカメラマンが、サッカーをよく知っていることがわかるドキュメントだった」

と爽太郎。相手は、無言で爽太郎を見ている。

「あのドキュメントの終わり頃のゴール・シーンを覚えているかな？」と爽太郎。

それは、カウンター攻撃のシーンだった。ドキュメントの主役であるストライカーの女子サッカー選手が、ドリブルで相手ゴールに迫っていく場面だった。

ストライカーの少女は、ゴールキーパーと一対一になった。そのまま、彼女がシュートするかなと思われる場面だった。

が、彼女はシュートしなかった。すぐ斜め横に、味方の選手が走り込んできていた。彼女は、その味方にパスを出した。

彼女がシュートするものと思い身がまえていたキーパーは、完全に虚《きょ》をつかれた。彼女からパスをうけた選手が、軽く右足で合わせ、ボールはゴールネットを揺らせた。

「あの場面で、主役の彼女がシュートをすれば、ゴールする確率は70パーセントぐらいかな。だが、並んで走り込んでいた味方の選手にパスをすれば、ゴールする確率は、99パーセントだろう。実際、そうなった」

爽太郎は言った。

「主役の彼女が、単なる点取り屋ではなく、すぐれたサッカー選手だというのがわかるシーンだった。そして、サッカーにくわしいと思えるカメラマンには、それがわかっていた」

爽太郎は言った。相手は、まだ無言でいる。

「主役の彼女は、ドリブルでまっすぐにゴールに迫っていきながらも、一瞬、ちらりと横を見て、仲間の選手も走り込んでいるのを確認している。誰もが見逃《みのが》しそうなほんの一瞬だが……カメラマンは、それに気づいていた」

「……」

「カメラマンは、キーパーと一対一になった彼女が、横の味方にパスを出すととっさに感じた。そして、彼女がパスを出した瞬間、カメラを振ってボールを追った。味方の選手が、そのパスをうけてゴールに流し込むシーンもしっかりとらえていた」

と爽太郎。

「つまり、このドキュメントを撮った東堂昇というカメラマンは、相当、サッカーにくわしいと思える」

爽太郎が言うと、相手はかすかにうなずいた。

「面白い話だが、それがなぜ私と関係があると?」と言った。爽太郎は、微笑した。

「じゃ、もっと面白い話をしようか。カメラマンの東堂昇は、そのドキュメント番組を最後に、撮影の現場から去った。そして、生まれ故郷の山梨に帰ったと言われている」

「……」

「そこで、おれは調べてみた。すると、興味深いことがわかった。山梨県の甲府郊外にある〈南梨学園〉という女子校のサッカー部が、この三、四年で急に強くなり、去年の高校総体では準優勝をしている。カメラマンの東堂が故郷に帰ったのが、五、六年前だという。それが単なる偶然とは思えなくてね……」爽太郎は言った。

「何を思おうと勝手だが、グラウンド整備員の私にはなんの話やら……」

「いや、あんたは整備員なんかじゃないね」と爽太郎。

「何を根拠に……」と相手。

「根拠は匂いさ」

「匂い？」

「ああ。あのドキュメントを制作したNテレビのスタッフからきいた話だ。カメラマンの東堂はシガー、つまり葉巻《はまき》が好きだという。しょっちゅう、ハバナ産のシガーをくゆらせていたって話だ」

と爽太郎。相手が、あらためて爽太郎を見た。

「あんたと最初に口をきいたとき、そのシガーの香りが匂ったのさ、かすかだけどね」と爽太郎。「しょっちゅうくゆらせているシガーの香りが、たぶん服にもついていたんだろうな」と言った。

相手は、まだ無言。じっと爽太郎を見ている。

そのときだった。女性コーチが近寄ってきた。まだ芝刈り機の運転席にいる男に、

「失礼します、監督」と言った。さらに、「どうでしたか？ 前半の練習は？」と訊いた。

彼は、一〇秒ほど無言でいた。やがて、苦笑いを浮かべた。芝刈りの作業員を装うのはあきらめたらしい。

「ちょっと失礼するよ」と爽太郎に言った。カートの運転席をおりる。女性コーチと向か

い合う。

「ディフェンダーの距離が少し開き過ぎてるな。後半は、このフォーメーションでやってみよう」と言った。さっきまでいじっていたスマホをさし出した。

女性コーチが、その画面をのぞき込む。うなずいている。スマホには、選手たちのフォーメーションが表示されているのだろう。女性コーチはうなずく。

「わかりました」と言った。小走りで選手たちの方に向かう。

4

「流葉君、名前はよくきいてるよ。噂通り、頭の切れる男だな」と彼。「確かに、私は東堂昇だ」と言った。

「しかし、なぜこんな所まで私を探しに？」と訊いた。

「おれはディレクター、あんたはカメラマンだ。そうなれば、仕事の話に決まってるじゃないか」爽太郎は言った。東堂は軽く苦笑い。

「これも噂通り、ズバズバとものを言う男だな」

「なんせ短気な江戸っ子なもんでね。回りくどい話は嫌いなんだ」と爽太郎。「せっかくここまで来たんだ。とりあえず話をしたい」と言った。東堂が、ゆっくりとうなずいた。

5

「うむ、悪くない」と熊沢。グラスのワインに口をつけて言った。

夕方の五時近く。東堂の家にいた。彼の家は、南梨学園から車で一〇分ほど。ブドウ畑を見渡す丘の上にあった。大きな藁葺《わらぶ》きの家だった。

東堂、爽太郎、熊沢、リョウの四人は、その家の広い縁側《えんがわ》にいた。庭の向こうには、なだらかなブドウ畑が広がっている。彼方には南アルプスの雄大な山なみ。夕陽が、そろそろ南アルプスの山稜《さんりょう》に近づいていた。

東堂がまずとり出したのはラベルがついていない一升瓶だった。そして、大ぶりなストレートグラス。爽太郎も、最初は日本酒かと思った。

が、東堂が一升瓶からグラスに注いでくれた酒を手にして、すぐに白ワインだと気づいた。グラスに口をつけた熊沢が、〈悪くない〉とつぶやく。

爽太郎もグラスに口をつけてみた。そして、うなずいた。どちらかといえば辛口。だが、豊かな香りが口の中に拡がっていく。

「近くにある小さなワイナリーからとり寄せているんだが、市場には出ていないものだ」

と東堂。自分でも、大ぶりなグラスに口をつけた。片手には細巻きのシガー。そのいい香りが、縁側に漂っている。

6

「少年の頃からサッカーが好きだった。中学生の頃にはジュニアのサッカー・チームに入っていたよ」

東堂が口を開いたのは、一杯目のワインを飲み終えた頃だった。

「夢はもろちんプロのサッカー選手になることだったが、その夢は十七歳で消滅することになった……」

「大きな怪我《けが》とか？」と爽太郎。東堂は、首を横に振った。

「怪我ならまだいいんだが、そうじゃない。自分には、プロの選手になるほどの資質がないと気づいたんだ、残念なことに……」と東堂。ホロ苦く微笑した。二杯目のグラスに口をつけた。

「そこで仕方なく、私は別の道を探しはじめた」

「それが、カメラマンの仕事か……」と熊沢。東堂は、うなずいた。「東京へ行き、写真の専門学校に入った。そこを出ると、プロのカメラマンのアシスタントになった。ごくありきたりなコースだがね」と言った。

「で、売れっ子になったきっかけは？」爽太郎が訊いた。

「……あれは、アシスタントになって六年が過ぎた頃だった。そのカメラマンがスタジオの階段から転げ落ちて腕を折るという怪我をしてしまったんだ。ところが、つぎの仕事は翌日にせまっていた」

「そこで、あんたがピンチヒッターを？」

「そういうことだ。六年もアシスタントをやっていたんで、写真の腕はかなりレベルアップしていたからね……」

「その仕事はうまくいった？」

「ああ……。予想以上にうまくいった。その写真を見たあるファッション誌の編集長から連絡がきたよ。そして、半年後には、そのファッション誌で巻頭の一〇ページを撮ることになった。それからあとは、説明する必要もないだろう」

東堂が言った。

「あんたは、ファッション写真の分野で、超がつく売れっ子になったわけだ」と爽太郎。

「そこで、ひとつ訊きたいことがある」と言った。

グラスを口に運ぼうとしていた東堂の手が止まった。爽太郎を見た。

15　世界で一番贅沢《ぜいたく》なチラシ

1

「訊きたいのは、そんな面倒なことじゃない。超売れっ子のファッション・カメラマンだったあんたが、なぜ急に引退してこの山梨に引っ込んだのか、それが知りたいんだ」爽太郎は言った。

「なぜ、それを知りたいのかな？」と東堂。

「その理由によっては、人ごとではなく、自分にも関係することかもしれないんでね」と爽太郎。東堂は、かすかにうなずいた。

「流葉爽太郎という男の噂は、きいているよ。二十代の頃はさかんにCFを世に送り出していたが、三十代に入ってからは、わざとそのペースを落としている。よほど気に入った仕事でないと引きうけないという話だな」

東堂が言った。今度は、爽太郎がうなずいた。「確かに」と答えた。東堂は、自分のグラスに一升瓶の白ワインを注いだ。ぐいと飲んだ。

「私の場合は、あまり大げさな理由じゃない。早い話、ファッション写真の仕事に退屈したというか、まあ嫌気《いやけ》がさしたんだ、単純にね」

「嫌気……」

「そういうことだ。背は高いが、割り箸《ばし》のように痩せたモデル。一着が二〇万も三〇万もする服……。そういうものを撮る仕事に、初めは熱中していたよ。お金になるしね……。だが、四十歳になった頃から、ふと嫌気がさしはじめてね」

と東堂。爽太郎は、グラスを口に運びながら、うなずいた。東堂は、言葉を続ける。

「……実《じつ》がないと言うか……虚飾《きよしよく》と言うと言葉がありきたりだが、なんと言えばいいのか……」

「わかるよ」と爽太郎。「おれの言葉で言えば、〈嘘っぽい〉ってことかな」と言った。東堂は苦笑い。

「君らしい。いささか乱暴じゃあるが、的《まと》を射ているかもしれない。そう……嘘っぽいんだな。現実とあまりにかけ離れていてね……」

東堂は言った。

「そんな思いを持ちながら、さらに三、四年は仕事をこなしていたが、それにもとうとう限界がきたんだ」と言った。

「それで、突然、その世界から身を引いた？」

「そういうことだな。たまたま、養うべき家族もいないし、自分一人が食っていくぐらいの貯《たくわ》えはあるしね」

「で、山梨に引っ込んで、サッカー部の監督を？」

「ああ。高校時代の友人が、南梨学園の理事をやっててね。最初は、暇《ひま》つぶしにサッカー部のコーチをはじめたんだが、チームが強くなりはじめ、全国大会に出るようになると、監督に就《つ》かされたよ」

と東堂。ゆっくりとグラスを口に運んだ。

「サッカー部の監督は、やりがいがあるのかな？」

「……やりがいと言うか、手ごたえはあるな。チームの実力が上がれば、それが成績にあらわれる……。そういう手ごたえは、確かにあるよ。ファッション写真を撮ってたときには感じることのなかった手ごたえがね」

東堂は言った。視線を遠くに送った。南アルプスの山なみを眺めた。太陽が山稜にかかりかけていた。低い角度で射してくる陽が、ワインのグラスを光らせている。

「この静かな暮らし、そして高校サッカー部の監督という立場に充分満足しているよ。そんな私に、もしかして何かカメラマンとしての仕事をさせようと?」東堂が、つぶやくように言った。

「もしかしなくても、その通り。あんたにカメラマンとしてやってほしい仕事がある」と爽太郎。まっすぐに東堂を見て言った。東堂も、爽太郎を見た。

「私が引退したと知ってて、この山梨までやってくるとは、君も無鉄砲だな」

「そいつは生まれつきでね」爽太郎は、相手の眼を見たまま言った。

「その口ぶりからすると、私が仕事を引きうけると思ってるのか?」

「可能性はある。たとえ1パーセントでも可能性があれば、やってみる主義なんだ」爽太郎は言った。東堂は、爽太郎の眼をじっと見ている。やがて、

「その仕事っていうのは、どんなものなのかな?」と訊いた。

「モデルは、野菜だ」

「野菜?」

「ああ。トマト、キュウリ、玉ネギだ。媒体は、A4サイズのチラシ。広告主は、ある青果店、つまり一商店だな」と爽太郎。東堂は、さすがに、かなり驚いた表情をしている。

そして、苦笑い。

「商店のチラシ？　その仕事をやらせようというのか……」と東堂。さすがに驚いた口調で言った。

「あんたが驚くのも当然だな。もし興味がわいたら連絡をくれないか」爽太郎は言った。電話番号を走り書きしたメモを縁側に置いた。

「じゃ」と言った。縁側から、庭に駐めてあるラングラーに歩きはじめる。熊沢とリョウも後に続く。爽太郎がラングラーのドアを開けたときだった。

「待て」という声がした。

2

車のドアを開けた爽太郎は、動きを止めた。ゆっくりと、ふり向いた。縁側にいる東堂を見た。

東堂は、苦笑い。「君も、せっかちな男だなあ」と言った。

「だから言ってるだろう、生まれつきだって」爽太郎は答えた。

「まあいい。その、トマトやキュウリを撮るチラシの話を、もう少し聞かせてくれないか」と東堂。「君ほどの男が、商店のチラシを作るというからには、それなりの理由があるはずだ。その謎を説明してくれてもいいんじゃないか?」

「……わかった」

3

太陽は山稜に半分沈んでいる。空が、グレープフルーツのような色に染まりはじめていた。

「あんた、大手のスーパーで売られているトマトやキュウリが好きか?」

爽太郎は、東堂に訊いた。東堂は、首をゆっくりと横に振った。

「好きなわけないだろう、あんな味けない野菜。たまたま田舎で育ったせいで、それはよくわかる。いまも、この土地で暮らしているせいで、トマトらしいトマト、キュウリらしいキュウリを近くの農家から手に入れることができる。一種の幸福と言えるな」

と言った。爽太郎は、うなずく。無言で、折りたたんだチラシのラフ・スケッチのコピーを出した。縁側に広げた。

東堂は、それを見はじめる。ものの五秒で、その表情が変わった。スケッチを見る眼が真剣だ。並んでいるヘッドラインを、じっと見ている。

『あの日のトマト。』

『オニオンが泣かせた。』

『キュウリの真実。』

そのボディ・コピーを、東堂は何回も読み返している。やがて、顔を上げた。

「これが、商店のチラシに？」と訊いた。爽太郎は、うなずく。

「もし、あんたがこの撮影をしてくれたら、すごく贅沢《ぜいたく》なチラシになる。広告賞などとは無縁だが、世界で一番贅沢なチラシになるだろう」と言った。さらに、

「その結果、経営が傾いた一軒の商店が蘇《よみがえ》る可能性がある」

「つまり、機能する広告というわけか……」と東堂。

「ああ、写真もコピーも、確実に機能する。そんなチラシになるだろう」

爽太郎は言った。まだ、じっとラフ・スケッチを見つめている東堂に、

「この仕事に興味がわいたら、連絡をくれ」と言った。東堂は、ラフ・スケッチから顔を上げずにいる……。

4

「どうだろう。やっこさん、のってくるかな？」と熊沢。車の後部《リア》シートで言った。東堂の家を後にして一〇分。リョウがステアリングを握るラングラーは、日の沈んだ県道を走っていた。

「さて、どうかな」助手席にいる爽太郎はつぶやいた。そのときだった。ポケットで着信音。スマホをとり出す。登録していない相手だった。電話に出る。

「東堂だが」という声。

「さっきはワインを、どうも」と爽太郎。

「ところで、君らは今夜東京に帰るのか？」

「いや、帰るのが面倒くさくなったんで、甲府のホテルをとったよ」

「そうか……。じゃ、明日の早朝に会えるかな？」と東堂。爽太郎は、もちろんと答えた。朝の五時に、南梨学園のサッカー・グラウンドで会う。その約束をし、通話を切った。

「のってきそうか？」と熊沢。「見込みはありそうだ」と爽太郎。

5

夜明けのグラウンドに、朝靄《あさもや》が漂っていた。爽太郎は、グラウンドの端にラングラーを駐めた。灯《つ》けていたスモールライトを消した。エンジンを切り、おりた。

撮影に使うドライアイスの煙のような朝靄が、グラウンドの地面近くをゆっくりと流れていた。まだ陽は出ていない。あたりは、蒼《あお》く淡い明るさに包まれていた。空気は冷たく澄みきっている。

二つあるサッカーのゴール。その片方に、人影。トレーニング・ウェアーに身を包んだ東堂だった。その足もとには、サッカー・ボールが三、四個、転がっていた。

「サッカー部の朝練か？」爽太郎が訊くと、東堂はうなずいた。

「六時から一時間」と言った。

東堂は、無言で地面のサッカー・ボールをじっと見つめている。何を言おうか、あるいはどう言おうか、考えているように見えた。……やがて、顔を上げた。その表情が、ふと、ゆるんだ。

「あることを思い出してね」と、つぶやくように言った。

「あること？」と爽太郎。

16　男がカムバックするとき

1

「あれは……私が写真学校を出てすぐの頃だった」と東堂。地面にあるサッカー・ボールを一個とり上げた。

「まだ、有名カメラマンのアシスタントとして雇われる前だった。撮った作品を持って出版社や広告代理店に売り込みにいったものだった……。だが、まったく実績のない新人カメラマンに仕事がくるほど、世の中は甘くない。まるで相手にしてもらえなかったよ」

東堂は言った。

手にしているボールをポンと放した。そのボールが地面に落ちる寸前、右足で蹴った。足のインサイドで蹴られたボールは、低く鋭く飛んでいく。一五メートルほど先にあるゴールの隅に突き刺さった。

彼が本気でサッカーに熱中していたことがわかるキックだった。

素人から見れば、すごいキックだった。が、プロの選手として活躍するレベルには達していないのだろう、悲しいことに……。

蹴り込まれたボールは、ゴールマウスの中で、まだ転がっている。それには目を向けず、東堂は口を開いた。

「そんなある日、私に初めての仕事がきた。ある小さな広告プロダクションからの依頼で、チラシのための撮影だった」

と東堂。爽太郎は、その横顔を見た。

「商品は、小型の炊飯器《すいはんき》だった。一人暮らしに向けた炊飯器らしかった。そして、印刷されたチラシは、家電品を扱う店に置かれるという」と東堂。「米を炊き上げた写真が必要だというので、スタジオで撮るのは難しい。そこで、私は自分の部屋で撮ることにした」

と言った。

「代々木上原にあった質素な自分の部屋で、夜の七時から撮影をはじめた」と東堂。「その炊飯器で飯を炊いては、蓋《ふた》をとって撮影する。そんなことを、一晩中くり返したよ」

「……」

「たった一人での作業だったが、辛《つら》いとか、しんどいとか感じたことは全くなかった。気がついたら、夜明けになっていた。その間に、七回飯を炊き、約六〇〇枚の写真を撮った」

「燃えていたのかな?」と爽太郎。

「ああ、なんといっても、カメラマンとして初めての仕事だったから、思い返せば、燃えていたな……。たかがチラシの仕事だなんて思いは、一瞬も頭をよぎらなかった」

と東堂は言った。その目は、過ぎた日を見ているようだった。

「朝になって、撮影は終わった。私は、最後に炊いた飯で、お握りをつくったよ。撮影に夢中で、ひと晩、何も口にしていなかったことに気づいたんだ」そう言って東堂は苦笑した。

「飯を丸め、海苔《のり》を巻いただけのお握りを、私はゆっくりと食べたよ……。あの味は、いまもよく覚えている。売れっ子のカメラマンになり、世界中をロケで回り、さまざまなレストランに行ったが、あのお握りより美味《うま》いものには出会わなかった」

東堂が言った。爽太郎は、東堂の眼を見たまま、ゆっくりとうなずいた。〈わかるよ〉などという言葉は口にしなかった。必要がなかった。あい変わらず、朝靄がグラウンドの上を漂っていた。どこかで鳥が鳴いていた。

「三日ほど、くれないか」

ぽつりと、東堂が言った。

「君の、そのチラシを作る仕事を受けるかどうか、決心をかためるのに、最低、そのぐらいの時間が欲しい」東堂が言い、爽太郎はうなずいた。

「いい返事を待ってるよ」爽太郎は言った。東堂は、うなずかなかった。「じゃ」と爽太郎は言った。朝靄の中を、駐めてあるラングラーに歩きはじめた。ふり向かなかった。

2

三日が過ぎようとしていた。

爽太郎は、葉山にあるバー〈グッド・ラック〉にいた。遅い午後の陽が射し込む店。カウンターの中では、熊沢がＢＵＤを飲んでいた。一時間ほど前に、菜摘がやってきた。やはり進行状況が心配なのだろう。

爽太郎は、山梨でのいきさつをこと細かに説明した。菜摘は、うなずきながらきいていた。

窓の外は、森戸海岸。大学のヨット部が、練習を終え、ディンギーを砂浜に上げようとしている。爽太郎は、そろそろ自分用のＢＵＤを冷蔵庫からとり出そうとしていた。

そのときスマホに着信。かけてきたのは東堂だった。

「どうかな？　チラシの件は」爽太郎は、ずばりと訊いた。

「やらせてもらおうと思う」東堂が言った。爽太郎は、スマホを耳に当てうなずいた。

「それはよかった。で、撮影料の件だが」と爽太郎が言うと、東堂が言葉をさえぎった。

「写真一点につき三万円。それ以上は受けとらない」と言った。

「安いな。うちのプロデューサーは、一点につき三〇万の撮影料を用意してると言ってるぜ」

「いや、三万ジャストでいい」東堂が言った。爽太郎は、しばらく考え、

「わかった……」と言った。「撮影のスケジュールなどについては、一日二日中に連絡する」と言い通話を切った。

3

「……そんな一流のカメラマンが、三万円で撮ってくれるの？」と菜摘。かなり驚いた表情をしている。爽太郎は、自分もカウンターの中に入る。ジン・トニックをつくりはじめた。手を動かしながら、

「たぶん、いまの彼にとっては、撮影料が三万であることが大切なんだ。三〇万は必要な

い」と言った。

一杯目のジン・トニックを菜摘の前に置いた。

「……つまり？」と菜摘。

「つまり、もらわない二十七万円で、彼は〈あの頃〉をとり戻したいんだと思う。そういう男さ」

爽太郎は言った。自分用のジン・トニックをつくり終えた。それを片手に、眼を細め、窓の外を見つめた。ヨット部員たちは、もう姿を消している。傾いた陽が、砂浜に細かい陰影をつけている。初老の男が、黒い犬を散歩させている。カモメが三、四羽、風に漂っている。

「……そうか……」菜摘がつぶやいた。「そういうことなのね……」と言い、うなずいた。

「そういうことだ」言うと爽太郎は白い歯を見せた。

「じゃ、一人の男のカムバックに」と言い、菜摘とジン・トニックのグラスを合わせた。

チリンと乾いた音が響いた。店のオーディオからは、S《スティービー》・ワンダーのバラードが低く流れていた。

4

「お、こいつはいいな」と爽太郎。一本のキュウリを手にとった。

四日後。午後三時。本郷の浅野青果店だ。爽太郎、菜摘、そして菜摘の弟・直樹は、野菜選びをしていた。

翌日は、カメラマンの東堂が東京にやってきて、チラシの撮影をする予定になっていた。そのために、撮影用の野菜を皆で選んでいた。

〈こいつがいい〉と言って爽太郎が手にとったのは、曲がったキュウリだった。かなり曲がっている。

「こういうのは、大手のスーパーには並んでないいな」と爽太郎。手にしたキュウリに、「お前さんがモデルだ」と言葉をかけた。そばにある箱に入れた。

5

トマトや玉ネギも選んでいく。そろそろ、大きめの箱が一杯になりかけていた。そのとき、菜摘のスマホに着信音。彼女がスマホを耳に当てた。相手と話しはじめた。

〈……そうなの〉

〈チケット、五枚?〉

〈わかったわ、考えておく〉

そんな会話が、きこえてくる。やがて、通話を終えた。スマホをポケットにしまう、その表情が心なし曇っている。

6

「さっきのは、演劇をやってる彼か?」

爽太郎は、グラスを片手に訊いた。夕方近い午後四時半。野菜選びを終えた爽太郎と菜摘は、近くにあるカフェにいた。爽太郎はBUDを、菜摘はカシス・ソーダを飲んでいた。

「そう……演劇をやってる彼」菜摘が言った。その口調に、翳《かげ》りが感じられた。

「何か、トラブルか?」と爽太郎。菜摘は、目の前のグラスを見つめ、しばらく無言でいた。やがて、

「彼の劇団の公演が、あまりうまくいってないらしいの」と言った。

「うまくいってないってことは、評判があまり良くない?」

「それもあるし、観客が入らないの。下北沢にあるそこそこ人数が入る劇場で公演してるんだけど、毎日、半分もお客が入ってないみたい」

菜摘は言った。

「半分も客が入らないのか……。そりゃ、きついな」と爽太郎。「そこで、チケットを買ってほしいと？」爽太郎は訊いた。菜摘がうなずいた。そして、「いつものことだけど」と、つぶやいた。

爽太郎は、胸の中でうなずいていた。団員にチケットを売らせるノルマを課している劇団があることは、昔からきいていた。

「しかし、君にまでチケットを売りつけるのか……」と言った。菜摘は少し黙っていた。

「まあ、彼がやっていることを、ずっと応援してきたわけだから……ある程度はいいと思うんだけど……」

「彼がやってることか……」

「そう、彼は彼なりの芸術を追求してると思うんだけど……」

「なるほど。で、彼の芸術性は高い？」爽太郎が訊くと、菜摘はかすかに苦笑いした。

「そう思いたいんだけど、正直言ってわたしにもよくわからないわ。かなり難解な演劇だから」あい変わらず苦笑したまま菜摘は言った。

「なんとなくわかるよ。迷走するハムレットだから……」と爽太郎。

「またちゃかして」と菜摘。「本人はすごく真剣なんだから」と言った。その苦笑につられて、爽太郎も苦笑い。

7

翌日、午後一時。六本木にある撮影スタジオ。そのAスタ。

爽太郎や菜摘は、箱に入った野菜を持ち込んだところだった。Aスタは、終日借りてある。いま、スタジオ所属のアシスタントたちが準備をしていた。

そのとき、声がした。アシスタントが、

「おじさん、ここは関係者以外、立入禁止だよ」と言った。

爽太郎は、ふり向いた。そして、吹き出した。

17　過ぎ去った日々ではなく

1

スタジオに入ってきたのは、東堂だった。

ただし、紺色のジャージ上下を着ている。靴は、履き古したスニーカー。ジャージの胸には〈南梨〉の文字が大きく入っている。顔は濃い色に陽灼けしている。アディダスのバッグを肩にかけている。確かに、六本木の撮影スタジオに似つかわしい風体《ふうてい》ではない。

東堂は、向かい合ったアシスタントに微笑した。

「よお、古田《ふるた》。お前、まだアシスタントやってるのか」と言った。

アシスタントの古田は、一瞬、驚いた表情を浮かべた。じっと相手の顔を見る……。五秒、六秒、やがて、

「と、東堂さん!?」と言った。

「何を間抜けな声出してんだ」と東堂。古田の頭を叩くふり。そして爽太郎を見た。

「サッカー部の朝練をやってきたんだ」と言った。どうやら、そのまま、山梨からやってきたらしい。爽太郎はうなずく。

「モデルは揃ってるぜ」と言った。箱に入っている野菜を眼でさした。東堂は、ジャージの上を脱ぐ。アディダスのバッグからデジタル一眼レフをとり出す。スタジオにいるアシスタントたちに、

「はじめるぞ!」と言った。アシスタントたちが、いっせいに動き出す。

2

「……いまいちだな」

と東堂。デジタル一眼の液晶画面を見てつぶやいた。

三種類の野菜を撮る、その最初の玉ネギを撮っていた。野菜の切り口を撮るので、熱の発生するライトは使えない。ストロボを使った撮影になる。

玉ネギといっても、まな板の上にのせたのでは美しい絵にならない。そこで、厚みのある濃いブルーのアクリル板を用意した。菜摘が包丁で切った玉ネギを、その上に置いて撮

影をはじめた。

東堂は、何回となくシャッターを切る。が、満足できる一枚は撮れないようだ。三〇分に一回ぐらい、新しい玉ネギに替えて撮影を続ける。

玉ネギの撮影がはじまって、もう五時間が過ぎようとしていた。これはと思う写真が撮れると、東堂が爽太郎を呼ぶ。二人でカメラの液晶画面を見る。

が、二人の意見は、なかなか一致しない。東堂が〈まずまず〉という写真には、爽太郎がOKを出さない。爽太郎が〈これは?〉という写真には東堂が首を横に振る。

そんな状況が、もう五時間も続いていた。スタジオの空気は、ピンと張りつめたままだ。

3

「おれはハンバーガーでいい」と東堂。カメラをのぞきながら言った。

夜の七時になっていた。みな、空腹になる時間だ。菜摘が東堂に〈何か、お弁当でもとりましょうか?〉と訊いた。すると、東堂の答えは、〈ハンバーガーでいい〉だった。

菜摘が爽太郎を見た。〈本当にハンバーガーでいいの?〉という表情をしている。撮影スタジオには、高級な弁当を出前させることもできる。

だが、爽太郎は菜摘にうなずいた。ジーンズのポケットから札をとり出す。「アシスタントも含めた分を、近くのマックで買ってきてくれ」と言った。菜摘が、うなずいた。

4

「こうしてると、LA《ロス》にいた頃を思い出すよ」と爽太郎。ハンバーガーを片手につぶやいた。

撮影は、ハンバーガー休憩に入っていた。東堂は、それまでに撮った写真を液晶画面でチェックしながらハンバーガーをかじっている。爽太郎と菜摘は、スタジオの隅にあるソファーに腰かけてハンバーガーを食べていた。

「LAにいた頃？」と菜摘が訊いた。

「ああ……テレビCFの仕事をはじめた頃だ」と爽太郎。ゆっくりとハンバーガーをかじりながら話しはじめた。

新米のCFディレクターとしてLAでスタートを切った。あの頃も熱かったと、爽太郎はふり返って思う。

アメリカの広告業界は、言うまでもなく実力だけがものを言う世界だ。そんな中で、爽太郎は駆け出しのディレクターだった。当然、毎日が闘いだった。

CFのアイデアを考える。そのために徹夜するのは、毎週のことだった。時間がおしいので、テイクアウトしてきたハンバーガーをかじりながらコンテ用紙に向かった。

気がつけば、夜が明けようとしていた。メルローズAVE《アベニュー》を走る車のタイヤノイズだけがきこえていた。空が明るくなってくると、パームツリーの葉影が窓のカーテンに揺れていた。

そんな過ぎた日々を、爽太郎は、ぽつりぽつりと話していた。きいていた菜摘は、

「ヒリヒリするような感じ？」と訊いた。

「ああ、心は熱かったな……」爽太郎は、つぶやいた。すると、菜摘が微笑した。

「何か、おかしいか？」

「そうじゃないけど……」と菜摘。「いま、爽ちゃん、〈熱かった〉って過去形で言ったけど、それって、過去形ではないんじゃない？」と言った。

「過去形じゃないっていうと、現在形ってことか？」爽太郎が訊くと、菜摘はうなずいた。

「爽ちゃんの心には、いまも少年が住んでいると思う。たとえ何歳になってても……。それが、ときどき顔を出すみたい。いえ、みたいじゃなくて、本当にそうなんだと思う」

「……少年か……」

「そう。ある種の男性の中には、心に少年が住んでいる感じがするわ。たとえば、爽ちゃ

んとか、あそこにいる東堂さんとか……」

菜摘は言った。

「そいつは誉《ほ》め言葉としてとっていいのかな？」

「もちろんよ」きっぱりとした口調で菜摘は言った。今度は、爽太郎が少し微笑した。

「何か、おかしい？」と菜摘。

「いや、君も物好きだなと思ってね。女性の多くは、そんなことより、金があって、いい身なりをして、いい車に乗ってる男が好きなんじゃないのかな？　おれはしがないＣＦディレクターで、すり切れたジーンズをはいて、傷だらけの四駆に乗ってる」

爽太郎は言った。菜摘は淡く微笑した。

「爽ちゃん、本当はわかってると思うんだけど、女がみんな、いい車に乗っていい服を着てる男が好きなわけじゃないわ」と言った。

爽太郎は、無言でいた。残りのハンバーガーをかじる。無言でいることは、うなずくのと同じだとは、わかっていた。だが、何も言わなかった。

そのとき、かすかな着信音。菜摘がポケットからスマホをとり出した。かけてきた相手を確かめる。立ち上がり、スタジオのさらに隅に言った。小声で話しはじめた。その声が、かすかにきこえてくる。

「いま、チラシの撮影中よ」

「……チケット五枚？　わかってるわ」

「いまは、六本木のスタジオ……」

そんなやりとりが、きこえてくる。やがて、菜摘は通話を切る。スマホをポケットに入れ、爽太郎のとなりに腰かけた。

「いまのは、迷走するハムレットか？」訊くと、菜摘は、苦笑してうなずいた。

「……公演のチケットが売れなくて……」

「君にもなんとかしてくれと？」爽太郎は訊いた。菜摘は、少し苦笑しながらうなずいた。

「……その迷走するハムレットの中にも、少年が住んでいるのかな？」爽太郎は訊いた。

菜摘は、しばらく無言でいた。

「昔はそう思ってたんだけど……最近は、ちょっとね……」

「違ってきた？」と爽太郎。菜摘は一〇秒ほど黙っていた。紙コップのコーヒーに口をつける。何をどう言おうか、考えている……。

5

「……彼が、難解な演劇に挑戦しようとしている意欲は、以前からいいと思ってたわ。通販のカタログや広告を作っていたわたしは、そんな姿に憧れのような感情を持ったのも確かよ」

静かな口調で菜摘は話しはじめた。

「でも……彼が主宰《しゅさい》し、脚本・演出しているお芝居を見ているうちに、だんだんわからなくなってきたの」

「それは?」

「彼が、そのお芝居を通じて何を表現しようとしているのかが、いつまでたっても、わからない……正直に言ってしまうとね。でも、わたしがそんな表情を浮かべると、彼はバカにしたような顔をして、〈君にはわからないかもしれないな〉って言うわ。彼にそう言われるとプライドが傷つくんで、わたし自身、無理をして彼のお芝居を観にいったり、チケットを売る手伝いをしていたわ」

と菜摘。また苦笑した。さめたコーヒーをひと口。

「でも……爽ちゃんと再会して、こうして一緒に仕事をしているうちに、わたしの思いがだいぶ変わってきたわ」

「というと？」

「つまり、彼がやっているお芝居の難解さって、ようするに〈ひとりよがり〉じゃないかと思うようになってきたの。そして、自分の〈ひとりよがり〉を理解できない人間は低俗だと決めつける……。そのことに、わたしが気づきはじめたみたい」

菜摘は言った。爽太郎は小さくうなずいた。

「そういうタイプの人間は、どこの世界でもいるよ」と言った。

「たぶん、そうなのね……。爽ちゃんや、東堂さんの中には、少年が住んでいる……。でも、彼の中にあるのは、子供っぽさなんじゃないかと思う」

「……子供っぽさ、か……」

「そう。自分自身のわがままを周囲が理解してくれないと、不機嫌になる……それって、子供っぽさに見えてしまうの。違うかしら？」

「たぶん、かなり的《まと》を射てるんじゃないかな」爽太郎は、うなずきながら言った。菜摘も、うなずきながら、軽くため息をついた。

「ちょっと困ったわ……」と、つぶやいた。

6

「うむ」と、小さいが力のこもった声で東堂がつぶやいた。カメラの液晶画面から視線を移す。爽太郎にふり向いた。玉ネギの撮影をはじめて、六時間半が過ぎていた。

爽太郎は、カメラの方に歩いていく。液晶画面をのぞき込んだ。無言で画面を見つめた……。

18　迷走して六本木

1

美しい映像だった。濃いブルーのアクリル板の上に置かれた玉ネギ。その切り口は、瑞々《みずみず》しく輝いていた。玉ネギの香りまで写し込まれたような一枚だった。

撮れたな。爽太郎は、うなずいた。東堂と視線が合う。爽太郎が右の握り拳《こぶし》を出す。

二人は、スポーツ選手同士のように拳と拳を合わせた。

爽太郎は、菜摘にふり向く。眼で〈見てみろよ〉と言った。

菜摘が近づいてくる。液晶画面をのぞき込んだ。一瞬、菜摘が息を呑《の》んだのがわかった。

やがて、「きれい……」と、つぶやいた。心の奥から出た、そんな声だった。

「うちの玉ネギが、こんな風に撮れるなんて」と菜摘。爽太郎は、「これが一流の仕事さ」

と言った。菜摘の肩を軽く叩いた。

2

「ホテルをとる必要があるな」と爽太郎。腕時計を見て言った。

トマトの撮影に入ろうとしていた。が、もう午後一〇時を過ぎている。すべての撮影が終わるのは、確実に夜中を過ぎる。

そうなれば、東堂は山梨まで帰るわけにいかない。ホテルでひと眠りする必要がある。

爽太郎は、ポケットからスマホをとり出した。六本木ヒルズの中にある五つ星ホテル〈グランドハイアット東京〉の予約番号にかけた。

3

電話がきたのは、一一時過ぎだった。菜摘のスマホが小さく鳴った。彼女は、スマホを耳に当てる。しばらく小声で話している。

「わかった。いまいきます」と言った。

「ちょっと失礼」と言う。Aスタからそっと出ていった。

が、菜摘はなかなか戻ってこない。一〇分以上が過ぎた。

爽太郎はコーヒーが飲みたくなった。缶コーヒーでもかまわない。スタジオの廊下に、自販機があるのを思い出した。静かに、Aスタを出た。

廊下を一〇メートルほど歩く。夜中近いスタジオは静まり返っていた。廊下は、その先で右に曲がる。曲がったところに自販機があるはずだった。

廊下の曲がり角に近づくと、話し声がきこえた。話している一人は菜摘だった。そして、相手は男……。

「だってチケット五枚って言ったじゃない」と菜摘の声。

「ところが、そうもいかなくなってきてね」と男の声。

「でも、急に十五枚と言われても、お金の用意がないわよ」と菜摘。

「なら、一〇枚でもいい。そのぐらいの金ならあるだろう。広告の仕事でいい給料もらってるんじゃないのか?」男が言った。〈広告の仕事〉という言葉に嫌味《いやみ》が感じられた。

「そんな言い方、やめてくれない」菜摘が言った。どうやら、もめごとになりそうだった。

爽太郎は、なにくわぬ顔で廊下の角を曲がった。

菜摘が、ひょろりとした長身の男と向かい合っていた。男は、黒いシャツを着てブラックジーンズをはいていた。長髪を後ろで団子《だんご》のようにまとめている。顔色は良くない。鼻はかなり高いが、ワシ鼻だ。眼つきは鋭かった。

菜摘が爽太郎に気づいた。爽太郎は、ポケットから小銭を出す。そばにある自販機に入れた。冷たい缶コーヒーを選んだ。

「あの……こちら、この前話したディレクターの流葉さん」と菜摘。ひょろりとした相手に言った。爽太郎は、出てきた缶コーヒーを手にする。相手を見た。

「ほう、例の広告屋さんか」と相手が薄笑いを浮かべて言った。〈広告屋〉というひと言に力を込めた口調だった。菜摘が少しあわてて、

「彼が劇団を主宰している倉田さん」と爽太郎に言った。爽太郎はうなずいた。微笑しながら、コーヒーをひと口。

「そうか、迷走するハムレットだな」と言った。倉田の表情が変わった。そげた頬が紅潮した。きつい眼で爽太郎を睨みつけた。

「いま、なんと言った」

「耳が悪いのかな？　ハムレットが迷走して六本木まで現れたらしい。そう言ったのさ」

微笑したまま爽太郎は言った。また、コーヒーをひと口。倉田を見た。長身、長髪、ワシ鼻、鋭い眼つき。こういう外見にカリスマ性を感じる劇団員もいるのかもしれない。爽太郎はそう思った。

倉田は爽太郎を睨んだまま、

「広告屋ふぜいが！」と吐き捨てるように言った。爽太郎は涼しい顔をしている。倉田は、菜摘に向きなおる。

「君がつき合ってるのは、こんな下劣な連中なのか⁉」とやや芝居がかった強い口調で言った。菜摘の腕をぐいとつかんだ。

爽太郎がす早く動いた。菜摘の腕をつかんでいる倉田の後ろへ。団子のようにまとめているその後ろ髪をつかんだ。少し力を入れて引いた。

倉田の体が、よろける。菜摘をつかんでいた手がはなれる。体勢を崩し、後ろに二、三歩。そのまま、床に尻もちをついた。

「暴力はよくないな」と爽太郎。静かな口調で言った。

倉田は、のろのろと立ち上がる。爽太郎を睨みつけた。「なんだと！　暴力をふるったのはお前だろう！」と、かん高い声で言った。

爽太郎は微笑したまま、

「その髪型があまりに面白いんで、ちょっと引っぱってみただけさ。気にするな」と言った。倉田は、頬を紅潮させたまま、

「この広告屋……金で魂《たましい》を売った輩《やから》が……」とわめいた。

「そのセリフは、古臭すぎるな。しかも、そんな演技力じゃ、誰も面白がらないよ。チケ

ットが売れないのは当たり前だな」と言った。

倉田は、菜摘に向きなおる。

「き、君が、こんなやつと一緒に仕事をするなんて、なんと悲しむべきことだ！」と、大きな身ぶりをまじえてわめいた。

爽太郎は、ついに笑い声を上げた。

「何がおかしい⁉」と倉田。

「そりゃおかしいさ。自己陶酔《とうすい》するのはいいが、あんた、シェイクスピアをやるより、お笑いの吉本興業に入った方がいいんじゃないか？」爽太郎は言った。

「吉本興業⁉」

「ああ、入れればの話だがね。オーディションは難しいらしい」と爽太郎。微笑したまま言い捨てた。

「言わせておけば、どこまで暴言を吐こうというんだ！」

「いくらでも吐いてやるよ。その不愉快な顔を見てる限りな。目ざわりだから、とっととうせろ。ひとっ走り、また迷走したらどうだ」

爽太郎は、倉田を指さして言った。倉田の顔から赤みが消えていく。自分に分《ぶ》がないと気づいたのかもしれない。

菜摘に向きなおる。

「残念というしかない。君が、こんな低俗なやつにたぶらかされようとは……」と言った。

「あんた、セリフを間違えてるよ」と爽太郎。「彼女をたぶらかしたのは、あんたじゃないのか。シェイクスピアやら劇団やらを使って、人の心をたぶらかしてきたのは自分だろう」

あい変わらず微笑したまま爽太郎は言った。

しばらくの静寂……。菜摘は無言で立っている。やがて、倉田が、

「くそったれ！」と吐き捨てた。

「ほう、ハムレットにしちゃお下品なセリフだな」と爽太郎。

「うるさい！」と倉田。ヒステリックな声で叫んだ。身をひるがえす。早足で歩き去っていった。その身のひるがえし方も、どこか芝居がかっていた。爽太郎は苦笑して見送る。

4

「やり過ぎたかな」と爽太郎。菜摘は、首を横に振った。

「いいえ。あのぐらい言われないと、彼は何も変わらないと思う」と言った。倉田が姿を

消して五分後。二人はスタジオの廊下をゆっくりと歩いていた。

「何も変わらない、か……」と爽太郎。

「そう……。このままじゃ、いつまでも、難解なものイコール高尚《こうしょう》なものという思い込みでお芝居を作っていくと思うわ」

「しかし、そう思い込み続けてる人間も多いよ」と爽太郎。Aスタのドアを開けた。「そうかも」と菜摘。スタジオに入りながら言った。

5

「撮れたな……」爽太郎は、小声でつぶやいた。

深夜三時過ぎだった。東堂は、このトマトだけで、三〇〇カットは撮っただろう。だが、まだ満足できるものは撮れていないようだった。

爽太郎と菜摘は、東堂の斜め後ろにあるソファーに腰かけていた。じっと、撮影している東堂の姿を見つめていた。

三時を七、八分過ぎた頃だった。爽太郎は、〈撮れたな……〉と、つぶやいた。菜摘が、爽太郎の横顔を見た。

三秒後。東堂がふり向いた。爽太郎と目が合った。爽太郎は、ソファーから立ち上がった。東堂の方へ歩いていく。

液晶画面をのぞき込む。撮れた画像を見る。美しい写真がそこにあった。白いアクリル板の上。半分にカットされたトマトがある。中に入っている種が、いまにも流れ出しそうな瞬間をとらえていた。爽太郎は、うなずいた。

「お疲れ」と言った。東堂と、拳《こぶし》を合わせた。

爽太郎は、菜摘を手招きした。菜摘がきて、液晶画面をのぞき込んだ。そして、息を呑んだような表情……。それで充分だった。

「お疲れさん！」の声がAスタに響いた。

6

その一時間後。爽太郎、菜摘、そして東堂の三人は、グランドハイアット東京のスウィートルームにいた。スタジオから、五、六分歩いてホテルにチェックインしたところだった。

スウィートルームなので、ベッドルームと広めのリビングルームがある。

爽太郎は、ルームサービスのメニューを見た。五つ星ホテルなので、ルームサービスは二十四時間対応している。

爽太郎は、ヴーヴ・クリコと、サーモンのサンドイッチを多めにオーダーした。

一〇分たらずで、シャンパンとサーモンのサンドイッチがきた。よく冷えたシャンパンをグラスに注ぐ。

「世界で一番贅沢なチラシに」と言い乾杯した。ヴーヴ・クリコが心にしみていく……。

7

「さすがに眠くなった。これで寝るよ」と東堂。グラス三杯のシャンパンを飲み干すと、ソファーから立ち上がった。

「ゆっくり休んでくれ」と爽太郎。ホテルは、昼までにチェックアウトすればいいように手配をしてある。

「じゃ、いい仕事をありがとう」と東堂。爽太郎と菜摘と握手をする。奥のベッドルームに入っていった。

8

「ひとつ、訊いていい?」と菜摘。グラスを手にして言った。

「うん?」と爽太郎。東堂がベッドルームに入って三〇分ぐらい過ぎていた。もう、一本目のヴーヴ・クリコは空いていた。いま、爽太郎たちは、二本目をあけたところだった。

「訊くって、何を?」シャンパンをグラスに注ぎながら、爽太郎は言った。

19 ハムレットは早起き

1

「ほら、最後の撮影が終わったとき……」と菜摘。

「ああ、トマトか」うなずきながら爽太郎は言った。「それが、どうかしたかな？」

「撮影を見ていた爽ちゃんが、〈撮れたな……〉ってつぶやいたでしょう？　確かに、いい写真が撮れていたわ。……でも、それって、どうしてわかったの？　東堂さんがふり向く前に、爽ちゃんにはわかったみたいだったけど」

と菜摘が訊いた。爽太郎は微笑し、「斜め後ろから見ていた彼の表情さ」

「表情……」

「そういうこと。それまで何回シャッターを切っても、彼の表情にはなんの変化もなかった。が、あの一枚を撮って、液晶画面を見た彼の表情に、一瞬の変化が見えた」

「一瞬の変化……」と菜摘。爽太郎は、うなずいた。「かすかに表情が引きしまったよ。プロが手ごたえを感じたときに漂わせる、一種の殺気のようなものだ」

爽太郎は言った。

「殺気……。なんか、剣の達人同士の立ち合いみたい……」と菜摘。爽太郎は、少し苦笑してうなずいた。

「この仕事のプロ同士っていうのは、確かに真剣勝負に近いものがあるかな」

2

「これでいいかしら」と菜摘。パソコンの画面を眺めて言った。

テーブルの上に、MACのノートパソコンがある。菜摘が愛用しているものらしい。パソコンには、いまさっき東堂が撮った写真がインストールされている。

菜摘は、これを使って、チラシのレイアウト見本を作っていた。

上半分に、トマトの写真が大きく使われている。その写真の下。

『あの日のトマト。』

のヘッドラインを細めの明朝体で置いた。そして、右下に、四行のボディ・コピー。これもやや小さい明朝体で置いた。端正で美しかった。

「これが、うちの店のチラシになるなんて、信じられない……」と菜摘。「爽ちゃんには、なんてお礼をしたらいいのかわからないわ」と言った。

爽太郎は微笑した。

「気にするな。こいつは、おれにとっても大切な仕事だった」と言った。

「……大切な仕事？」

「ああ。自分の気持ちをゆるめないために必要な仕事だった」

「……気持ちをゆるめないって？」と菜摘が訊いた。爽太郎は、グラスに口をつけた。

「世の中を見回してみると、流されているテレビＣＦのほとんどが、どうしようもない。大げさで、やかましい。面白くもないギャグの連発。センスのかけらも感じられないものが、たれ流しされてる」

と爽太郎。

「確かに」と言い菜摘がうなずいた。

「そんな広告業界で仕事をしてると、いつの間にか、〈まあ、そんなものか〉と思い込んでしまう制作者が多い」

「……わたしの周囲にも、そういう制作者は多いわ。……でも、爽ちゃんは違う」と菜摘。

「爽ちゃんが作ったものは、いつも静かだけど、メッセージが心の奥まで突き刺さってくるわ」と言った。

「そうあって欲しい。物静かで質の高い作品が、ただ派手でやかましいものに勝つと思いたい。だから、仕事を選んでいるし、仕事を引きうけたら絶対に手は抜かない……」

爽太郎は言った。菜摘が、グラスを手にうなずいた。

「それで、うちのチラシも、大切な仕事だって言ったの？」

「そうだな。ギャラのためでもなく、広告賞のためでもなく……。ひたすら質の高いものを作ること、さらに言えば、質の高いものが、実際に効果を発揮するってことを証明したいんだ」

「そうか……爽ちゃんらしい」

「だから、このチラシをさっそく印刷して使いたい」爽太郎は言った。グラスのシャンパンを飲み干した。

3

寝ている東堂には声をかけず、爽太郎と菜摘は部屋を出た。エレベーターで一階ロビーへおりる。

六時二〇分。外はもう明るくなっている。晴れてはいないけれど、早朝の明るさがロビーに射し込んでいた。

ロビーを出る。爽太郎は〈S&W〉からタクシー券を受けとっていた。タクシーで、まず菜摘を送り、鎌倉まで帰るつもりだった。

ロビーを出たところに待っているタクシーはいない。まだ早朝のせいだろう。爽太郎は、ドアボーイにタクシーの手配を頼もうとした。そのときだった。

「そういうことだったのか」

という声。ふり向く。倉田が立っていた。

4

爽太郎は、平静な表情で倉田を見た。

「ほう……ハムレットは早起きだな」と言った。倉田は、撮影スタジオから爽太郎たちを尾《つ》けてきたのだろう。そして、ホテルの玄関が見えるところで、ずっと張り込んでいた……。そういうことらしい。

「ちょっと話をきいて」と菜摘が言った。倉田は菜摘をきつい眼で見た。

「言い訳など、ききたくない。君は、この広告屋とホテルから出てきた。それ以上に雄弁なものがあるというのか」と倉田。菜摘を睨みつけたまま言った。いまにも菜摘につかみかかりそうだった。

そのとき、タクシーが一台、ホテルの玄関に入ってきた。爽太郎たちのそばで停まった。ドアが開いた。爽太郎は、菜摘の肩に手をかけた。ゆっくりと、タクシーに乗り込む。タクシーのドアが閉まり走り出す。倉田の姿が小さくなっていく。

5

「彼とは終わりかな……」爽太郎が、窓の外を眺めてつぶやいた。タクシーは、首都高速に入っていた。早朝のビル群が窓の外を流れていく。

「たぶん、そうなるわね」菜摘が言った。その表情が曇っているのは、倉田との別れが原因ではなさそうだ。

「何か心配ごとか？　やつに何か仕返しをされるとか」爽太郎が訊いた。菜摘は無言でいる。ということは、YESなのだろう。

タクシーは、横浜に向かって高速を走っている。

「彼はプライドが高い分、自分の思い通り動かない人間や、自分を裏切った人間に強烈な憎しみを持つの」菜摘が、口を開いた。

「たとえば？」

「……あれは、一、二年前だった……。彼の脚本や演出を批判して劇団を飛び出していった人がいたの。彼や、その取り巻きの二、三人が、その人に嫌がらせをしたことがあったみたい」

「嫌がらせ？」

「というより、その人のアパートまで押しかけて、暴力をふるったらしい。幸い警察ざたにはならなかったようだけど……」

菜摘は言った。爽太郎は、うなずく。「あの様子を見てるとわかるよ」と言った。タクシーは、羽田空港を過ぎようとしていた。

「彼は、君がいま住んでいるマンションを知ってるのか？」訊くと菜摘はうなずいた。

「ただ、オートロックの暗証番号などは知らないから、部屋まで来られるようなことはないと思う」と言った。

「それにしても、いちおう気をつけた方がいいな」爽太郎が言い、菜摘がうなずく。タクシーは多摩川を渡ろうとしていた。川の水面が、朝の光をうけてにぶい銀色に光っている。

6

「こんな感じかな」と爽太郎。デザイナーに言った。

二日後。南麻布にある〈S&W〉の八階。爽太郎と菜摘は、チラシの入稿をしていた。

東堂が撮ったトマトや玉ネギの画像。それを上半分に大きく置く。ヘッドラインやボディ・コピーは、品格のある明朝体でレイアウト。〈浅野青果店〉や電話番号は、細めのゴシック。そんな素材をデザイナーに渡した。

デザイナーは二十代の男。〈S&W〉では一番腕がいいという。確かに有能そうだった。テキパキとやりとりをし、

「わかりました。二日で仕上げます」と言った。

そのとき、菜摘のスマホに着信音。どうやらメールらしい。

7

「何かあったのか?」

爽太郎は菜摘に訊いた。デザイナーと打ち合わせをしていた部屋の外。廊下に立っている菜摘はスマホを片手にしている。

「いま、気になるメールがきて……」

20　あえて難しい道を選ぶ男

1

「気になる？」と爽太郎。菜摘は、うなずいた。

「彼の、倉田のやっているお芝居が、公演中止になったらしいわ」と言った。少し沈んだ表情で話しはじめた。

メールを送信してきたのは、倉田の劇団の女性団員だという。その劇団の中では、特に常識的で穏やかな女性なので、菜摘は時おりメールのやりとりをしていると言った。

「その彼女からメールがきたんだけど、劇場への支払いができなくて、公演はきのうで中止になったというの」

「中止か……。で、迷走してるハムレットは？」

「ひどく怒りまくって、劇場のスタッフと、つかみ合いになったって。ああいう芸術家肌の人が切れると、手がつけられなくなるから……」

「自分が芸術だと思っているものが否定されたことに怒る。で、その怒りは他人に向けられるんだろうな」と爽太郎。菜摘は、うなずいた。

「そうだと思うわ。自分は絶対だと思ってるから、それを否定された怒りや憎しみを他人にぶつけるのね」と言った。

「なるほど……。そうなると、劇団は分解か？」

「分解も何も、もともと劇団の全員がアルバイトで生活してたらしいわ……」

「それでも、彼の周囲には、まだ取り巻きがいるのか？」

「二人か三人は、残っているかもしれないわ」

「だとすると、君は気をつけた方がいいな。いまや、やつは君に対してかなり強い憎しみを持っている可能性がある。自分を信奉していたはずの君に裏切られたと思い込んでいるだろう」

「……そうね……」

菜摘が、浮かない顔でそうつぶやいたときだった。廊下の向こうから、制作本部長の氷山と、熊沢が早足でやってくるのが見えた。

「流葉君、大変だ！」と氷山が言った。

2

「あんたの〈大変だ〉は、きき飽《あ》きたけど、今度は何が大変なんだ」

爽太郎は言った。四人は、空いている会議室に入ったところだった。

「例の〈BAD　BOY〉のキャンペーンなんだが、あの〈X《エックス》・FILE《ファイル》〉を起用することに決めたらしい」と氷山が言った。テーブルに身をのり出している。

「〈X・FILE〉……きいたことはあるな……」と爽太郎。

「きいたことはあるなんて、のんびりしてる場合じゃない」と氷山。「〈X・FILE〉といえば、いま、最も若年層に人気のグループだ」と早口で言った。

「あっそう。で、そのXのどこがそんなに人気なんだ」と爽太郎。

氷山は、あい変わらずの早口でまくし立てはじめた。〈X・FILE〉は、六人組のダンス・ユニット。ストリート系のダンスを踊り、さらに歌う。ラップ調の曲を歌い、それは続けざまにヒットチャートの上位に入っている。

「いまや、若い連中に圧倒的な人気を誇ってるグループだ」と氷山。爽太郎は苦笑い。

「あんた、その〈X・FILE〉の広報《プレス》みたいだな」

「笑ってる場合じゃない。ちょっと証拠を見せようじゃないか」と氷山。立ち上がった。

3

「こっちだ」氷山は言った。八階のフロアーを歩いていく。社員たちが仕事をしているフロアーだ。パーテーションで区切られたスペースで、各自が仕事をしている。氷山は、そのフロアーに入っていく。仕事中らしい若い女のところに歩いていく。デザイナーらしい彼女は、パソコンに向かっていた。二十代に見える。

「坂井《さかい》君、ちょっといいかな」と氷山が言った。坂井というそのデザイナーは、仕事の手を止めた。氷山や、爽太郎たちを見た。

「君、確か、〈X・FILE〉のファンだったよな」と氷山。彼女は、「ええ」と言ってうなずいた。

「よかったら、君が気分転換に見てる映像を流してくれないか」氷山が言った。彼女はごく自然にうなずいた。目の前のパソコンを操作する。

やがて、パソコンの画面にコンサートの映像が流れはじめた。〈X・FILE〉の六人は、それぞれ違うファッションや髪型だった。六人のうち三人は濃いサングラスをかけている。

髪は、刈り上げていたり、長髪を後ろで束ねていたり、オールバックにして部分的に染めていたり……。

全体に黒を基調にしたファッションだが、あえてバラバラなコスチュームにしているようだ。

そんな六人が、いわゆるヒップホップな振りつけで踊り、そして歌う。

派手なステージが展開されていた。デザイナーの女性は、パソコンのボリュームをかなり絞っている。それでも、歌声と客たちの熱狂が伝わってくる。デザイナーの女性も、体でリズムをとっている。

「なるほど、わかった」と爽太郎。「のりまくってていいよ」と言い、彼女の肩を軽く叩いた。

4

「わかったって……本当にわかってるのか？」と氷山。爽太郎に言った。

「〈X・FILE〉が、若い連中にどれほどカリスマ的な人気があるのか、君には実感がないだろう」と氷山。爽太郎はそしらぬ顔。

「残念ながら、まったくないね」と言った。氷山は、

「しかも、今回、〈Ｘ・ＦＩＬＥ〉を起用して、〈ＢＡＤ　ＢＯＹ〉のＣＦをつくるのは、ディレクターのＲＹＯ《リョウ》だ」と言った。

「へえ、あのリョウのやつがディレクターに昇格したのか、知らなかったぜ」と爽太郎。

「そんなわけ、ないだろう！」と氷山。小型犬のように吠えた。「知らないのか！　Ｒ《アール》、Ｙ《ワイ》、Ｏ《オー》と書いてＲＹＯ《リョウ》と読ませてるんだ！」

「へえ、しゃれてるじゃないか」と爽太郎。内心では、よくある業界人のネーミングだと苦笑していた。

「で、そのＲＹＯってディレクターは何者なんだ」と爽太郎。氷山は、ただあきれた顔をしている。

「まあ、おれが資料を集めとくよ」と熊沢が言った。

5

翌日。遅い午後。爽太郎と菜摘は、葉山にあるバー〈グッド・ラック〉にいた。

カウンターには、ノートパソコンがある。熊沢の同居人である麻記子がパソコンを操作している。やがて、映像が流れはじめた。

「その、ＲＹＯっていうディレクターが作ったＣＦを集めたものだ」と熊沢。カウンターの中で言った。すでにビールのグラスを手にしている。

爽太郎は、パソコンの画面を眺めていた。流れてくるCFは、いわゆるタレントを使ったものばかりだった。それも、ミュージシャンが多い。

アイドルっぽいシンガー、ロック系の連中……。そんなミュージシャンたちを使ったCFが流れ続けている。演出は、ただ派手さだけが目立つものだった。

「あまり見てると、脳ミソが腐《くさ》るぞ」と、カウンターの中で熊沢が言った。爽太郎は、苦笑い。熊沢もこういうCFを嫌いなのはわかっている。爽太郎は、パソコンを片手で操作し映像を止めた。

「このディレクターは、まだ三十歳ぐらいだろう。もともとは、ミュージシャンのプロモーション・ビデオを作っていたらしい。山ほどのプロモ・ビデオを作っているうちに広告代理店から目をつけられてCFもつくるようになったって話だ」と熊沢。

「まあ、新しいもの好きの広告業界だからな」苦笑しながら爽太郎が言った。

6

「何を考えてるの?」と菜摘。爽太郎に訊いた。

爽太郎は、店の窓から見える森戸海岸を眺めていた。夕方の陽射しはすでに初夏のものだった。サーフパンツだけで歩いている若い男もいる。そんな砂浜を、爽太郎は静かに眺めていた。その横顔を見ていた菜摘が、〈何を考えてるの?〉と訊いた。

爽太郎は、しばらく無言でいた。やがて、視線を窓の外から戻した。

「考えていたのは、CFのことだ。競合する〈BAD BOY〉のCFを作るらしいディレクターの作品について、ちょっと考えていた。いまさっき見た、ミュージシャンを使ったCFのことだ」と言った。

「それは?」

「あの手のCFを、おれは作るつもりがない。CFとしての志《こころざし》もグレードが高いとも思えない。人気のミュージシャンやタレントを使い派手な演出をする、ただそれだけのCFだ」と爽太郎。「ただそれだけだが、馬鹿にしてるだけじゃダメだと思う」と言った。

カウンターの中でグラスを磨いていた熊沢の手が止まった。

7

「人気タレントを使った、ただ派手な広告キャンペーン……。プロのおれたちからすると、レベルが低いと思う。けど、無視はできない」

爽太郎は言った。その横顔を、菜摘がじっと見ている。

「広告キャンペーンの受け手は何百万人といる。その中には、感覚の鋭いやつ、にぶいやつ、頭のいいやつ、悪いやつ……いろんな人間がいると思わなくちゃいけない」

爽太郎が言った。菜摘が小さくうなずいて、

「爽ちゃんが言おうとしてること、わかったわ。人気タレントを使った広告キャンペーンが、ある程度の効果を上げることはある。それを知っていなくちゃダメだってことね」

と菜摘。カウンターの中で、熊沢がうなずいた。

「流葉のいい所は、そういうイージーな広告キャンペーンの存在を認めながらも、自分は、あえて難しい道を選ぶってことさ」と言った。爽太郎は苦笑い。

「それはいいが、今回はどうするかな……」と、つぶやいた。

そのとき、菜摘のスマホが着信音をたてた。彼女は相手を確かめ、電話に出た。

「はい、わたしです……」と菜摘。しばらく相手が話している。

「そう……わかりました。ありがとうございます」そう言って、菜摘は通話を終えた。

「何かあったのか？」と爽太郎。

「いまのは、わたしが住んでるマンションの管理人さんからよ。さっきから、不審な男たちがあたりをうろついてるって……」

21　きれいなバラは棘《とげ》だらけ

1

「不審な男たち？」爽太郎が訊いた。

菜摘が説明する。例の倉田のことが、彼女も気になっているという。そこで、自分のマンションの管理人に頼んだ。もし怪しい人間がマンションの周辺にいたら教えてくれるように頼んでおいたという。

「で、連絡がきた？」と爽太郎。彼女は、うなずいた。

「ついさっき、二、三人の男たちが、オートロックのドアの前をうろついていたって連絡がきたわ」

「倉田や、その取り巻きなのか？」

「はっきりとは、わからない。けど、みな若い男で、ラフな身なりで、長髪の人もいたっていうから、可能性は高いわ」と菜摘。少し不安そうな表情で言った。

「オーケイ。じゃ、君のマンションに行こう」と爽太郎。ニコリと白い歯を見せ、「不審者ってのが、そう嫌いじゃないんでね」と言った。スマホをとり出す。リョウの番号にかけた。すぐにリョウが出た。

「流葉チーム、出動だ」

2

途中でリョウをひろう。菜摘のマンションに近づく頃には、日が沈んでいた。

爽太郎は、マンションの五〇メートルほど手前にあるコインパーキングにラングラーを入れた。車からおりる。菜摘とリョウに、

「打ち合わせ通り、知らん顔をしてマンションに行け」と言った。二人は、うなずく。マンションのエントランスに向かい歩きはじめた。

爽太郎は、三〇秒ほど待って歩きはじめる。

菜摘とリョウは、マンションの玄関に向かっていた。その周囲には照明もあり、ロビーからの光も、もれていた。爽太郎は、ゆっくりと歩いていく。

やがて、菜摘とリョウはマンションの玄関に近づいた。ガラスばりのオートロックのドアまで七、八メートル。

そこで、暗がりから人影。三人が早足であらわれた。菜摘とリョウの前に立ちはだかった。三人とも若い男のようだった。

菜摘とリョウ、そして三人の男たちは向かい合う。何か言い争いをはじめたようだった。が、リョウは、派手なジャンパーを着てサングラスをかけている。かなり不良っぽい外見。三人の男たちも、すぐ実力行使には出られないようだ。にらみ合いが続いている。

そのとき、爽太郎は別の人影を見つけた。マンションの玄関を囲むように、花壇がつくられている。高さ三〇センチほどの、白いタイルで囲まれた花壇だ。

花壇の中には、一面にバラが植えられていた。密生しているバラの茂みは胸の高さ。季節がら、蕾《つぼみ》をつけている。

その花壇の手前に、人がいた。バラの茂みに身を隠《かく》すようにして、玄関の様子をうかがっているらしい。薄暗い中でも、わかった。それは、あの倉田だった。玄関でにらみ合ってるリョウと三人の男たちの様子をうかがっているらしい。

爽太郎は、足音をしのばせる。倉田の背後にせまった。中腰になって様子をうかがっている倉田。その後ろから、

「覗《のぞ》きはよくないな」と声をかけた。顔だけふり向こうとした倉田。その腰を、爽太郎はスニーカーで蹴った。

〈わっ〉とも〈あっ〉ともつかない声を上げ、倉田は前のめりで茂みの中へ転げ込んだ。が、そこはバラの茂みだった。茂みの中でもがき、立ち上がろうとしている倉田が悲鳴を上げた。バラの棘《とげ》にやられたんだろう。

倉田は、しばらく茂みの中でもがいていた。やがて、茂みから脱出。マンション玄関の方へ、転げるように走る。けれど、玄関手前の段差につまずいて、転がった。

爽太郎はもう、花壇を回り込んで玄関に。

突然、茂みから飛び出してきた倉田に、菜摘たちも、三人の男たちも、かたまってしまっている。

転んだ倉田は、のろのろと立ち上がろうとした。その顔は、バラの棘のせいで細かい傷だらけだ。血もにじんでいる。肩で息をしている。

「血だらけのハムレットか。ドラマチックでいいじゃないか」と爽太郎。「しかし、手下を使って、自分は物陰にひそんでいるのは、卑怯《ひきょう》だぜ」

言うと、爽太郎は倉田の尻をまた蹴った。何か悲鳴を上げると、倉田はまたつんのめって転がった。

すぐ近くにいた三人のうちの一人が、爽太郎につかみかかってきた。爽太郎の体に横からタックルしようとした。

その男の顔面に、ヒジ鉄をくらわせた。ヒット。男は後ろにのけぞる。尻もちをついた。鼻づらにヒジ鉄をくらったので、鼻血がシャツに流れはじめた。

時間が、一瞬止まる。

爽太郎は、残る二人の男と向かい合う。

「今夜の公演は終了だ。そいつを、さっさと退場させろ」と、地面にはいつくばっている倉田を眼でさした。

五秒、六秒、七秒。男たちは動きはじめた。倉田を助け起こす。立ち上がらせた。肩を貸して歩かせようとする。

倉田が、爽太郎たちに無理やり傷だらけの顔を向けた。

「このままですむと思うなよ！」と、かん高い声で叫んだ。

「退場のセリフにしちゃ、あまりにつまらん。あんた、やっぱり脚本なんか書くのは無理だな」と爽太郎。苦笑しながら言い捨てた。

3

「え、テレビがない!?」とリョウが間抜けな声を出した。

倉田たちがいなくなった五分後。爽太郎もリョウも、菜摘の部屋に通された。

広い1LDKだった。リビング・ダイニングはひどくさっぱりしたインテリア。住人が男か女か、わからない雰囲気だった。

テレビはない。そのことにリョウが驚いていると、菜摘は微笑し、「最低限必要なニュースは、これで見れるじゃない」と言いスマホをとり出し、キッチンカウンターに置いた。

菜摘は、冷蔵庫を開ける。爽太郎には缶ビール、リョウにはジンジャーエールを出した。

爽太郎は、ビールに口をつけながら、

「さすがだな」と言った。眼で、部屋の片隅をさしていた。そこには本棚があり、かなりな冊数の本が収められていた。テーブルの上にも、読みかけらしい単行本が二、三冊あった。

4

「確かに、ここにいるのは危険かもしれないわね」と菜摘が言った。爽太郎は、うなずく。

「倉田たちはヤクザ者じゃないが、考えようによってはヤクザよりたちが悪い」と言った。

「というと？」

「ヤクザは、基本的に金が目的とかでないと暴力をふるったりしない。が、倉田は、いま怒りの感情だけで動いている。そうなると、何をしてくるか、わからないから、かえって危険とも言える」と爽太郎。「君は、しばらくここから離れた方がいい」と言った。

「なんと言っても、〈DEAN〉の広告キャンペーンを統括《とうかつ》する立場なんだから、君に何かあったらまずい」とつけ加えた。

菜摘が、うなずいた。

「じゃ、身じたくをしてくれ。おれはホテルを予約する」爽太郎は言った。スマホをとり出す。〈鎌倉プリンスホテル〉の番号にかけた。

5

「君らしいな」と爽太郎。菜摘に言った。

菜摘は、荷づくりをしていた。スーツケースに服や身のまわりのものを入れていく。そして、単行本を一〇冊近く入れた。それを見ていた爽太郎が、〈君らしいな〉と言ったのだ。本を入れた分、衣服や化粧品を入れるスペースが少し狭くなる。

菜摘にとって、化粧品より本の方が大切だということなのだろう……。無心に荷づくりしている菜摘の姿を、爽太郎は見つめていた。

6

三人でマンションを出る。リョウが、コインパーキングからラングラーを出してきた。菜摘のスーツケースを積み込み、走りはじめた。あたりに怪しい人影は見えない。

鎌倉プリンスに着いたのは、午後八時だった。まだ、レストランはやっている時間だ。マネージャーは、海の見える部屋をとっておいてくれた。爽太郎は礼を言い、部屋に向かった。

部屋に入ると、菜摘はスーツケースを開けた。それを見ていた爽太郎が口を開いた。

「荷物をほどくのは、ほどほどにしておいた方がいい。おれたちは、また、旅に出るんだ」と言った。

「旅？」と菜摘が訊き返した。爽太郎は、うなずく。「ハワイに向かう。早ければ明日の便《びん》で」と言った。

「ハワイ？」菜摘が、つぶやいた。

22　キャッチフレーズは命がけ

1

「別に、ハワイに観光で行くわけじゃない」

爽太郎は言った。黒ビールを、ひと口飲んだ。一〇分後。鎌倉プリンスのダイニング。菜摘、爽太郎、リョウの三人は、テーブルについていた。

「理由は後で説明するが、とりあえずパスポートを見せてくれ」と爽太郎。菜摘がうなずく。マンションから持ち出してきたパスポートをバッグから出した。

爽太郎は、スマホをとり出す。熊沢にかけた。電話に出た熊沢は、まだ酔っていないようだった。

「わけは後で話すが、エアー・チケットを取ってくれ。ロケハンにハワイに行く。クライアントの彼女とおれの二人だ。ファーストクラスでホノルル。できるだけ早く出たい。明日夜の便でもいい」

爽太郎は、てきぱきと言った。菜摘のパスポート番号を熊沢に伝えた。爽太郎のパスポート番号などは熊沢が知っている。

「明日の午前中には、いつの便がとれたかわかるはずだ」と熊沢。

「よろしく」と爽太郎。それ以上のやりとりは必要なかった。

2

「いまから明日の航空券がとれるの？」菜摘が訊いた。

「とれるかもしれない。なじみの旅行代理店がある」爽太郎は言った。流葉チームが海外ロケに行くとき、必ずその代理店を使っている。ロケ隊は人数が多い。エアー・チケットの料金をねぎったりしない。旅行代理店にとっては上客《じょうきゃく》なので、かなりの無理がきく。そのことを爽太郎は軽く話した。

「しかも、いまは混むシーズンじゃない」と爽太郎。いまは春と夏の間。ホノルル便が混むシーズンではない。

「まあ、気にせず何か食おう。腹が減った」

3

「なぜハワイに行くか、簡単に説明するよ」と爽太郎。赤ワインのグラスを手にして言った。三人とも、ビーフシチューを前にしていた。チリ産の赤ワインもテーブルにある。

「競争相手の〈BAD BOY〉は、人気タレントを使ってキャンペーンを展開するらしい。だが、おれはそういうキャンペーンをやる気がない。タレントなど使わずに、まともなアイデアで勝負するつもりだ」爽太郎は言った。

「そこでハワイ？」と菜摘。爽太郎はうなずく。

「心の中に、ちょっと気になる事があるんだ。アイデアやメッセージの芽になるような、気にかかっている何かがある」

「それがハワイに？」

「ああ、あるような気がする。100パーセント確かじゃないが」と爽太郎。白い歯を見せる。「ダメもとで行ってみよう」と言った。

4

翌日。午前一一時過ぎ。熊沢から連絡がきた。今夜飛ぶホノルル便がとれたという。

「ありがとさん。一〇日ほど行ってくるよ」

爽太郎は言った。熊沢と簡単なやりとり。電話を切る。ホノルルにいる撮影コーディネーターのヒロに電話をかけた。ワイキキのはずれにあるコンドミニアムとレンタカーの予約をたのんだ。一時間後、オーケイの返事がきた。

爽太郎は、ホテルにいる菜摘にかけた。「せわしないが荷づくりをしてくれ。今夜飛ぶ」

5

「ハワイは初めてか？」爽太郎は訊いた。菜摘は、首を横に振った。

「通販の仕事で、一度だけ撮影に行ったわ。飛行機はエコノミーだったけど」と言った。

羽田空港。夜の七時過ぎ。二人は、ラウンジにいた。ファーストクラスの客専用のラウンジにいた。爽太郎は、すでにビールのグラスを手にしていた。

「急だったんで、本当に身のまわりのものだけ持ってきたわ」と菜摘。「必要なものは、あっちで買えばいいさ」爽太郎が言った。

そのときだった。ラウンジにあるテレビが芸能ニュースのようなものを流しはじめた。

〈あの《X・FILE》がテレビコマーシャルに出演！〉という文字とナレーションが流れる。二人は、テレビの画面を見た。

ＣＦを制作する、その発表イベントらしい。〈Ｘ・ＦＩＬＥ〉の連中が低いステージに並んでいる。女性レポーターが、テレビカメラに向かって話しはじめる。

〈夏に向かい展開される《ＢＡＤ　ＢＯＹ》の広告キャンペーン。そのキャラクターとして、人気グループ、《Ｘ・ＦＩＬＥ》が登場することになった〉

〈しかも、コマーシャルの演出は、新進気鋭の映像ディレクターであるＲＹＯが担当する〉

〈広告キャンペーンのキャッチフレーズは《おれたちのこだわり、ＢＡＤ　ＢＯＹ》に決まった〉

そんなことをレポーターが説明する。そして、〈Ｘ・ＦＩＬＥ〉の連中にインタビューをはじめた。メンバーたちは、少し突っぱった口調でインタビューに答えている。

爽太郎は腕時計を見た。「そろそろ行こうか」と言った。搭乗時間が近くなっていた。二人は立ち上がった。テレビの画面には、まだ〈Ｘ・ＦＩＬＥ〉の連中が映っている。

6

「流葉さん」と声をかけられた。

ゆっくりと出国ゲートに向かっているところだった。足を止める。ふり向く。Ｎテレビのディレクター、亀木だった。

「例の、東堂カメラマンの件はどうなりました」と亀木が訊いた。「おかげで、うまくいった。そのうち一杯おごるよ」と爽太郎。やはり出国ゲートに向かうらしい亀木に、「仕事か？」と訊いた。

「ええ、ドキュメントの仕事でマレーシアに」と亀木。

「流葉さんも仕事で？」

「ああ、ロケハンでハワイに」爽太郎は言った。

「新しい仕事ですか？」亀木が訊いた。爽太郎は、簡単に話す。もう、隠《かく》しておく必要はない。アメリカの若者向けブランド〈DEAN〉の仕事だとだけ話した。亀木は、うなずく。

「お気をつけて」と言った。撮影スタッフらしい連中の方に歩いていった。

7

ホノルル便は、定刻に離陸した。水平飛行に移って五分。爽太郎と菜摘は、シャンパングラスを手にしていた。菜摘は、

「さっきテレビに映ってた〈BAD BOY〉のキャンペーンなんだけど」と口を開いた。

爽太郎は、うなずいた。さっきから彼女が何か考えごとをしているのには気づいていた。菜摘の横顔を見た。

「あのキャンペーンを担当するRYOっていうディレクターのキャッチフレーズ、〈おれたちのこだわり〉って、あまりに平凡じゃない？　それが、ちょっと気になってるんだけど……」と菜摘が言った。爽太郎はうなずく。

「ああ、平凡で、つまらないキャッチフレーズだな」

「それって、一種のフェイントで、本番では別のキャッチフレーズを使ってくるとか？」

彼女が訊いた。

「いや、たぶん、それはないな。あのキャッチフレーズのままでくると思う」爽太郎は言った。持ったグラスに口をつけ、ノドを湿らせた。

「あのディレクターの作ったCFを何本か見たが、どれも、たいしたキャッチフレーズはついていなかった」

「ってことは？」

「ほとんどのCFが、人気タレントやミュージシャンを起用し、派手な映像で勝負している。つまり、あのディレクターは、映像の力だけを信用してる、映像がすべてと考えているらしいな」

「確かに、そんな感じはするわね。で、爽ちゃんは？」

「もちろん、CFの映像は大切だと思う。あのディレクターとは違うタイプの映像だが……。そして、何より大切なのはメッセージだ」

「ということは、キャッチフレーズ？」

「ああ、キャッチフレーズ、つまりコピーがCFの命だと思う。言いかえれば、命がけでキャッチフレーズを考える必要がある」爽太郎は言った。その横顔を菜摘が見た。

「つまり、爽ちゃんは、言葉の持つ力を信じている？」

「ああ、信じている」迷いなく爽太郎は言った。

「十代の頃から、本を読んできたせいかもしれないな。なんせ、近所に読書好きの女友達がいたからな」

「あら、女だと思ってくれていたんだ……」と菜摘。

「そうさ、男じゃないだろう？」爽太郎は言った。白い歯を見せてシャンパンを飲み干した。CAの女性がシャンパンを注ぎにやってくる。

8

機内食の時間が終わった。機内の明りが少し落とされている。もう眠りはじめた乗客も多い。上映されはじめた映画を観ている乗客もいる。

爽太郎は、イヤホーンから流れる音楽を聴いていた。そして、ふと、隣りのシートの菜摘を見た。

菜摘は、小さな灯りをつけ本を読んでいた。文庫本のページをめくっていた。その静かな横顔を爽太郎は見ていた。胸の中に、あの頃の光景がよみがえる……。

青果店の奥、ほの暗さの中で、本のページに目を落としていた中学生の菜摘。髪を後ろでまとめ、本のページを見つめていた横顔が、はっきりと心の中にプレイバックされるのを爽太郎は感じていた。イヤホーンから、ビージーズの唄う〈若葉の頃〉が流れていた。

9

「ハネムーン?」と訊いてきた。その青い眼が微笑している。

ホノルル国際空港。その広いエリア内にあるレンタカーのオフィスだ。爽太郎は、予約しておいたレンタカーをピックアップしようとしていた。受付カウンターの向こうにいる金髪の女性スタッフが、爽太郎と菜摘を見て、〈ハネムーン?〉と訊いてきたのだ。

爽太郎は微笑し、「もちろん」と答えた。必要なクレジットカードなどをカウンターに出した。レンタカーを借りる手続きをする。

車のところまで女性スタッフがきてくれた。オフィスから二〇メートルほどのところに、予約した車があった。シボレーの4WD。レンタカーには見えづらい車だ。女性スタッフは、爽太郎に車のキーを渡す。「いいハネムーンを」と笑顔を見せた。

「ありがとう」爽太郎も笑顔で答える。キーをうけとった。

空港を出てしばらくは、退屈な風景が続く。フリーウェイH1にのり、ワイキキに向かう。しだいに左右の風景がハワイらしくなってきた。

「ハネムーンに見えたのね……」助手席で菜摘が言った。「ああ、いいじゃないか」と爽太郎。ステアリングを握って、「お似合いに見えたんだろう」と言った。カーステレオをFMの96・3にチューニングした。軽快なアナウンス。K《ケアリイ》・レイシェルの曲が流れはじめた。

10

「どっちでも好きな方を選べよ」爽太郎が言った。

クヒオ通り《アベニュー》に面したコンドミニアム。その十九階にある部屋に入ったところだった。

ベッドルームは二つ。その間に広めのリビング・ダイニングがある。キッチン、冷蔵庫、テレビ、オーディオなどは揃っている。爽太郎は、二つあるベッドルームをのぞく。同じような広さだが、ベッドカバーの色などが違う。〈どっちでも好きな方を選べよ〉と爽太郎は言った。

菜摘も両方のベッドルームをのぞく。「こっちにしていい？」と言った。爽太郎は、〈もちろん〉という表情でうなずいた。菜摘が自分のスーツケースを持って、そのベッドルームに入っていった。

菜摘がベッドルームで荷物をほどきはじめると、爽太郎はカウンターの向こうのキッチンに入った。冷蔵庫を開ける。飲み物などを入れはじめた。ここに来る途中、スーパーのフードランドに寄って買ったものだった。ジュース類、ビール、カンパリ、ワイン、そしてパパイヤ、プルーンなど……。それを冷蔵庫に入れていく。

すべてを冷蔵庫に入れ終わったとき、菜摘がベッドルームから出てきた。ポロシャツ、コットンパンツ、ナイキのテニスシューズというスタイルだった。

爽太郎は、冷えたハワイアン・サンを彼女にさし出す。自分でもグァバ・ネクターの缶を開ける。

「ひと休みしたら、買い物に行こう」

11

「ねえ、爽ちゃん……」という声がした。自分用のTシャツを見ていた爽太郎はふり向いた。

アラ・モアナのショッピングセンターより西にあるワード・ウェアハウス。ローカルにも人気があるショッピング・モールだ。

その中の一軒に入り、買い物をしていた。主に菜摘がハワイで過ごすための服を買い揃えていた。Tシャツ、ショートパンツなどなど……。

その最中、菜摘が小声で爽太郎を呼んだ。爽太郎は、選んでいたTシャツを戻す。菜摘のそばに行った。「どうした」と訊いた。菜摘は、何かもじもじしている。やがて、

「あの……水着がすごいんだけど」と言った。

23　君の中に住んでいる少女

1

コンドミニアムの四階には、広くて気持ちのいいプールがある。菜摘は、泳ぐのが好きで、いまもよくスポーツクラブのプールで泳いでいるという。そこで、泳ぐための水着を選ぼうとしていた。が、

「水着がすごいって、どうしたんだ」と爽太郎。菜摘のそばに行った。

「その……カットが大胆で」と菜摘が言った。目の前に並んでいる水着を眺めている。

「そういうことか」爽太郎は、軽く苦笑した。なるほどと、胸の中でつぶやいた。早い話、水着のカットがみなハイレグなのだ。菜摘の感覚からすると、ハイレグの度合《どあい》がすごいんだろう。

「そう言っても、ハワイじゃこんなものだぜ。これ以上おとなしいやつはないよ」と爽太郎。「いっそこれなんかどうだ」と言った。一着の水着を手にとった。それは、ヒップの部分がヒモのようなTバックになっているビキニだった。

「やだ！　爽ちゃん、ひとをからかって」菜摘が爽太郎の背中を手のひらで叩いた。

「おれは、これで文句ないが」と爽太郎。ニッと白い歯を見せた。

「まったくもう！」と菜摘。

結局、三〇分ぐらいかけ、一番おとなしいデザインの水着を菜摘は選んだ。

2

太陽が、水平線に近づいていた。

爽太郎と菜摘は、コンドミニアムのラナイ、つまりベランダにいた。爽太郎はグラスに注いだBUD、菜摘はカンパリ・オレンジをゆっくりと口に運んでいた。

「残念だな。さっきのTバック、おれはいいと思ったんだが」と爽太郎。

「よくないわ！」と菜摘。「ああいうのは、ナイスボディーの外国人じゃないと無理」と言った。爽太郎は、苦笑しながらBUDをひと口。

「ナイスボディーかどうかはとにかく、君がいいスタイルをしてるのを実は知ってるぜ」

と言った。

「え？　それって……」

「中学三年の頃さ。君がスタイルがいいのは、クラスの男子じゃかなり有名だった」爽太郎は言った。それは嘘ではなかった。

中学三年だから、みな大人の体型ではない。少女っぽい。それでも、菜摘の手脚《てあし》が長いのは、男子の話題になっていた。体型そのものは、少女っぽい。が、特に脚がすらりと長かった。男子の中には、彼女のことをかなり気にしている者もいた。そんなことを、爽太郎はサラリと言った。

「男子って、そんな話をしてたの？」

「そりゃそうさ。体育もあればプールの授業もある。しかも、中三なんて、色気づきはじめて、そういうことが気になって仕方ない年頃だからな」

「……爽ちゃんも？」

「まあね」と爽太郎。かすかに苦笑した。グラスに口をつけた。ふと思い出していた。

確か、中学三年の七月だった。平日の昼休み。爽太郎は、忘れ物をしたのに気づき、体育館に行った。

体育館には、菜摘が一人でいた。前の授業が体育だったので、彼女は体操着だった。Ｔ

シャツ、ぴたりとしたショートパンツというスタイルだった。

彼女は、バスケのボールをドリブルしていた。ゆっくりと二、三回ドリブルする。そして、少しはなれたゴールにシュートする。

バスケット部員ではないので、当然それほど上手《うま》くはない。けれど、かなり熱心にドリブルとシュートをくり返していた。

爽太郎は、体育館の入口に立ち、それを眺めていた。もし青果店の店番をする必要がなく、部活ができるなら、バスケをやりたかった。そのことを彼女からきいたのを思い起こしていた。

菜摘は、髪を後ろでまとめドリブルやシュートをしている。その手脚は、のびのびとしていた。もう夏なので、顔や腕には汗が浮かんでいた。頰が上気し、少し荒い息をしていた。

爽太郎は、無言でそれを見ていた。しばらくすると、その場をはなれ廊下を歩いていた。なぜ彼女に声をかけなかったのか、自分に問いかけながら、ゆっくりと歩いていた。彼女の姿を、胸の中でプレイバックしていた……。

体育館に窓から射し込む夏の陽射し。それをうけて光っている顔や腕の汗。揺れる前髪。のびのびとした手と脚。

それらが、自分の心に軽いショックをあたえているのを爽太郎は感じていた。

そのショックの理由は、彼女が発散させていた生気だと爽太郎は思った。

青果店の店番をしていたり、本のページに目を落としているときには感じられなかった生気が自分をドキリとさせたのだろう……。菜摘の印象が少し変わったのも確かだった。

これまで、それを口にしたことはなかったけれど……。

「とにかく、君のスタイルの良さは男子の間じゃ評判だったな」と爽太郎は微笑しながら言った。

「やだ。男子のみんなが、そんなふうに見てたなんて、まるで気づかなかった……」と菜摘。その頰に赤みがさしているのは、カンパリ・オレンジのせいだけではなさそうだった。

3

「いつか言ってたよな」と爽太郎。「おれの中に住んでいる少年について」と言った。菜摘は、うなずいた。

太陽は、水平線に接しようとしていた。その上にある雲は、グァバの実のような色に染まりはじめていた。高層ホテルの白い壁は、淡い黄色に染まっている。

「確かに、おれの中に少年が住んでいるのかもしれないが、君の中にも少女が住んでいる

ような気がするな」爽太郎は言った。菜摘は、しばらく考えている。やがて、

「自分では、よくわからない……」と、つぶやくように言った。カンパリ・オレンジのグラスを口に運んだ。ほとんど真正面から射してくる夕陽がグラスの中の氷を光らせていた。水平線を見つめている菜摘の顔も、夕陽の色に染まっている。ヤシの葉が、シルエットで揺れていた。

4

「それじゃ、勝負するか」

爽太郎は言った。昼下がり。コンドミニアムの四階にあるプール。泳いでいる宿泊客はいない。アメリカ本土から来たと思われる客たちは、みなデッキチェアーに寝そべっている。

「勝負って、プール片道？」と、菜摘。「いや、どうせなら往復で勝負しよう」爽太郎は言った。菜摘が、うなずいた。

二〇メートルほどあるプールの端。二人は飛び込む体勢。

「3《スリー》、2《ツー》、1《ワン》！」爽太郎がカウントし、二人はほぼ同時に飛び込んだ。クロールで泳ぎはじめた。

一〇メートルほどで、菜摘が少しリード。二〇メートル先でターン。菜摘が一メートルほどリードしてターンした。きれいなターンだった。

爽太郎も、水泳はまずまず得意だ。けれど、菜摘のクロールは本格的だった。フォームが美しく、力強い。スポーツクラブで泳いでいるだけのことはある。

彼女のリードが少しずつ拡がっていく。やがて、プールの端にタッチした。身長ひとつ分ぐらい遅れて爽太郎もプールの端にタッチした。

「おみごと」爽太郎は言った。呼吸をととのえながら、ゆっくりとプールから上がる。デッキチェアーに歩いていく。白いチェアーに寝そべった。

やがて、菜摘もプールから上がってくる。デッキチェアーに歩いてくる。ストレートな髪は、後ろで束ねている。三日前に買ったワンピースの水着を身につけていた。その、すんなりとしたスタイルを、爽太郎は眺めていた。

「勝った場合に、何か賞品はあるの?」

となりのデッキチェアーに腰かけて、菜摘が言った。

「賞品は、これ」と爽太郎。コパトーンのサンターン・オイルをさし出した。白い歯を見せ、「もう少し陽灼けしてもいい。ハワイじゃ、色の白い人間は信用されないんだ」

菜摘は、うなずく。体の水滴をタオルで拭いた。サンターン・オイルを塗りはじめた。

彼女の肌は、すぐ赤くなるタイプではないようだ。すでに、うっすらとしたココア色に陽灼けしはじめている。

爽太郎は、サングラスをかける。地元紙のホノルル・アドバタイザーを読みはじめた。

5

「さて、どうかな？」爽太郎は、つぶやきながら店のドアを押した。

二日後。夜の六時過ぎ。二人は、夕食のためにヴェトナム料理の店に入ろうとしていた。泊っているコンドミニアムから歩いて五、六分のところにある店だ。

この店をやっているのはヴェトナム人。だが、ワイキキの端にあるので、いろいろな客がやってくる。ローカルの人間はもちろん、観光客も来る。最近はエスニックの人気が上がったせいか、日本人観光客もやって来るのを爽太郎は知っていた。

そこで、この店では二種類のメニューを用意している。日本人観光客用のメニューと、本来のメニューだ。

爽太郎が〈どうかな？〉と言ったのは、そのメニューのことだ。二人が店に入って、どっちのメニューを出されるか……ということだった。

入っていくと、店はまだすいていた。ヴェトナム人らしいウェイトレスが二人をテーブルに案内した。店内には、すでにいい香りが漂っている。

ウェイトレスが、水とメニューを持ってきてテーブルに置いた。そのメニューは、日本人観光客用のものではなかった。

「どうやら、観光客には見られなかったようだ」メニューを広げながら爽太郎は言った。

「ってことは？」と菜摘。

「たぶん、こっちに住んでる日系人に見えたんだろう。陽灼けしただけのことはある」と爽太郎。メニューを眺めて言った。

メニューに〈牛肉粉　TAI　GAU〉という文字。その下に英文で〈RARE《レア》・STEAK《ステーキ》〉と説明が書かれている。

〈牛丸〉と書かれているのは、肉ダンゴがのっている麺だ。

「ノドが渇いたな」と爽太郎。ウェイトレスにビールをオーダーした。東洋人がやっている店の中には、リカー・ライセンスを持っていない、つまり酒を出すライセンスを持っていない店も多い。けれど、ワイキキにあるこの店は酒類を置いているのを爽太郎は知っていた。

6

「ところで、キャッチフレーズのアイデアは出そう?」菜摘がワイングラスを手にして言った。二人は、〈牛肉粉〉つまりレアのステーキを前にして赤ワインを飲んでいた。

「まあ、急ぐことはない。アイデアは、向こうからやってくるさ」爽太郎は言った。ナイフでステーキを切った。

その翌日、爽太郎が言った通りになった。

24　顔面スムージー

1

鋭いどなり声。

車のボンネットに腰かけていた爽太郎は、そっちを見た。日本人の男と、ハワイアンが二人。どうやら喧嘩になりはじめていた。

午後一時過ぎ。マジック・アイランドの駐車場だ。

ここは、アイランドと名づけられているけれど、島ではない。アラ・モアナ公園《パーク》から、海に突き出している小さな半島のようなエリアだ。

新婚さんがよく記念写真を撮る場所であり、ここの沖はサーフィンのポイントだ。

どうやら、その駐車場で、サーファー同士がもめていた。オアフ島の南側《サウス》でも、このポイントはハワイアンの縄張り意識が強いと爽太郎はきいたことがある。

いま、まさに、もめごとが起きようとしていた。

若い日本人は、サーフボードをかかえている。いまさっき海から上がってきたらしい。髪も、着ているラッシュガードもまだ濡れている。

そして、二人のハワイアン。二人とも、ごつい体をしている。ボード・ショーツだけ身につけて、上半身は裸だった。一人は、太い腕に刺青《イレズミ》をしている。もう一人も、肩から背中にかけて刺青を入れている。

主に、ハワイアンたちが鋭いどなり声を上げている。

どうやら、海の上でトラブルがあったらしい。ハワイアンが波をとらえた、それを日本人のサーファーがじゃまをした。そんなトラブルらしい。サーファー同士のもめごとでは、珍しいことではない。どちらが悪いとも言えない場合が多い。

日本人のサーファーも、何か言い返している。

その声をきいて、爽太郎は、おやっと思った。日本人のサーファーが英語で、しかも、ハワイ独特の〈ピジョン・イングリッシュ〉を口にしていたからだ。その若い男は、ハワイ育ちらしい……。

口喧嘩は、エスカレートしていく。

これは殴り合いになるな、と爽太郎は感じた。

予測は当たった。ハワイアンの片方が、す早く動く。日本人の体を背後から押さえた。

日本人は、サーフボードをかかえているので動きが遅い。

もう一人のハワイアンが、日本人の腹に右の拳《こぶし》を叩き込んだ。サーフボードがアスファルトに落ちた。

爽太郎は、となりの菜摘が手にしている紙のカップを、

「ちょっと借りるぜ」

と言いつかんだ。カップの中身は、飲みかけのスムージーだ。薄いピンクのスムージーが、まだ半分ほど残っていた。

爽太郎は、その紙カップを手に、車のボンネットからおりる。早足で六歩。

ハワイアンが、二発目のパンチを日本人にあびせようとしていた。

バックスウィングしたその右手。爽太郎は後ろからつかんだ。

相手が振り返った。その顔面。ドロドロのスムージーを爽太郎はぶちまけた。

やつの動きが止まる。何か、わめいた。

「スムージーの味はどうだ」爽太郎は英語で言った。

もう一人が、押さえていた日本人から手をはなした。

腹を殴られた日本人は、前のめり。アスファルトに両膝をついた。ハワイアンは、爽太郎の方に。三歩つめてくる。睨《にら》みつける。

「お前、こいつの仲間か」

「ああ、五秒ぐらい前からな」と爽太郎。

「一対二は、アンフェアなんじゃないか?」と言った。そう言いながら、相手の体つきと身のこなしを見ていた。

話してわかる相手とは思えない。どこを殴るか、見きわめていた。首が太く短い。こういうやつは、顔面やアゴは打たれ強い。素手で顔面を殴ると、自分の手も怪我をしかねない。

若いわりに少しせり出した鳩尾《みぞおち》あたりに的をしぼる。

相手が、二歩、つめてきた。左の拳を振ってきた。爽太郎は、半歩ステップバック。相手の拳をかわした。

そのパンチでわかった。ボクシングなどの経験者ではない。

ただし、相手は二人。近くに仲間がいないとは限らない。手早く片づけることにした。

相手が、右の拳を振ってきた。が、ひどく大振り。爽太郎は沈み込む。相手のパンチが頭上で空振り。爽太郎はすでに半歩ふみ込んでいた。短いバックスウィングの右フック。

相手の鳩尾に叩き込んだ。

　相手の動きが止まった。続けざま。爽太郎の左フック。やや突き上げるようなパンチを腹に入れた。

　うめき声。相手は腹を押さえ、前にのめる。アスファルトに崩れ落ちた。

　背後で足音！　スムージーを顔にへばりつけた相手が、ドロドロのスムージーをぬぐいながらせまってくる。

　わめきながら、殴りかかってきた。大振りの右パンチ。爽太郎は、左腕でブロック。右のショート・ストレートを相手の喉《のど》に打ち込んだ。

　喉もとは、人間の体でも、鍛《きた》えることができない所だ。いくらごつい体をしていても、そこは弱点といえる。

　相手は、前のめりに崩れ落ちる。アスファルトに転がった。両手で喉もとを押さえ、荒い息をしている。しばらくは、呼吸が苦しくて起き上がれないだろう。

　爽太郎は、日本人のサーファーを見た。彼は、片手で殴られた腹を押さえながらも立ち上がりかけていた。爽太郎は、その体をささえた。

「日本語しゃべれるか？」と訊いた。彼は、うなずく。「ああ……」と言った。

「やつらの仲間がやってくるとまずい。あんたの車は？」彼に訊いた。

「……三時になると、彼女がここへ迎えにくることになってる」と言った。

爽太郎は腕のダイバーズ・ウォッチを見た。まだ一時一五分だ。

「とにかく、ずらかろう」と言った。彼を駐めてある4WDの方に連れていく。

菜摘も手伝い、彼と彼のサーフボードを4WDの後部に乗せる。エンジンをかける。ギアを入れ、広い駐車場から出ていく。

2

「腹が苦しかったら、必要なことだけ答えてくれ」と爽太郎。「どこへ送っていけばいい。あんたの家は？」爽太郎は、ステアリングを握って訊いた。

「マノア」彼がリアシートで言い爽太郎はうなずいた。マノアは、ホノルルの北側に広がっている一帯。早い話、ローカルの住宅地だ。

やがて信号ストップ。爽太郎はルームミラーで後ろにいる彼を見た。最初の印象より、若いようだ。せいぜい二十一か二十二というところだろう。

3

「そこを左に」とリアシートの彼が言った。

マジック・アイランドから三〇分近く走った。ホノルルの街を抜け、北へ。タンタラスの丘を左手に見ながら、マノア・ロードを北へしばらく走る。

その一帯は、静かな住宅地だった。豪邸という感じの家はない。庶民的な家が点在している。やや広めの敷地もあれば、小ぢんまりした家もある。

たいていの家には、芝生の前庭があり、ブーゲンビリアなどの茂みが多く見られる。庭で犬の体を洗っている住人もいる。庭のすみ、三、四人でバーベキューをやっている連中もいる。そんな、ローカルの素顔が見える住宅地だった。

小さな四つ角にきたとき、サーファーの彼が、〈そこを左に〉と言った。

殴られたダメージは、かなり回復しているようだ。顔色も、だいぶ良くなっている。

爽太郎は、ステアリングを左に切った。道路の幅が少し狭くなった。といっても、日本人から見ると、ゆったりとした道幅だった。その道を二〇〇メートルほど行ったところで、

「プルメリアの樹がある右側の家」と彼が言った。爽太郎は、軽くブレーキを踏んだ。

前庭にプルメリアの樹がある小ぢんまりとした平屋の家だった。家のわきには、車を入れるスペースがある。青いピックアップ・トラックが見えた。

その家のわきに、爽太郎は運転している4WDを入れる。ピックアップ・トラックの後ろに駐めた。エンジンを切った。

「自分でおりられるか？」爽太郎は彼に訊いた。「大丈夫だ」と彼。ボードをかかえて車からおりた。

「助けてもらったんだ。寄って何か飲んでいってくれないか」と彼が言った。爽太郎は、うなずいた。菜摘と一緒に車をおりた。

「とりあえず名のっておこう。おれはソータロー、彼女はナツミだ」言うと彼はうなずく。

「ケンイチだ」と言った。二人と握手をした。

ケンイチは、駐めてあるピックアップのわきを通って奥に入っていく。ベニヤのドアを開ける。そこには、簡素な作業室のような部屋があった。

入ると、すぐにわかった。サーフボードを作るための部屋だ。いまも、一台のボードが作業台にのせられている。その作業部屋は、裏庭のスペースを使って建てたらしい。

ケンイチは、かかえていたボードを壁に立てかけた。壁ぎわにも小さな作業台がある。さまざまな工具や防塵《ぼうじん》マスクが並んでいた。ケンイチは、自分でボードのシェイプをしているらしい。

三人は、その作業部屋から出る。すぐそばにある家のドアを開けた。どうやら裏口らしい。網戸を開け、そこから家に入る。

「あら、どうしたの？」という女の声がした。

入ったところは、ダイニング兼リビングらしかった。そこそこ広さのあるリビングルーム。その端にキッチンがある。リビングのソファーに浅く腰かけた女性がギターを膝の上にのせていた。小ぶりなアコースティック・ギターを弾いている最中だったらしい。

「これを弾いていたから、車の音に気づかなかったわ」と彼女。ケンイチと、その後から入ってきた爽太郎と菜摘を見た。

「くわしいことは後で話すけど、ハワイアンの連中ともめたよ。彼らに助けられて車で送ってもらった」とケンイチ。「彼女は、ティナ」と爽太郎たちに言った。

ティナは、立ち上がった。笑顔を見せ、爽太郎たちと握手した。彼女も、二十歳《はたち》を過ぎたぐらい。名前はティナだが、日本人だった。正確に言うと、ハワイ育ちの日系人のようだった。

「おれは、さっとシャワーを浴びるよ。お二人に何か」とケンイチ。ティナがうなずいた。

ケンイチは、奥に入っていく。奥にバスルームやベッドルームがあるらしい。

25　三点豪華主義

1

「あの……お腹はすいてない？」とティナが訊いた。「そういえば」と爽太郎。腕時計を見た。二時少し前だった。

マジック・アイランドでのんびりした後、昼飯に行くつもりだった。が、そこでケンイチ達のもめごとに遭遇《そうぐう》した。

「少し空腹かな」爽太郎は言った。ティナは、うなずく。「ポッチギー・ソーセージは嫌いじゃない？」

「嫌いどころか大好物だ」爽太郎は答えた。〈ポッチギー〉とは〈ポルトガル〉の意味だ。ポッチギー・ソーセージは、ポルトガル風ソーセージということになる。いつ頃か知らないが、ポルトガル人がハワイに持ち込んだのだろう。ピリッと辛味のきいたその味は、暑いハワイの人々に好まれている。どこのスーパーに行っても売っている。

「じゃ、ポッチギー・ソーセージでホットドッグをつくるわね」とティナ。ストレートな黒髪を後ろでまとめる。キッチンに立った。手を動かしはじめた。

爽太郎と菜摘は、ソファーに腰かける。何気なく部屋を見回した。

経済的には、あまり楽でなさそうだった。ソファーやテーブルなどは、フリーマーケットで買ってきた中古品という感じだった。

ソファーのビニールが二ヵ所ほど破れている。インテリアらしいものといえば、砂浜でひろってきたらしい貝殻が、窓ぎわに並べられているぐらいだ。小さなヤシの木を植えた鉢がテーブルにある。鉢は、ブリキの缶で代用している。それはそれで、いい雰囲気なのだが……。

壁ぎわに、彼女が弾いていたアコースティック・ギターがある。ギター・スタンドにのっているギター。窓から入る陽射しがそのスチール弦《げん》に当たっていた。スチール弦は、銀色に光っている。よく手入れされ、大切にされているのがわかるギターだった。

やがて、ソーセージを茹《ゆ》でるいい匂いが漂ってきた。シャワーを浴びたケンイチがタオルで髪を拭きながら部屋に戻ってきた。かなり元気をとり戻したようだ。

2

「こいつは美味い」と爽太郎。ポッチギー・ソーセージのホットドッグをひとくちかじって本気で言った。

ポッチギー・ソーセージと言っても、ピンからキリまである。が、これは本当に美味かった。脂っこくない、上質なものだ。となりで菜摘もうなずいている。

「本物のポルトガル人がやってる店があって、そこで買うの。少し高いんだけど」ティナが言い微笑した。

「おれたちには、三点豪華主義ってのがあって」とケンイチ。ホットドッグをかじりながら言った。

「三点豪華主義？」爽太郎が訊き返す。「それは？」とティナ。

「まずその一は、彼にとってのサーフボード」とケンイチが言った。

「その二は、彼女にとってのギター」と菜摘が言った。

「で、その三は？」爽太郎のとなりで菜摘が言った。ティナが微笑して、

「その三は、食べる物よ。いまのわたしたちにとって、健康であることが何より大切だか

ら」と言った。爽太郎は、胸の中でうなずいた。だから、少し高くても、質の良いポッチギー・ソーセージを買っているということらしい。

3

「ケンイチさんは、サーファーで、ボードのシェイプもしているの？」と菜摘が訊いた。

「まあ」とケンイチ。そこで爽太郎が、口を開いた。

「ボードをシェイプするだけじゃなく、ボードの設計をしているようだな」と言った。ホットドッグを口に運ぶケンイチの手が止まった。爽太郎を見た。

「どうしてそれが？」

「あんたのボードを車に積み込もうとしたとき、やけに軽いなと気づいた。しかも、その作業部屋の壁に、ボードの設計図らしいものがピンでとめてあった」

「……サーファーなのか？」ケンイチが爽太郎に訊いた。

「そうじゃないが、湘南に住んでいるんで、サーファーの知り合いが多いのさ」と爽太郎。

「サーフボードをゼロから開発しようとしてるように見えるが」

　ケンイチは、五秒ほど無言でいた。やがて、「別に秘密にしてるわけじゃない」と言った。

4

「サーフィンをはじめたのは六歳の頃だった」とケンイチ。ゆっくりと話しはじめた。

彼は、ここオアフ島で生まれた。日系五世だという。子供の頃からサーフィンをしていた。ハワイの少年の多くがそうであるように……。十歳を過ぎると、ジュニアの大会にも出場するようになったという。

「大会では、そこそこ上位に入ることもあった。が、そうしているうちに、ある夢を持つようになったよ」

「それが、ボードの製作？」訊くと、ケンイチはうなずいた。

「すでにあるボードで波に乗ってるんじゃなくて、自分が最初から作ったボードで波に乗れたら……そんな夢を持ちはじめたんだ」

「素材から新しいものを？」

「ああ。これまでより軽く、傷つきにくい素材でボードを作ろうと考えた」

「そうか。軽くなる分、安定感の増す設計が必要になったわけだな」と爽太郎。ハワイアン・サンを飲みながら、ケンイチがうなずいた。

「そういうことだ」

「で、その新しいボードは完成したのか？」

「試作品は、半年ほど前にできた。ノース・ショアにある店のオーナーに見せたけど、感触はいいよ。二、三年後には、製品として世の中に送り出せるかもしれない」

「なるほど。自分の名前をつけたボードを世に送り出すわけか」爽太郎が言うと、

「まあ……」とケンイチ。照れたような表情を見せた。しゃべるのは、あまり得意でないようだ。

「で、君は音楽を？」

爽太郎がティナに訊いた。ティナは、うなずく。彼女もハワイアン・サンの缶を手に話しはじめた。

彼女も、オアフ島生まれ。日系四世だという。

「パパもママも、兄さんも、音楽が好きだった。暇《ひま》があるとウクレレやギターを弾いてたわ」とティナ。そんな家庭なので、彼女も小さい頃から楽器に触れていたという。特にギターを弾くのには熱中したらしい。

「それで、いまはプロか」爽太郎が言った。ティナが爽太郎を見た。〈どうしてそう思うの？〉という表情をしている。

「この部屋に入ってきたとき、君が弾いているのが耳に入った。ほんの二、三小節だった

けど、上手かった。アマチュアじゃないと思ったけど、はずれてるかな？」

ティナは、ひかえめに微笑した。

「はずれじゃないわ。いちおう、プロのはしくれよ」と言った。ケンイチと同じように、ゆっくりと話しはじめた。

いまは、ワイキキにあるホテルのバーで演奏しているという。海に面した屋外のバー。そこで、ハワイアン・バンドの一人として演奏していると言った。

「主な仕事はそれだけど、ときどきライヴハウスでも演奏するわ。ライヴハウスのギャラは安いけど、自分のオリジナル曲を唄えるから」とティナ。

「なるほど。じゃ、いずれはCDを出す？」爽太郎が訊いた。ティナは少し照れた表情をし、

「チャンスがきたらね。そのためのオリジナル曲は作ってるわ」と言った。

5

「二人は、どこで知り合ったの？」と菜摘が訊いた。

「彼女がライヴハウスで弾き語りをやってるとき、たまたまおれが友達と行ったんだ」とケンイチ。

「で、あなたが彼女を気に入った？」と菜摘。ケンイチは、また照れたような表情。

「まあ……」と言った。爽太郎は、無言でうなずいた。確かに、ティナは可愛い娘だった。目が大きい。鼻筋が通っている。日本人以外の血も混ざっていそうだった。表情が明るく、いかにもハワイのロコガールだった。

爽太郎たちと彼らは、他愛のない雑談を続けていた。何年も前からの友達のように……。薄いペパーミント色のカーテンに、午後の陽射しが揺れている。小鳥のさえずりがきこえていた。

6

「爽ちゃん」と菜摘。すぐとなりのデッキチェアーから声をかけた。

「ん？」と爽太郎。

昼過ぎ。コンドミニアムのプールサイド。二人のすぐ前に、若い白人女性がいた。バストとヒップが大きい。やたら面積の小さいビキニを身につけていた。自分の体を見せびらかすようにプールサイドに立っている。

「爽ちゃん、そんなに見てちゃダメよ」菜摘が小声で言った。言われて、爽太郎はわれに返った。考えごとをしていた。目の前のビキニ娘を、ぼんやりと眺めていたのだ。

「まったく、エッチな少年なんだから」菜摘が言った。爽太郎は苦笑い。

「エッチでもなんでもいいが、いま考えごとをしてたんだ」

「考えごと？」

「ああ、広告キャンペーンのことだ。キャンペーンのキャッチフレーズ、そのシッポが見えてきたんだ。もうすぐ、そのシッポをつかんで引っぱり出せるかもしれない」

「……それって、彼らのことがヒントになってるの？」

菜摘が言う〈彼ら〉とは、あのケンイチとティナのことだ。彼らの家でいろいろ話してから、二日が過ぎている。

「まあ、そういうことだ。あの二人の生活の中に、何か大切なものがありそうな気がする。広告キャンペーンの核《かく》になりそうな何かが……」

爽太郎は言った。目を細め、プールの水面をじっと見つめていた。

7

その夜、爽太郎は徹夜をした。

深夜一時。菜摘がベッドルームに入っていった。それから、爽太郎は、ラナイに出た。ホノルルの夜景を眺めながら、気持ちを集中させはじめた。

高層ホテルの窓。まだ明りがついている部屋も多い。その向こうには、海。満月が海面を照らしている。海は銀色に光っている。そんな光景を眺めながら、爽太郎は集中力を高めていった。

8

その一行が、天から降りてきたのは、午前五時だった。それは、まさに降りてきたという言葉そのものだった。

26　向かい風の中を走っている

1

爽太郎は、開いてあるノートのページに、その一行だけを書いた。そして、深呼吸をした。空気はまだひんやりとして、ミネラルウォーターのように透明だった。ホノルルの街は、夜明けの薄蒼《あお》さに包まれている。

やがて、菜摘がベッドルームから出てきた。四時間ほどしか眠っていないはずだ。やはり、爽太郎が考えているキャッチフレーズが気になるのだろう。

菜摘は、眼をこすりながらラナイに出てきた。爽太郎のいるテーブルに歩いてきた。

「どう？　キャッチフレーズ」と訊いた。

「なんとか、出来たらしい」

爽太郎は言った。一行だけページのまん中に書いてある、そのノートを彼女の前へ……。

菜摘が、それを見た。その眼が大きく見開かれた。じっと、ノートを見つめている。無言。五秒……一〇秒……一五秒……。やがて、

「こんな……」と、つぶやいた。「こんなの、あり……」と言った。

爽太郎は微笑した。

「ありだ。現に、そこにある」と言った。菜摘は、大きく息を吐いた。

「すご過ぎる……。ファッション広告の概念《がいねん》を変えるフレーズだわ。でも、これが、上に通るかしら……。日本支社のCEOや、アメリカの本社に」と言った。

「通るかもしれないし、通らないかもしれない。もし通らなかったら、おれがおごるから飲みに行こう」

「爽ちゃん……」彼女が、なかば絶句した。

2

「このキャッチフレーズが通ったとして、キャンペーンには、どんな映像にするつもり?」菜摘が訊いた。

二人は、冷蔵庫から出してきたハワイアン・サンを飲んでいた。爽太郎は、グァバ・ネ

クターにウォッカをミックスしていた。それを、ゆっくりと口に運ぶ。

「映像は、あのケンイチとティナを使うつもりだ」と爽太郎。「テレビCFも、ポスターや雑誌広告も、メンズ・バージョンとレディス・バージョンを作る。もちろん、メンズはケンイチ、レディスはティナを使う」と言った。

「彼らが持っている存在感？」と菜摘。

「そうだ。多額のギャラをもらって広告に出演しているタレントにはない存在感が、彼らにはある。彼らが何者か、受け手にわからなくてもいい。ああして自分の道を切り拓《ひら》こうとしている彼らの存在感が漂っていればいいんだ」

「そうか……。そこに、このキャッチフレーズが置かれるわけね」

「ああ」

「もし、この、すご過ぎるキャッチフレーズが世の中に発表されたら、どんなことになるのかしら……」

「それを、いま考えても仕方ない。やれることをやるだけだ」と爽太郎。「そうだ、おれはひと眠りするが、君に頼みたいことがある」

「何？」

「彼ら二人に着せる〈DEAN〉のウェアーを用意したい。ハワイにも、〈DEAN〉の店舗はあるよな」

「もちろん。三店舗あるわ。ホノルルに二店舗、マウイ島に一店舗」

「その店舗に、二人用の服を用意させてくれ」と爽太郎。「わかったわ。アメリカ本社から東京支社から指示させて、ホノルルの店舗に服を用意させる」

「よろしく」

3

「おれたちが、広告に？」とケンイチ。さすがに驚いた表情で訊き返した。

「ああ、そういうことだ」と爽太郎。ケンイチとティナを見て言った。

キャッチフレーズができた三日後。マノアにある彼らの家。

爽太郎たちが、広告キャンペーンの制作を仕事にしている、そのことはすでに話してあった。そのロケハンのためにハワイに来ていることも……。

「そこで、ものは相談だ」と爽太郎。ダンボール箱をテーブルに置いた。その中から、Tシャツやフードつきのパーカーをとり出した。〈DEAN〉のホノルル支店が用意したものだ。それを見たケンイチが、

「〈DEAN〉か……」とつぶやいた。

「ああ、今回おれたちが作ろうとしてるのは、〈DEAN〉の広告キャンペーンなんだ。〈DEAN〉が初めて日本に上陸する、そのためのキャンペーンを作ろうとしている」と爽太郎。

「そのキャンペーンに、おれたちが？」

「そう、あなたとティナに出てほしいの」菜摘が言った。二人は、まだポカンと不思議そうな顔をしている。

「まあ、驚くのも無理はないな」と爽太郎。「だが、こいつは冗談でもなんでもない。現に、こうして〈DEAN〉のウェアーを用意した」と言った。段ボール箱をポンと叩いた。

二人は、小さくうなずいた。

「でも、広告に出るって、どんな」とティナ。少し不安そうな表情で、「何をやれば……」

と、つぶやいた。

「何もやらなくていい」爽太郎は言った。

「何もやらない？」ケンイチが訊いた。

「そういうこと。静かな映像の広告にしたいんだ。ケンイチは、サーフボードをかかえて海を眺めているところ。ティナは、公園でギターを軽く弾いていればいい。その横顔を撮ろうと思う」

爽太郎が言った。二人は、なんとなくうなずいた。

「やることはそんなものだが、君らには頼みたいことがある」と爽太郎。「ここにある〈DEAN〉のウェアーを、毎日のように着て欲しい。つまり、撮影のときまでに、ウェアーが体になじんだ感じにしたいわけだ」と言った。

菜摘が微笑し「撮影が終わったら、そのウェアーは、もちろんあなたたちにあげるわ。そして、モデルになってくれた謝礼も」と言った。

「モデル料?」とケンイチ。

「ああ。けして大金じゃないが、一ヵ月どこかでバイトしたぐらいの金額を、三、四日の撮影で渡せると思う」と爽太郎。二人は、小さくうなずいた。

「で、その撮影はいつ頃に?」とティナ。

「これからクライアントの了解をとったり、ロケ隊の手配をする必要がある。二、三週間後にはなるな」と爽太郎。「それまでに、気に入ったウェアーを、洗いざらした感じにしといてくれないか」と言った。

二人は、はっきりとうなずいた。

4

「吉沢CEOがハワイに来るそうよ」

菜摘が言った。夕方近い四時過ぎ。二人は、コンドミニアムの部屋にいた。東京と連絡をとっていた。キャッチフレーズと映像のイメージが出来た。そのことを菜摘が日本支社に伝えた。

すると、日本支社のCEOである吉沢がハワイに飛んでくるという。〈これから日本に帰って、またロケに来るのは面倒《めんどう》だな。日本支社の最高責任者を呼んじゃえよ〉と爽太郎が言ったのだ。

そのCEOがハワイに来るというメールが、いまきたらしい。

二泊四日の強行スケジュールで、ホノルルに来るという。CEOとしては、キャンペーンのコンテを見たいのだという。

「当然だろうな。二泊四日とはご苦労さんだが」と爽太郎。

「日本支社も、お店のグランド・オープンに向けてひどく忙しい最中だから、仕方ないんだと思うわ」と菜摘。「いよいよ、CEOにプレゼンテーションね……」

「ああ」

「CEOに、この企画が通るかしら……」

「サイコロは、振ってみなきゃわからない。が、企画が通るものとして準備をはじめる必要があるな」爽太郎は、微笑しながら言った。スマホを手にした。腕時計を見る。こっちは四時半。日本は昼頃だ。

爽太郎は、葉山の〈グッド・ラック〉に電話をかけた。熊沢が出た。

「おっさん、いよいよはじまる。ロケ隊を組んでくれ」と言った。てきぱきと話す。

〈人物撮影。モデルは男女二人。それぞれビーチと公園で撮る〉

〈セットも何も組まないので、美術スタッフはいらない〉

〈スタイリストもメイクのスタッフも不要〉

〈CFは同録するかもしれないので、音声のスタッフは欲しい〉

〈カメラマンは、もちろん東堂昇〉

〈人物の背景をぼかしたいので、望遠レンズを多めに用意して欲しい〉

「とりあえず、そんなところだ。手配よろしく」爽太郎は言い電話を切った。

5

「爽ちゃん、モデルになってくれる二人に、どのぐらいのギャラを払うのがいいかしら」

と菜摘が訊いた。

東京との連絡を終えた爽太郎たちは、ラナイにいた。沈んでいく夕陽を眺めながら、軽く一杯飲んでいた。爽太郎はウォッカ・トニック、菜摘はカンパリ・オレンジをゆっくりと飲んでいた。

「このキャンペーンの大きさからすれば、モデル料は一〇〇万でも二〇〇万でも払える。が、それはあまりよくない気がするんだ」と爽太郎。

「一人に千ドル、一〇万円ぐらいがいいと思う」と言った。菜摘が、爽太郎の横顔を見た。

「彼らは、自分たちが信じるやり方で、目の前の道を切り拓こうとしている。それが一種のプライドでもあり、彼らの存在感にもつながっている。そんな彼らに、ふいに一〇〇万、二〇〇万を渡すのは、かえってよくない気がするんだ」

菜摘が、うなずく。

「実は、わたしも同じことを考えてたわ。三、四日の撮影で一〇〇万円以上渡すのは、逆に彼らのプライドに相反《あい》するような気がするの」と言った。

「ああ。たとえ一〇万でも、彼らにとっては、きっちりと仕事をして得た収入だ。だから、彼らはリッチでなくても胸を張って生きている。そんな彼らに、いわば楽な仕事で一〇〇万とか二〇〇万渡すのは、彼らの〈生きる流儀《ウエイ・オブ・ライフ》〉を崩しかねないと思う」

爽太郎が言い、菜摘がゆっくりとうなずいた。そして、

「言ってみれば向かい風の中にいる、そんなあの二人が、ちょっとうらやましい気もするわ」と言った。

「そんなことはないさ。おれたちだって、向かい風の中にいると思うぜ。いまやっている仕事がまさにそれだ。人気タレントを使う〈BAD BOY〉に対して、無名の若者をモデルに、メッセージで勝負しようとしている。そんなふうに難しい道を選ぶことは、人に言わせれば青くさいことかもしれない。つまり、ケンイチたち二人も、おれたちも、向かい風の中を走っていることに変わりないと思う」

爽太郎は言い切った。ウォッカ・トニックに口をつけた。水平線を見つめた。菜摘も、うなずきながらカンパリ・オレンジを口に運ぶ。視界のすみを、カモメが一羽よぎっていった。海から吹いてくる風が、涼しくなっていた。

6

「徹夜したのか？」と爽太郎。リビングルームにいた菜摘に言った。二日後の早朝。きょう午前中に着く便で、CEOの吉沢敬一郎が来ることになっている。空港には、撮影コーディネーターのヒロが迎えに行く予定になっている。

そんな朝の六時過ぎ。爽太郎が起きると、菜摘が仕事をしていた。この一日二日、何か考えているのはわかっていた。どうやら、それを完成させたいらしかった。

爽太郎は、冷蔵庫からミネラルウォーターを出す。それをラッパ飲み。菜摘の方に歩いていく。

「爽ちゃんが作ってくれたキャッチフレーズをうけて、こんなアイデアを考えてみたんだけど……」と菜摘。テーブルの上にあるノートを見せた。爽太郎は、それをのぞき込む。菜摘が説明する。それをきいた爽太郎は、

「いいんじゃないか」と言った。「本当にそれは悪くないぜ」と、つけ加えた。そして、

「お疲れさん」と言い、菜摘の肩を叩いた。肩を叩いた手を、そのまま彼女の肩に置いた。そこに、菜摘の片手がそっと重ねられた。

「なんか、爽ちゃんと、やっとダブルスを組めた気がする……」と、つぶやいた。徹夜したせいか、菜摘の声が少しかすれている。手と手が触れ合っているので、お互いの体温を感じる。沈黙の数秒……。爽太郎は、脈拍が少し速くなるのを感じていた。

27　その一行は、取り扱い注意

1

着信音。

キッチンカウンターに置いた爽太郎のスマホが鳴りはじめた。

爽太郎の手に重ねられていた菜摘の手がはなれた。爽太郎は、キッチンカウンターに歩く。スマホを手にした。かけてきたのは、コーディネーターのヒロだった。

「おはよう、ソータロー」とヒロ。「これから空港に向かおうと思うんだけど、日本からやって来るクライアントのＣＥＯは、ミスター・ヨシザワだっけ？」と訊いた。

「そうだ。ケイイチロウ・ヨシザワ、年は五十歳ぐらい」

「外見は？」とヒロ。爽太郎は、菜摘を見た。「吉沢ＣＥＯの外見は？」と訊いた。

「身長は、一七〇センチぐらい。髪は短く刈っていて、眼鏡をかけている。毎週末ヨットに乗っているから、かなり陽灼けしてるわ」

菜摘が言った。爽太郎は、そのままヒロに伝えた。

「わかった。ホテルはハレクラニでいいんだよね」

「ああ。到着したら、すぐチェックインできるように予約を入れてある。よろしく」爽太郎は、ヒロに言った。通話を切った。

「ホテルは、ハレクラニにしたのね」と菜摘。「ああ、あそこなら文句ないだろう」爽太郎は言った。ハレクラニは、言うまでもなくワイキキで最高級のホテルだ。

爽太郎が、吉沢にいま二人が泊っているコンドミニアムではなくハレクラニをとったのには、理由が二つある。

理由その一。二泊ということなら、長期滞在型のコンドミニアムよりホテルの方が便利だということ。

理由その二。コンドミニアムで爽太郎が菜摘と続き部屋に泊っていることで、吉沢によけいな誤解をさせたくない。そのことも、頭のすみにあった。

2

午前一〇時半。ヒロから連絡がきた。吉沢が、ハレクラニにチェックインしたという。ひと息ついたら、すぐ会って話をききたいらしい。「じゃ、これからそっちに行くと伝えてくれ」と爽太郎。

3

一一時過ぎ。ハレクラニのロビー。爽太郎たちは、吉沢と待ち合わせた。

「どうも、初めまして」と吉沢。爽太郎と握手をした。握手に力が込もっている。名刺を出さないところは好感が持てた。

吉沢は、確かによく陽灼けしていた。メタルフレームの眼鏡をかけている。が、その雰囲気は、アパレルメーカーのCEOというより、何かスポーツチームの監督のようだった。白い半袖のポロシャツ、ベージュのコットンパンツをはいている。

爽太郎、菜摘、吉沢の三人は、海に面した一階のレストランに入った。オープンエアーの気持ちがいいレストラン。すぐ目の前はワイキキ・ビーチだ。

まだ昼前なので、レストランはすいていた。テーブルにつくなり、

「じゃ、キャッチフレーズと映像を見せてもらおうか」吉沢が言った。爽太郎は、うなずく。ノートの一ページをテーブルに置いた。吉沢が身をのり出した。ノートのページには、ただ一行。

『たかが服じゃないか。』


その一行が、青のボールペンで書かれていた。コーヒーを口に運ぼうとしていた吉沢の手が、ぴたりと止まった。その一行を、じっと見つめた。やがて、

「これは、なんだ……。この、爆弾のような一行は……」と、つぶやいた。少し混乱しているようだった。

「このフレーズは、確かに取り扱い注意だが、ただの思いつきやハッタリじゃない」と爽太郎。静かな口調で話しはじめた。ここで出会ったケンイチとティナのことを話しはじめた。

「もともと、ハワイで暮らしているローカルには、こういう所がある。つまり、着ているものなどに無頓着《むとんちゃく》な所が……。そのあたりが心に引っかかっていて、とりあえずヒントを探しにハワイにやってきた。そして、その二人と出会った」淡々と話す。

「その二人は、自分たちの力で明日を切り拓こうとしている。そんな彼らにとって、大切なのは夢の実現に向かうことだけだ。だから服なんか、二の次、三の次。実際に洗いざらしてエリの伸びたＴシャツや、穴のあいたパーカーを着ているが、そんなことは、気にもしていない」

爽太郎は言った。さらに、

「もし、若い連中にとって何がかっこいいかを考えたとき、実はそんな生き方が一番かっこいいと思えないだろうか……。おれ自身は、そうありたいと思う」

「……で、このコピー、『たかが服じゃないか。』になるわけか」

「そういうこと」爽太郎は、白い歯を見せた。吉沢は、また、ノートの一ページを見つめた。

「……君はただ者じゃないときいていたが、ここまでとは……」と、つぶやいた。五秒……一〇秒……一五秒……。

「これは、確かにファッション広告の概念《がいねん》を根底から引っくり返すようなメッセージだと思う。〈たかが服〉と言い切ってしまうわけだから……。しかし、ファッションメーカーのＣＥＯとして、これにＯＫを出すべきかどうか……少し考えさせてくれないか」吉沢は言った。

「もちろん」と爽太郎。吉沢は、うなずく。

「チェックインして着替えただけで、まだシャワーも浴びていないんだ。ちょっと部屋に戻って、シャワーを浴びてくる。シャワーで頭を冷やして、考えてみるよ」

吉沢が言った。爽太郎は、うなずく。

「三〇分で戻るよ」吉沢は言い立ち上がった。部屋に上がっていく。

4

三〇分たらずで、吉沢は戻ってきた。短く刈った髪が、少し濡れている。爽太郎は、腕時計をちらりと見た。ウエイターに合図をした。ウエイターが、用意してあるヴーヴ・クリコの冷えたボトルと、シャンパングラスをテーブルに運んできた。

「シャンパン？」とテーブルについた吉沢。

「ああ、キャンペーンのGOに向けて乾杯しようと思ってね」

「……じゃ、私が、あのメッセージにOKを出すと？」吉沢が訊いた。爽太郎はニコリとした。

「三〇分と自分で言って、戻ってくるまでに三〇分以上かかったら、どうかな……と予想していた。その場合は、迷いが出ているはずだ。もし三〇分以内で戻ってきたら、腹をくくったと思っていた」と爽太郎。腕時計を右手の指で軽く叩いた。「ジャスト二十七分。腹をくくったらしい」

「君には、まいったな」吉沢は苦笑した。

ウエイターが、三つのグラスにシャンパンを注いだ。

「じゃ、キャンペーンの成功に乾杯するか」と吉沢。爽太郎は、首を横に振った。

「渋谷のグランドオープン戦争で〈ＢＡＤ　ＢＯＹ〉に勝つのをキャンペーンの成功とするなら、その確率は50パーセントだな」

「50パーセント……」と吉沢。

「ああ、相手だって、それなりに必死でやってくるだろう。それと、もう一つ、大事なことがある」

「大事なこと？」と吉沢。爽太郎は、うなずく。

「このキャンペーンでターゲットにしているのは、何百万、何千万人という若い連中だ。彼らを受け手としたとき、質の高い広告表現が必ず効《き》くとは限らない。レベルは低いが派手な表現が勝つ場合もある」と爽太郎。

吉沢が、かすかにうなずいた。

「確かにそうだ。私の経験でも、そういうことはよくあった。だから、君が言う50パーセントというのも、わからないではない」と吉沢。「それがわかっていたら、もう少し勝率を上げる手を考えようとは思わないのかな？」

「考えない。もし勝率を上げる手があったとしても、それはたぶん、おれの表現じゃなくなるだろう。だから、考えないんだ」

「じゃ、相手に勝つことより、自分らしくやることの方が大切だと？」

「そういうこと。生まれつき、わがままなものでね」爽太郎は白い歯を見せた。吉沢も、ニヤリとした。そして、「噂通りのディレクターだな」と言った。

5

「浅野君からきいたかもしれないが、私はヨットをやっていてね」と吉沢。「月に一回ぐらいは、レースに出場するんだ」と言った。ヴーヴ・クリコをひと口。

「ヨットのレースは、風の読みがカギを握る。だが、ときには偶発的《ぐうはつてき》なことも起きる。自分達がわずかに負けている状況で、予想外のブロウ、つまり突風が吹き、それがたまたま自分達に幸いして相手に勝ってしまうことがあるんだ。そうして勝ったときは少し複雑な気持ちになるものだよ。勝ちは嬉しいが、何かスッキリしないものを感じてね……」

吉沢は、目を細め、海の方を見た。目の前のワイキキ・ビーチ。観光客を乗せた双胴のヨット、カタマランが沖に出ていくのが見えた。

「やはり、勝つことより、どう勝つかにこだわるのかな?」と爽太郎。吉沢は、わずかに苦笑した。

「まあ、そういうことだな。つまり、君とは同類ということらしい」と吉沢。右手をさし出した。爽太郎と二回目の握手をした。その手には、さらに力が込もっていた。

6

「キャッチフレーズは決まった。大きな博打《ばくち》といえるが……。で、映像は?」吉沢が訊いた。

28　急展開、そしてエビ料理

1

「『たかが服じゃないか。』というキャッチフレーズで、いきがった若いやつを出したら、ぶち壊《こわ》しだ。映像は、徹底的に静かなトーンでいく」爽太郎は答えた。そして、

〈例のケンイチとティナをモデルに使う〉

〈ケンイチは、サーフボードをかかえて海を眺めている、その上半身〉

「サーフィン映画の1《ワン》シーンにはしたくないので、ボードは殆ど見えない切りとり方をする。ただ、ボードを持たせた方が、本人の表情に生気と存在感が出ると思う」

と爽太郎。吉沢がうなずいた。

「さらに、〈いかにもハワイの映像〉にもしたくない。ハワイか、日本か、あるいは別の

どこかのビーチか、それが分からないニュートラルな映像にしたい。だから、ケンイチの背景は望遠レンズでぼかす。青い海や空も出さない。できれば、薄曇りの状況で撮りたい」

「なるほど。で、女性バージョンは？」と吉沢。

「ティナの方は、ビーチパークの芝生で、ギターを弾いている上半身を撮る。これも、ギターは見えるか見えないかがいい。理由は、ケンイチの男性バージョンと同じ。大切なのは、何かに集中しているその表情だ」と爽太郎。

「なるほど。で、ＣＦ全体のコンテは？」吉沢が訊いた。「静かに、ひたすら静かに」と爽太郎。


〈海を眺めているケンイチの上半身。洗いざらしのＴシャツ〉

〈カメラは、フィックス〉

〈音楽は入らず、砂浜に打ち寄せる波の音〉

〈若い男性のＮａ《ナレーション》——淡々と『たかが服じゃないか』〉

〈ラストに、《ＤＥＡＮ》の青いロゴ、Ｆ・Ｉ《フエード・イン》〉

「基本的には、それだけだ」爽太郎は言った。そして、「ティナの女性バージョンも、静かな仕上がりにしたい」

〈ギターを弾いているティナの上半身。洗いざらしのパーカー〉

〈CFのBGMは、ゆったりとしたギターの音色だけ〉

〈若い女性の、つぶやくようなNa《ナレーション》――『たかが服じゃない』〉

〈ラストに《DEAN》のロゴ、F・I〉


「これがCFのコンテ。ポスターや雑誌広告も、ほとんど同じタッチでいきたい」爽太郎は言った。そして、

「彼女からも、提案があるらしい」と言い、菜摘に視線を向けた。

2

「『たかが服じゃないか。』という強烈なキャッチフレーズを、さらにフォローするための提案をしたいと思うんです」と菜摘。

「それは？」と吉沢。

菜摘は、ノートの一ページをテーブルに出した。そこには〈Just Wear《ジャスト・ウエアー》〉と書かれていた。

「ジャスト・ウェアー……。それ以上でも、それ以下でもなく、いわば〈単なるウェアー〉か……」吉沢が、つぶやいた。

「この〈JUST WEAR〉の言葉を、〈DEAN〉のロゴとセットにしたらどうでしょう。服のエリについているタグのようにして」

と菜摘。吉沢が、ノートのページを見つめている。

「広告表現では、赤いベタに白ヌキにした〈JUST WEAR〉を、〈DEAN〉の青いロゴの斜め上に置きます」と菜摘。「さらに、ここからが大切なんですが、実際に〈JUST WEAR〉の洒落たタグを作って、店頭に並ぶ服にもつけたらどうでしょうか。Tシャツのスソやパーカーのソデに……」

菜摘は言った。吉沢が彼女をじっと見た。

「広告表現はいいとして、服が店頭に並んで、さらにそれがお客の手に渡ると、〈DEAN〉のものも〈BAD BOY〉のものも、見分けがつきづらくなります。〈BAD BOY〉は、〈DEAN〉の服を上手にコピーしていますから……。でも、この〈JUST WEAR〉のメッセージ・タグが服についていれば、一目で〈DEAN〉のものと判別できます」

吉沢の目が鋭く光った。シャンパンではなく、グラスに入った水を、ひと口飲んだ。真剣なモードに入っている。

「そうか……服に、メッセージを縫《ぬ》いつけてしまうことまで、考えたことがなかった」と吉沢。その口調が熱をおびている。「確かに、その通りだ。いくら強烈な広告キャンペーンを展開しても、ウェアーが消費者の手に渡ってから後まではフォローできない。しかし、Tシャツやパーカーに、このメッセージ・タグが縫《ぬ》いつけてあれば、これが〈DEAN〉のものだと一目でわかる」と言った。

菜摘は、うなずく。

「〈BAD BOY〉は、うちのウェアーそっくりのものを作って、それを約20パーセント安く売っています。安いのが欲しい若い消費者は、そっちに手を出すこともあるでしょう。でも、服のスソについている〈JUST WEAR〉のメッセージ・タグが、〈BAD BOY〉と〈DEAN〉を区別させます」

「うむ……」吉沢が、うなった。

3

「……これは、確かにすごいアイデアだ。広告キャンペーンの効果が売り上げに直結するかもしれない……」と吉沢。「広告はヒットしたが、商品の売り上げはいまいち、というケースも少なくない。が、このアイデアを採用すれば、キャンペーンのインパクトが、そのまま商品の売り上げに直結する可能性がある」

吉沢は、そう言い、腕組みをした。

「これはすごい作戦だが、実行するにはアメリカ本社のＯＫをとる必要があるな」と吉沢。

菜摘が、うなずく。

「アメリカから送られてくるウェアーにタグを縫いつける……それがスケジュール的に間に合ったとして、とりあえずアメリカ本社の了解が必要だ」と吉沢。「さっそく、本社と連絡をとってみる」と言った。立ち上がった。

4

その日の午後三時。吉沢から菜摘に連絡が入った。七、八分話して、菜摘はスマホを耳からはなした。

「アメリカ本社も、わたし達のアイデアにかなり興味を示しているそうよ」その顔が少し上気している。

「タグの件は、わたし達というより、君のアイデアだ」と爽太郎。

「でも、爽ちゃんのすごいコピーがなかったら、タグをつけるアイデアも生まれなかったわ」菜摘が言った。爽太郎は、白い歯を見せた。

「まあ、そうだな。じゃ、とりあえず、ミックス・ダブルスの成果ってことで」

そこまで言ったとき、また菜摘のスマホが鳴った。かけてきたのは吉沢らしい。菜摘は、

「ええ……そうですか……」と話をきいている。「わかりました。お疲れさまです」と、通話を切った。

「アメリカ本社の宣伝部が、あのアイデアにすごく興味を持って、吉沢ＣＥＯは、明日の飛行機でＬＡ《ロス》の本社に行くことになったんですって」

「ハワイは一泊で、ＬＡに飛ぶのか。ＣＥＯも楽じゃないな」爽太郎は苦笑した。

5

それは予想外の早さで展開した。

二日後。午後三時過ぎ。ＬＡに行った吉沢から、菜摘に連絡が入った。

まず、菜摘のスマホにメールがきた。吉沢から長めのメール。菜摘が、それを読んだ。

読み終わり、

「例の〈ＪＵＳＴ　ＷＥＡＲ〉のタグ、本社のＯＫが出たって。これから急いでタグを作りはじめるそうよ」と言った。さらに、

「こういうものは、よく中国やマレーシアで安く作らせるんだけど、今回は急ぎなんで、アメリカで作るらしいわ」と菜摘。

「まあ、とりあえず乾杯しなくちゃな」爽太郎が言ったとき、菜摘のスマホから着信音。今度は通話らしい。菜摘が、スマホを耳に当て、しばらく話す。

「吉沢CEOが、爽ちゃんと話したいって」と言った。スマホを渡した。

「吉沢だが、メールした通り、メッセージ・タグの件はOKが出た。LAの本社は、この日本のキャンペーンに強い興味を持っている」と吉沢。「もし、今回のキャンペーンが日本でヒットしたら、同じCFをアメリカで流せる可能性があるかと、こっちの上層部は言ってるんだが……」

爽太郎は、三、四秒考える。

「基本的には、出来る。映像は同じで、ナレーションだけ変えればいい。日本語なら『たかが服じゃないか』だが、英語なら『It's Just Wear《イッツ・ジャスト・ウエアー》』だろうな。そのナレーションに変えればすむ」と答えた。

「なるほどな。実は、本社では、九月から新しい広告キャンペーンに切りかえる予定らしい。で、日本でのキャンペーンが成功したら、アメリカでもそれを流したいと考えているようだ。例の〈JUST WEAR〉のメッセージ・タグ作戦も含めてだ」

「アメリカでも、タグを？」

「ああ。こっちでも、競合他社が、似たイメージの服を売り出していて、競争が激しくなっているんだ。そこで、他社との差別化をするのに〈ＪＵＳＴ　ＷＥＡＲ〉のタグはカウンター・パンチになるかもしれないと、本社の上層部は考えはじめているよ」

「ほう……。もし日本制作のＣＦがアメリカでも流され、タグの件も採用されれば、あんたや菜摘は大金星だな」

「その可能性はある」

「その場合、彼女は専用ジェットでＬＡの本社へ招待されるのかな？」と爽太郎。吉沢は小さく笑い声を上げた。

「それはともかく、日本での広告キャンペーンが成功し、渋谷戦争に勝つことが条件だ。アメリカ人は何より結果を重視するからね」

「了解」

6

「なんだか、少し怖いわ」と菜摘。ワインのグラスを手にしてつぶやいた。

夕方、六時過ぎ。二人はワイキキの端にあるバーにいた。〈上海《シャンハイ》ティップ〉という名のバーだ。チャイニーズが経営しているらしい。中国の点心などをつまみながら、いろいろな酒が飲める、麺類などもある、そんな新しいタイプのバーだった。

クールなデザインの店内。窓の外には、アラ・ワイのヨットハーバーが見える。ハーバーには、まだ昼間の明るさが残っていた。

爽太郎はメニューを開く。まず、冷えたシャブリを一本オーダーした。メニューのページをめくる。

〈白灼蝦球〉には、〈茹でたシュリンプ〉と英語で説明がついている。

〈明爐火鴨〉とあるのは、〈ローストしたダック〉と英語の説明がついている。

爽太郎は、とりあえずシュリンプをオーダーした。すぐ、皿に盛られたエビが出てきた。それを手づかみで口に入れ、白ワインを飲みはじめた。

そのとき、〈なんだか、少し怖いわ〉と菜摘がつぶやいたのだ。

「怖い？」

「ええ、ほんのちょっとした思いつきのアイデアが、アメリカの本社で採用されるかもしれない。そんなことになっちゃって、ちょっと怖いというか……」と菜摘。グラスを手にして言った。

「ちょっとした思いつきのアイデアが、例のタグのことを言ってるんなら、おれはちっとも驚かない。あれは、思いつきなんかじゃなく、いかにも君らしいアイデアだ。君にしか考えられないアイデアと言ってもかまわない」

爽太郎は言った。グラスを口に運ぼうとしていた菜摘の手が、ふと止まった。

29　君はもう揺れないだろう

1

「それって……」菜摘が、つぶやいた。

「謎ときというほどのことじゃないが」と爽太郎。「君が、通販の仕事をしていたことが関係していると思う」と言った。

「通販の……」

「ああ。ファッション通販のカタログや広告を作っていた。そのときに、まず考えていたのは、商品を売ることじゃないか？」

「たぶん、そうだったと思うわ」と菜摘。

「そう、通販のカタログや広告を作るときに、まず考えなきゃならないのは、商品を売ることだろう。それが、つねに君の頭にあったはずだ」

「……確かに……」

「才能は平凡だが、かっこをつけたがる広告制作者がよくやる間違い。そいつは、広告の表現さえかっこよければいい、その結果、広告した商品が売れる売れないは気にしないってことだ。多くの制作者が、そういう誤解をして失敗作を世の中に送り出しているよ。だが、君は違った」

と爽太郎。エビを一匹つかみ、口に放り込む。ワインをひと口。

「君は、〈DEAN〉のキャンペーンを展開した結果、〈DEAN〉の服が一着でも多く世の中に行き渡ることを望んでいる。だから、おれのキャッチフレーズをうけて、服にメッセージ・タグをつけるというアイデアを考えついた」と爽太郎。「君でなけりゃ出来なかったアイデアだと言うのは、そこのところさ」

爽太郎は白い歯を見せて言った。

「……そう言われてみれば、当たっているかもしれないわ。広告キャンペーンは、商品を売る、あるいは確実に企業のイメージを上げるためにあると信じているわ」

爽太郎は、うなずいた。

「そこで、二つのことがわかる。まずその一。あの吉沢というCEOが、君をファッション通販の仕事から、〈DEAN〉の宣伝担当に引き抜いたのは、彼にとってそういう印象があったからだと思う」

爽太郎は言い、ウエイターに二本目のシャブリをオーダーした。

「で、わかったこと、その二。そんな君と、ただ芸術家を気どっている迷走ハムレットは、最初から人種が違うということ。言ってみれば、水と油だろうな」

「……確かに……」

菜摘は、窓の外を見て苦笑した。アラ・ワイ・ハーバーに日暮れが近づいていた。ヨットのマストが何十と並んでいる。その向こうの空は、パパイヤのような夕方の色から濃いブルーに色を変えようとしていた。くっきりとした三日月が、マストの上に昇っていた。

それを眺めた菜摘が、

「こうしていると、彼とのことは、ひどく遠い昔に感じられるわ。同時に、色褪《あ》せたものにも……」とつぶやいた。

「まあ、アズ・タイム・ゴーズ・バイってことだな」爽太郎は、新しいシャブリをグラスに注いだ。店のスピーカーからは、B《ボブ》・ジェームスらしい静かなピアノが流れていた。ハーバーのマストは、ゆっくりと左右に揺れている。それを眺めた爽太郎が、口を開いた。

「あのマストは少し揺れているが、君はもう、揺れることのないハートの強さを自分のものにしたと思う」菜摘は、うつむく。両手でグラスを持ち、「そう、ありたいわ」と言った。空に、星が一つ、光りはじめた。

2

「おう、流葉」スマホから、熊沢の太い声。

「ロケ・チームの準備は、もうすぐ終わる。あと一週間で、日本を発てるな」

「わかった。東堂昇のスケジュールは大丈夫か？」

「ああ、サッカー部の監督は、一〇日ほど休んでもらうことにした。あとは問題ない。ところで、〈X・FILE〉を使った〈BAD　BOY〉の方も、着々と準備をしているらしい」

「そうだろうな」

「なんでも、東京郊外のスタジオに巨大なステージのセットをつくっているらしい」

「巨大なステージ……」

「ああ、そこで〈X・FILE〉の連中が踊るっていうコンテだろうな」と熊沢。爽太郎は、軽く苦笑した。

「まあ、やらせておこう」と言った。〈巨大な何かをつくる〉というのは、CFコンテのありふれた常道だ。それなりの効果は上げることができるが……。

「それより、東堂昇のアシスタントや同録のスタッフ、腕利きを用意してくれ」と爽太郎。

「まかせておけ」と熊沢の太い声。

3

午後二時過ぎ。爽太郎は、ケンイチに電話をかけた。彼は、すぐに出た。

「いま、どこだ？」

「ダイアモンド・ヘッドの波乗りポイントだ。いま海から上がって車に乗ったところで、これから家に戻るよ」

「わかった」と爽太郎。彼らの家に向かうと言った。撮影スケジュールの打ち合わせなど、彼らと話す必要がある。

「二〇分ぐらいで家に戻っているよ」とケンイチ。

4

菜摘を乗せ、車を出す。ケンイチたちの家に向かった。

二十五分で着いた。家のわきに車を入れた。ケンイチが片手を振った。いまサーフィンから帰ってきたらしい。ラッシュガード、ボード・ショーツというスタイルだった。庭のすみで、ボードに水をかけていた。

小さなポーチでは、ティナがイスに腰かけギターを弾いている。ゆったりと、弦《げん》を弾《はじ》いている。

爽太郎と菜摘は、車をおりる。ケンイチの方へ歩いていく。ケンイチが、ホースから出していた水を止めた。ボードを洗い終わったらしい。

そのときだった。野太いエンジン音がきこえた。そして、急ブレーキをかけたタイヤの音。

ふり向く。家の前の道路に、赤いピックアップが駐まった。かなり錆《さ》びの出たピックアップ。ドアが開き、大柄な男が二人おりてきた。

爽太郎は舌打ちした。その二人は、この前、マジック・アイランドの駐車場でやり合ったハワイアンだった。顔にも、刺青《イレズミ》にも見覚えがある。

どうやら、連中は、サーフィンのポイントからケンイチの車を尾《つ》けてきたらしい。そして、この家を見つけたのだろう。いま、二人並んで歩いてくる。ハワイアンの一人は、爽太郎を見つけると、きつい目になった。

爽太郎は菜摘に、「後ろに」と耳うちした。菜摘が五、六メートルさがった。

爽太郎は、ハワイアンたちと向かい合った。

「また、スムージーを顔にくらいたくてきたのか」と言った。そうしながらも、油断なく身がまえていた。

「この野郎」とハワイアンの一人。爽太郎を睨みつけた。一歩、つめ寄ってきた。爽太郎は、自然体でかまえながらも考えていた。この連中に、ケンイチたちの家が知られた。ということは、何回でもやってくる可能性がある。

とすれば、もう二度と来る気にならないほど、徹底的に痛めつける必要があるだろう。

爽太郎は、深呼吸。相手との距離をはかった。

相手も、一度は爽太郎にやられている。そう簡単に叩きのめせる相手ではないとわかっている。慎重に、半歩つめてきた。

緊迫した数秒……。左のジャブを出してきた。爽太郎は、上半身を軽くそらす。相手のジャブをかわした。

また睨み合い……。五秒……六秒……七秒……。くるな。爽太郎は半身にかまえた。予想通り、相手が右フックを思い切り振ってきた。爽太郎は、沈み込む。頭の上を、相手のパンチが走り過ぎた。パンチが空振りして、体のバランスが崩れた。爽太郎は、一歩つめる。相手の横っ面に右の拳《こぶし》を叩き込もうとした。息をためる。

そのときだった。

歌声がきこえた。ギターと歌声が流れてきた。

5

〈Candle In The Night《キャンドル・イン・ザ・ナイト》〉……。あのナ・レオが歌ってヒットした曲だ。歌っているのはティナだった。ポーチのイスに腰かけたまま、ギターを弾き、歌っている。澄んだ歌声が、ゆったりと、あたりに流れていく。時間が止まり、曲だけが、ひたすらゆったりと宙を漂っていた。

気がつくと、爽太郎は動きを止めていた。止めて、流れてくる曲を聴いていた。

それは相手も同じだった。身がまえたまま、ティナの歌声を聴いていた。

1《ワン》コーラス、2コーラス……。そして、曲は静かにエンディング……。

その頃には、爽太郎はファイティングポーズをといていた。相手も同じだった。大きく息を吐き、両手から力を抜いた。

30　決戦の夏がくる

1

爽太郎と向かい合っているハワイアン。その後ろにいたもう一人が、殴り合いをはじめたやつの肩を、軽く叩いた。

「もう、やめとけ。ケガをしたら、週末の大会に出られなくなるぞ」

見れば、そのハワイアンの方が少し年上。兄貴分という感じだった。体もひと回り大きく、アゴヒゲをはやしている。落ち着いた表情をしていた。

そのハワイアンは、爽太郎とケンイチを見た。

「おれたちは、ケンカをしにきたんじゃない」そして、「ケニーだ」と名のった。

そのケニーは、爽太郎の斜め後ろにいるケンイチを見た。「お前、さっきダイアモンド・ヘッドのポイントで波に乗ってただろう」

ケンイチが、うなずいた。

「すごく鋭いカットバックを決めてたな。そのボードが特別なのか？」とケニー。芝生に置いてあるケンイチのボードを指さした。そして、

「ちょっと見せてくれないか？」と言った。ケンイチは、うなずく。ボードを持ち上げ、ケニーに渡した。ボードを手にしたケニーは、

「こいつはえらく軽い、驚いたな」とつぶやく。爽太郎と殴り合いになりかけたやつも、寄ってくる。二人して、ボードを見る。

「なるほど。軽い分、こういう形になってるのか……」二人で手にしたボードを熱心に見ている。ケニーがケンイチに、

「これは、どこのボードだ？」と訊いた。ボードには、ボード・メーカーのロゴなど入っていない。

「どこのボードでもないよ。おれのボードだ」ケンイチが答えた。

「お前の？……自分で作ったのか」とケニー。ケンイチは、うなずいた。「そういうことだ」

「このボード、売らないのか？」

「それは予定してるよ。あと二年ぐらいで商品化できそうだ」とケンイチ。

「二年も待てない。もっと早くできないのか。試作品でもいいから」とケニー。「試作品なら、できないことはないが……」とケンイチ。ケニーは、うなずく。

「もし使っていい試作品ができたら連絡をくれないか。アラ・モアナ・ビーチでライフガードをやってるダンってやつに言えば、おれに連絡をしてくれるよ」

「わかった。ダンだな」ケンイチが答えた。「そうだ」とケニー。右手をさし出した。ケンイチとケニーは、腕ずもうのようなハワイ式の握手をした。ケニーは、爽太郎にも軽くうなずく。

「いいフットワークとパンチを持ってるな。何かもめごとがあったら、助《すけ》っ人《と》にきてくれないか」

「考えとくよ」軽く苦笑しながら爽太郎は答えた。

2

「とりあえず、ありがとう」と爽太郎。「君の歌が流れてこなかったら、おれか、あのハワイアンのどちらかがケガをしていたかもしれない」とティナに言った。

「役に立てて嬉しいわ。ケンカはやめてって叫んでも無駄そうだから、とっさに弾き語りをしたんだけど……」ティナが微笑した。

ハワイアンたちが去った一〇分後。家の前にあるポーチ。爽太郎たちは、ティナが出してくれたハワイアン・サンを飲んでいた。

やがて、シャワーを浴びたケンイチもポーチに出てきた。二人とも、〈DEAN〉のTシャツを着ている。頼んであった通り、Tシャツはかなり着込まれている。体になじんでいる。

「そこで、撮影のスケジュールなんだが」と爽太郎。一週間後からの三、四日を撮影に予定している。そのことを、彼ら二人に伝えた。「オーケイ。そのつもりでいるよ」ケンイチが落ち着いた声で言った。

3

「かなり感激したわ、あの時は……」と菜摘。助手席で前を見ている。爽太郎がステアリングを握る4WDは、ホノルルを走っていた。夕方なので、道路が少し混んでいる。車は、ゆっくりと走っていた。

「あの時って、ティナの歌か?」と爽太郎。「そう……」菜摘が、うなずいた。爽太郎は、しばらく考えている。窓の外を流れていくホノルルを眺めていた。

黄昏《たそがれ》のホノルルは美しい。夕陽の空に、ヤシの葉がシルエットで揺れている。走っている車のバンパーが真横からの光をうけて光っている。新聞売りをしている少年たち……。その白いTシャツがバナナ・イエローに染まっている。そんな光景を横目に、爽太郎はふとつぶやいた。

「ある時から、考えていることがある」

その横顔を菜摘が見た。

「それって?」爽太郎は、しばらく無言でいた。どう言おうか考えて、ステアリングを握っていた。

「簡単な言葉で言っちまえば、〈静かであることの強さ〉かな。とりわけ、広告表現なんかについて……」と口を開いた。

「それはわかる……」と菜摘。「いまの世の中、騒がしいテレビCFがあふれているのは確かだから……」

「そう、派手、騒がしい、そして馬鹿馬鹿しいCFがたれ流されている。そんなCFを作るディレクターやプロデューサーは、ある意味、自信がないんだと思う」

「自信……」

「ああ、派手で騒がしいCFを作るディレクターは、臆病《おくびょう》なんだろうな」と爽太郎。「たとえば、クライアントを呼んでCFの試写をしたとする。そこそこ派手なCFが流れれば、クライアントも安心する。これなら、そこそこ目立つはずだと……。けど、やたら静かなCFが流れたらどうなる。クライアントによっては、〈これ、地味すぎないか？〉と言うかもしれない。その〈地味すぎ〉の言葉が怖くて、ディレクターやプロデューサーは、とりあえず派手なCFを作るわけだ。しかし、彼らにも、クライアントにも誤算がある」

「誤算？」

「ああ。たとえば、CFの試写では、そのCFだけが流される。だから、その派手さは〈目立つもの〉と感じられるかもしれない。が……そのCFがオンエアーされた場合は、何本ものCFの中の一本として流される」

「そうか……」

「オンエアーされる場合、そのCFの前後にも、派手なCFが流れたりする。あるいは、ひたすら騒がしいバラエティ番組の中だったりするかもしれない。そうなると、試写では目立つはずだったCFが、〈派手なCFの中の一本〉で、〈そんなのもあったかな……〉という結果になりかねない。世の中にたれ流されているCFの多くが、そういうことになってると思うぜ」

爽太郎は言った。前をゆっくりと走っているフォードがスモールライトを灯けた。

「だから、今回のキャンペーンでも、爽ちゃんは、ひたすら静かな映像にこだわっている……」と助手席の菜摘。

「まあ……。静かであることの大切さは意識してるよ。……さっき、ティナの歌ったバラードが殴り合いを止めた。あれを思い返してもいた。あの時、大声で〈やめて！〉とか叫んだら、逆に、あのハワイアンも、おれも、殴り合いに突入してたかもしれない。が、あの静かなバラードがもののみごとにケンカを止めた」

「静かであることの力？」

「そうだ。派手で騒がしいCFは、同じように騒がしいCFとケンカしかねない。そうなると〈もっと派手なCFを〉とエスカレートしていく。それが、いまの状況じゃないか？」

「……確かに。わたしも、テレビを観ている最中、CFが流れはじめると思わずボリュームを下げることがあるわ」

「わかるよ。そうなったら、広告効果どころの話じゃない」爽太郎は苦笑い。「とりあえず、おれたちは、そんなCFを作らない」

爽太郎が、静かな口調で言った。軽くアクセルを踏んだ。

「でも、あの〈BAD　BOY〉のキャンペーンも、どうやら、かなり派手なものになりそうね」

「ああ、人気絶頂だという〈X・FILE〉を起用し、ばかでかいステージのセットを組んでるらしいから、そうなるだろうな。だからといって安心はできない」

爽太郎は言いながら車線を変更した。

「ひとくちに派手なCFといっても、出前の寿司じゃないが、〈松竹梅〉みたいなランキングがある。そのRYOっていうディレクターが予想している以上に腕利きだったら、そこそこ効果的なキャンペーンを展開してくるかもしれない。それはあらかじめ想定しておかなきゃならない」

「そうなると、こちらの勝ち目は?」

「それは、なんともわからない。ボクシングのタイトルマッチで、最初から勝敗がわかっていたら、面白くもなんともないよ。とりあえず、決戦の夏がくる」

微笑しながら爽太郎は言った。アラ・モアナ通《ブルヴァード》り。渋滞ぎみだったのが、流れはじめている。カーラジオからは、E《エリック》・クラプトンのバラードが流れていた。爽太郎は、まっすぐに前を向いて、また少しアクセルを踏み込んだ。

31　曇り待ち

1

「流葉、ビール飲ませろ」

部屋に入ってきた熊沢の第一声が、それだった。午前一一時過ぎ。ロケ隊が、コンドミニアムに到着したところだった。

爽太郎は苦笑。キッチンにある冷蔵庫を眼でさした。「そうくるだろうと思って、酒はたんと用意してある」

熊沢は、冷蔵庫を開ける。BUDの瓶をとり出した。キャップをとっている。

「しかし、おっさん、なんでそんなに酒に飢《う》えてるんだ」と爽太郎。

「麻記子さ。あいつ、おれが昼間から飲もうとするとNGを出すんだ。たかがビールぐら

いなのに」と熊沢。ＢＵＤをラッパ飲みした。そんな様子を見て、菜摘が小さく笑った。そして、

「麻記子さん、熊沢さんの体を心配しているんじゃないですか？」

「それはわからないでもないが、ビールぐらいで文句を言われたくはないな」と熊沢。また、ＢＵＤに口をつけた。

「飲むのはいいが酔っぱらわないでくれよ。コンテの説明をしなきゃならないんだから」

爽太郎が言ったときだった。ドアをノックする音。菜摘が歩いていきドアを開けた。カメラマンの東堂昇が入ってきた。東堂は、菜摘を見ると「やあ」と微笑した。爽太郎と握手をかわす。

「サッカー部の監督、休ませて悪かったな」と爽太郎。

「まあいいさ。うるさい監督がいないんで部員たちもホッとしてるだろう。それより、コンテを見せてくれ。楽しみにしてハワイまで飛んできたんだからな」

2

その一五分後。爽太郎、菜摘、熊沢、東堂の四人は、テーブルを囲んでいた。爽太郎が、「キャンペーンの柱になるコピーは、これだ。クライアントのＯＫも出た」とノートの一

ページをテーブルに置いた。

『たかが服じゃないか。』


その一行を、熊沢と東堂は、じっと見る。見続けている……。やがて熊沢が口を開いた。

「こいつは、やばい」と、ひとこと。「やばいほど、すごいぜ」と続けた。

「いやあ、まいった」と東堂。腕組みをして、「ハワイまで来てよかった」と、つぶやいた。東堂は、じっと腕組みをしている。三人の視線が彼に向く。

「私は、長い間、ファッション写真を撮ってきた。が、そうしていながらも、心の中に、もやもやした不満をかかえていた……。その、もやもやした思いの素《もと》は、これだったんだ」

「たかが服じゃないか？」と爽太郎。

「そういうこと。ギャラが何十万円というモデルに、これまた何十万円という服を着せ、スタイリストやメイクや、それこそ一〇人がかりで半日かけて1《ワン》カットを撮る。仕事としてこなしていながら、〈なんとまあ、仰々《ぎょうぎょう》しい〉と胸の中でつぶやいていたよ。ファッション写真やファッション広告の世界は、一般人の感覚から完全に浮いている。その気持ちをつきつめていけば、このひとことになる」

と東堂。テーブルにある、〈たかが服じゃないか。〉の文字を指先で軽く叩いた。そして、笑顔になった。

「サッカーにたとえるなら、スーパーゴールだな。ゴールのど真ん中に、すごい勢いで蹴り込まれたシュートのようだ。まいったよ……」しみじみと、東堂は言った。

3

その一時間後。録音スタッフのチーフ、滝沢《たきざわ》も含め、打ち合わせを続けていた。

ケンイチの撮影場所は、オアフ島の東にあるサンディー・ビーチがナンバー1《ワン》の候補にあがった。

ティナの撮影場所は、カピオラニ公園がナンバー1《ワン》の候補にあがった。アラ・モアナ・ビーチパークもいいのだけど、人が多過ぎる。

そんなことを、コーディネーターのヒロがメモしている。撮影本番に向けての緊張が高まっていく……。

4

「流葉さん、ちょっと」と録音担当の滝沢が声をかけてきた。

撮影の初日。午前九時半。オアフ島の東側にあるサンディー・ビーチだ。スタッフ全員、それとモデルのケンイチは、ビーチで準備をしていた。

そのとき、録音のチーフ、滝沢が爽太郎に声をかけてきた。

CFの撮影現場でも、ディレクターが〈監督〉と呼ばれることは多い。が、いつの頃から か、爽太郎はそれに違和感を覚えるようになっていた。

〈CFディレクターは、ディレクター。それ以上でも、それ以下でもない。監督は、ちと大げさじゃないのか？〉と、胸の中で苦笑していた。

そこで、撮影現場では、すべてのスタッフたちに〈流葉さん〉と呼ばせることにしていた。

いま、録音スタッフの滝沢が、〈流葉さん〉と声をかけてきた。カメラマンの東堂と話をしていた爽太郎は話を止め滝沢を見た。

「マイクが、波音だけじゃなく、いろんな音をひろってるんですけど」と滝沢。「いいですかね？」と訊いた。爽太郎にヘッドフォンをさし出した。

爽太郎は、ヘッドフォンを耳に当てた。ドイツ製ゼンハイザーのプロ用マイクが、確かにさまざまな音をひろっていた。

まずは波音。海の上にいるサーファーたちがかけ合っている声。ときどき、頭上を漂っているカモメの鳴き声。などなど……。

爽太郎は、ヘッドフォンをはずす。「このままでいいよ」と滝沢にうなずいた。

爽太郎は、このCFをドキュメントと考えていた。あの手この手で作り上げた虚構としてのCFと、対極にあるものにする……。

映像は、いっさい演出しない、飾らない。そこへ、さらに飾りけのない本音の言葉〈たかが服じゃないか〉をぶつける。それだけを考えていた。気持ちに、ぶれはなかった。

5

「それにしても、ロケに来て、天気待ちじゃなくて曇り待ちをしてるなんて、不思議な気分だな」カメラマンの東堂がつぶやいた。

「たまにはいいんじゃないかな」と爽太郎。ジュラルミンの機材ケースに腰かけ、落ち着いた眼つきで、目の前の海を見ていた。

午後一時過ぎ。サンディー・ビーチには、そこそこの波が立っていた。この時期は、ノース・ショアより、オアフの南東側にあるこのビーチに波が立つことは多い。

多くのサーファーが、海に出ていた。午後になっても、強い陽が射していた。波がセットになって入ってくる。ゆっくりと立ち上がる10《テン》フィート（三メートル）ほどの波の壁が、西からの陽をうけて、テラテラと光る。その波の壁に、サーファーたちは挑んでいく。ときにはワイプアウト。ボードが宙に舞い上がる。

東堂が、ふと爽太郎を見た。

「このまま晴れ続けたら、何日でも待つのか？」

「ああ……待つ」

「こだわるんだな、とことん」と東堂。爽太郎は、静かな表情でうなずいた。

「強い光にあふれた映像は、当然見る人間の心を陽気にする。それに比べ、淡い光に包まれたアンダーな映像は、見る人間にさまざまなことを考えさせる。今回の仕事では、その後者が必要だ」

「……一見地味に見えるものの魅力かな」

と東堂。ふと、視線を移した。スタッフたちの端に、菜摘がいた。ティナと並んで、何か話している。東堂は、その菜摘を見ている。爽太郎は、気がつかないふりをしていた。

その日、カメラは回らなかった。

6

三日後。チャンスはきた。

朝から、空は薄曇り。一日二日は、この空模様が続くだろうと、コーディネーターのヒロが言った。

ロケ隊は、午前九時にサンディー・ビーチに着いた。さっそく準備をはじめる。といっても、何かのセッティングをするわけではない。撮影の準備は、三〇分ほどで終わりそうだった。爽太郎は、空を見上げる。パラフィンのような雲が一面に拡がっている。注文通りの状況だった。

ケンイチが立つ位置を決めようと、爽太郎は砂浜を見渡した。そのときだった。「泥棒！」という叫び声！

叫んだのは、録音スタッフの一人だった。皆がふり返る。ジュラルミンのケースを持って走り去ろうとしている若い男。ハワイアンらしい。

「機材が！」と録音スタッフ。中型のジュラルミン・ケースには、録音機材が入っているらしい。

若いスタッフ三、四人が、もうダッシュをかけ追いかけはじめた。が、ハワイアンの足もかなり早い。砂浜から広い駐車場に走っていく。

そのときだった。ハワイアンの前に、二人の大柄な男が立ちはだかった。ジュラルミンのケースを手にしたやつの足が止まる。つんのめるようにして立ち止まった。

体の大きな二人が、腕組みしてハワイアンの前をふさいでいる。見れば、その二人は、あのケニーと、弟分のようなハワイアンだった。ケニーたちは、ジュラルミンのケースを手にしたハワイアンの行く手をふさいでいる。それだけで威圧《いあつ》感があるのか、ジュラルミン片手のやつは動けないでいる。

32　そのうち、一杯飲まないか

1

「よお、ジョジョ」とケニーが言った。若いスタッフたちも爽太郎も、もう追いついていた。ジョジョと呼ばれたハワイアンとケニーたちをとり囲んでいた。

ジュラルミンのケースを手にしているジョジョは、見ればまだ少年だった。十六歳か十七歳というところか。いま、肩で息をしている。

「オヤジさんは、まだ呑んだくれてるのか？」ケニーが、ジョジョに訊いた。

ジョジョは、荒い息をしたまま、ケニーを見る。小さく、うなずいた。腕組みをしてジョジョを見おろしているケニーも、かすかに、うなずいた。

「金がないのは、わかる。だがなあ、ジョジョ、物を盗むのは良くないぜ。天国のママも、そんな姿を見たら悲しむだろうよ」

とケニー。ジョジョは、うなだれて、その言葉をきいている。ケニーは、爽太郎を見た。

「ジョジョの父親は、パイナップルのドール社をクビになって、いまはアル中同然だ。母親は、二年前に病死した。いまのこいつには、今夜の晩飯を食う金もないだろう」とケニー。「機材を盗もうとしたのは悪いことに間違いないが、そんな事情をさっしてくれないか」

爽太郎は、しばらく考える……。やがて、微笑した。ジョジョと向かい合う。

「お前さん、すばしっこくて物を運ぶのが早いな。なら、撮影現場で働いてみちゃどうだ。なんなら、うちのチームで雇ってやるが……」

と爽太郎。ジョジョは、さすがに驚いた表情をしている。爽太郎は、ショートパンツのポケットに手を突っ込む。20ドル札をとり出した。

「一日20ドルで、撮影の手伝いをする。お前さんは、機材を運んだり、弁当をみんなに配ったりする。どうだ？」

と爽太郎。ジョジョは、しばらく口をパクパクさせていた。

「ぼくが、撮影の手伝いを？」

「ああ、下働きだがな。もしそれが嫌《いや》なら、警察に突き出してもいい」と爽太郎。ニッと白い歯を見せた。そして、熊沢を見た。熊沢は〈いいんじゃないか〉という表情で肩をすくめた。

「嫌なんてことは……」とジョジョ。

「オーケイか？」

「あ、ああ……」

「よし、話は決まった」と爽太郎。ジョジョの肩を叩いた。そのTシャツの胸ポケットに、たたんだ20ドル札を入れた。

「じゃ、仕事その一。お前さんが持ってる機材ケースを、もとの場所に戻す。ほら行け」

と爽太郎。ジョジョは、うなずく。ジュラルミンのケースを持ち、小走りで現場の方に戻っていく。

それを見ていたケニーが、爽太郎のそばにきた。握った拳《こぶし》をさし出した。爽太郎も拳を握る。ケニーの拳に軽くぶつけた。スポーツ選手同士のように。

「あんた、本当に日本人か？」

「たぶんな」爽太郎が答えると、ケニーは褐色の顔から白い歯を見せた。

「そのうち、一杯飲まないか」

「悪くないな」

2

撮影の準備は進んでいた。きょうは、一日中曇りという予報が出ている。ゆったりとしたペースで準備が進んでいる。あのジョジョも、物を運ぶ手伝いをしている。その姿を眺めている爽太郎のとなりに菜摘がやってきた。

「ハワイというと、何々の楽園とか馬鹿馬鹿しいキャッチフレーズをつけるやつがいる。確かに、観光客にとっては一種の楽園かもしれないが、ここで生まれ育った人間にとっては、必ずしも楽園とは言えない。たとえばある会社の経営状態が悪くなると、まずクビを切られるのは、学歴のない人間、特にハワイアンだ」と爽太郎。動き回っているジョジョを見る。

「あいつの親父も、たぶん、そんな目に遭《あ》ったようだ」

「……そうなのね。それで同情して……」

「同情じゃないよ。あいつは盗みをはたらこうとしたが、本当に悪いやつじゃないと思う。それは眼つきでわかる。それより、同級生に酷《ひど》いいじめをする日本人のガキどもの方が、とことん底意地が悪く救いようがない」

「……そうかも……」菜摘がうなずいたときだった。撮影助手がやってきた。

「準備できました！」

3

「こんなもんで、どうかな？」東堂が言った。

爽太郎は、モニターの画面を見た。

ケンイチの上半身が映っていた。洗いざらした青いTシャツ。ボードをかかえ、海を見ている横顔だ。望遠レンズを使っているので、背景はボケている。薄曇りの空。ときどきカモメがフレームの中をよぎる。

海を見ているケンイチ。その前髪が風に揺れている。それが、このビーチを選んだ理由だった。

〈サンディー・ビーチ〉の〈サンディー〉は、〈砂っぽい〉の意味だ。このビーチは、いつも風が吹いて、砂が舞う。そのため〈サンディー・ビーチ〉と名づけられたのだ。

ケンイチの映像は、海を見つめている静かなものだ。その中で、額《ひたい》にかかっている前髪が風でかすかに揺れている。それが欲しかったので、爽太郎は風が吹くこのビーチを選んだのだ。

「映像のトーンはいい。もう少し、ボードを切ってくれないか」爽太郎は、東堂に注文した。東堂は、うなずく。カメラのフレーミングを少し変えた。ケンイチがかかえているサーフボードが、ほんの少ししか写り込まないフレーミングになった。

「オーケイ」と爽太郎。七メートルほど先にいるケンイチに歩いていく。

「これから波に乗るつもりで、セットで入ってくる波の高さやパワーを見ていてくれ」と言った。カメラの位置に戻った。録音スタッフも、準備を完了している。爽太郎は、いちおうストップウォッチを手にした。

「用意《レディ》、GO！」と東堂に声をかけた。カメラが回りはじめた。

4

「お疲れさん！」熊沢の声が、ビーチに響いた。午後三時半。撮影が終わった。CF用の映像は、8テイク撮った。薄陽が射したり完全に曇ったり、背景のトーンが変わるとカメラを回した。同時にポスターや雑誌広告用のスチール写真も撮った。すべての撮影が三時半に終わった。現場の片づけが始まる。あのジョジョはてきぱきと働いている。

5

翌朝六時半。爽太郎はベッドから出た。ベッドルームにあるラナイに出てみた。

薄陽が射していた。きのうと同じように、パラフィンのような雲が空をおおっている。撮影用語にも〈ワンパラ〉というのがある。パラフィン紙を一枚使って、光をソフトにする技術からきた用語だ。

いま、空は自然のパラフィンにおおわれ、柔らかい薄陽が、地上に射している。今回の撮影にはベストな天候だ。

爽太郎は、冷蔵庫からミネラルウォーターを出し、ラッパ飲み。うまくいけば、撮影はきょうで終わる。心を引きしめ、また、ぐいとミネラルウォーターを飲んだ。

6

「全員揃ったね」とヒロが見回した。

午前八時。コンドミニアムの駐車場。一五人乗りのロケバスが駐まっていた。きょうは、ティナの撮影。ホノルルの西側にあるカピオラニ公園で撮る予定だ。

カピオラニ公園は、広い。が、駐車スペースは限られている。ビーチに近いせいもあり、駐車スペースはいつも混んでいる。そこで、ロケ隊は一台のロケバスで行くことになっていた。ケンイチとティナの車も、コンドミニアムに置く。二人はロケバスに乗り込んだ。

全員が乗り込むと、ロケバスはゆっくりとコンドミニアムの駐車場を出ていく。

「そういえば、あの坊やはこなかったな」熊沢が爽太郎に言った。〈あの坊や〉とは、ジョジョのことだ。きょうも、撮影の手伝いをすることになっていた。が、コンドミニアムには現れなかった。

「まあ、それだけのことかな」と熊沢。爽太郎は、何も言わず前を見ていた。

7

ゆっくり走って二〇分。ロケバスは、カピオラニ公園に入ってきていた。

公園の海側。幅のある道路のわきが駐車スペースになっている。並んでいるパーキングメーター。車がずらりと駐まっている。ロケバスは、その道路を人がジョギングするような速度で走っていく。ステアリングを握っているヒロは、空いている駐車スペースを探しながら走らせている。

が、空いているスペースは見つからない。ヒロの表情が、少しいらつきはじめている。熊沢も同じだった。一〇メートル……さらに一〇メートル……。もうすぐ、並んでいるパーキングメーターの端まで行ってしまう。

そのときだった。道路に立ち手を振っている人の姿。ヒロは、ロケバスのブレーキを踏んだ。手を振っている人間に近づいていく。

道路に立っているのは、ジョジョだった。

33　彼女は、ココナツの香り

1

　ジョジョの前で、ロケバスは止まった。

　ジョジョが、〈ここだ〉という様子で指さした。ずらりと車が停まっている駐車スペース。その一台分が空いていた。そこには、赤い三角帽のようなパイロンが二つ置かれていた。いまは車が入れないようになっている。

　爽太郎と熊沢が、ロケバスからおりた。「これは、お前が置いたのか？」と熊沢。場所どりをしてある赤いパイロンを眼でさした。ジョジョは、うなずいた。

「カピオラニ公園で撮影するってきいてたからね」とジョジョ。「ここに駐車するのが大変だってわかってたから……」

熊沢が、感心したような表情を見せた。爽太郎は少し苦笑い。

「それはいいが、このパイロンは、どこから持ってきたんだ」とジョジョに訊いた。「まあ、その辺から」とジョジョ。どこか、近くの工事現場から、かっぱらってきたんだろう。

「まあ、いいや」と爽太郎。ロケバスに振り向く。運転席にいるヒロに、〈ここに駐めろ〉と合図をした。ジョジョが、場所どりをしていたパイロンをどかした。そのスペースにロケバスが入っていく……。

2

「カット！」と爽太郎。ストップウォッチを片手に言い、東堂の肩を叩いた。カメラが止まった。

午前十一時四〇分。テイク4《フォー》の撮影が終わった。爽太郎は、モニター画面を見た。いま撮った映像がリプレイされる。

カピオラニ公園の広い芝生。そこには、木造りのテーブルとベンチがいくつも置かれている。その一つを撮影に使っていた。

ギターを持ったティナが、テーブルに腰かけベンチに足を置いている。洗いざらしたオフホワイトのパーカーを着ている。膝にのせたギターで、自分が作った曲のイントロを弾いている。

平日なので、あたりに人はほとんどいない。八メートルほど手前から望遠レンズで撮っている。ティナの静かな横顔……。その背景はぼけている。薄い雲ごしの淡い陽が、ティナの髪やパーカーの肩に当たっている。弾いているギターの一部が、画面のすみに写っている。トロピカルにはなっていないが、ほのかな明るさのある映像になっている。狙い通りだった。

ティナが、ゆったりとしたテンポでギターを弾いている。その音が、マイクを通して入っていた。同時に、かすかな小鳥のさえずりもマイクがひろっている。シンプルで美しい映像だった。

「いいんじゃないか」爽太郎と一緒にモニター画面を見ていた熊沢がつぶやいた。爽太郎は、うなずく。ヒロに振り向いた。

「午後、天気はどうなる?」

「たぶん、もう少し陽射しが明るくなると思うよ。天気は晴れに向かってるからね」とヒロ。

「オーケイ。そうなったところで、三、四回、カメラを廻そう」

3

結局、午後の二時過ぎに三回、カメラを廻し、スチールも撮った。〈お疲れさま！〉の声が現場に響いた。ティナも、一緒にいるケンイチも、ほっとした表情をしている。スタッフたちがバラしの作業に入った。

4

「あの坊や、使えるかもしれないな」とヒロ。ビールの入ったプラスチックのコップを手にして言った。その日の午後六時過ぎ。ロケ隊は、打ち上げのバーベキューをやっていた。コンドミニアムの四階にあるプール。その隣りにバーベキューのスペースがある。スタッフたちが、飲み食いをしていた。ケンイチやティナも、一緒になって飲み食いをしている。

ヒロが、〈あの坊や〉と言ったのはジョジョのことだ。いまも、肉やソーセージを焼いたり、飲み物を皆に配ったり、小まめに働いている。

カピオラニ公園のロケ現場でも、テキパキとスタッフの手伝いをしていた。機材を運んだり、スタッフに弁当を配ったり……。

「これから、忙しいシーズンに入るからなあ」とヒロ。爽太郎は、うなずいた。夏に向かうこのシーズン、日本からのロケ隊がハワイに押し寄せてくるのだ。毎年のことだけれど、ヒロたち現地コーディネーターは、大忙しになる。

「猫の手も借りたい状況だな」と爽太郎。

「ああ、あの坊やは、少なくとも猫よりは使えそうだよ」ヒロが言った。「よろしく」爽太郎は、白い歯を見せヒロの肩を軽く叩いた。

5

「終わったのね、ロケ……」菜摘が、つぶやいた。少し、センチメンタルな口調だった。

爽太郎と菜摘は、バーベキューをしているスタッフたちから離れ、プールサイドをゆっくりと歩いていた。プールの周囲は暗い。水の中にはライトが灯いている。水面が、エメラルド色に輝いている。

そんなプールサイドを、二人は歩いていた。そこそこビールや白ワインを飲んだ。少し火照った頰に、夜の風がひんやりと涼しい。バーベキューをやっているスタッフたちの声が、遠ざかっていく。

やがて、二人はプールサイドの端までやってきた。手すりにもたれ、ホノルルの夜景を眺めた。

空の一部には、夕陽の色が残っていた。それ以外は、濃いブルーの空。ホノルル空港を飛び立ったジャンボジェットが、赤い航空灯を点滅させながら高度を上げていく。高層ホテルの窓にも、明りが灯りはじめている。ホテルの間から見える海面は、空の残照をうけて淡く光っている。

「楽しかった……」菜摘が、つぶやくように言った。やはり、少し感傷的な口調だった。

やがて、菜摘の頭が爽太郎の肩に触れた。菜摘は、頭を爽太郎の肩にあずけた。爽太郎の頬に、サラリとした彼女の髪が触れた。ココナツの香りを感じる。彼女がつけているコロンだろう。

爽太郎は、彼女の顔をのぞき込んだ。

思わぬ近さに、彼女の顔があった。一〇センチたらずでキスができそうな距離。菜摘は、半ば目を閉じているようだった。

そのまま、五秒、六秒、七秒……。爽太郎は、顔を近づける。彼女の額にそっとキスをした。また、目の前の夜景を眺めた。

「ロケは終わったが、おれたちの戦いは、これからがクライマックスだ」と爽太郎。菜摘がうなずくのが感じられた。

「そうね。これから……」

「そういうこと。この戦いが終わったら、おれたちには夏休みが待っているだろう。が、それまではトップスピードで走らなきゃならない」

と爽太郎。また彼女がうなずいた。涼しい風が吹いた。彼女の前髪が風をうけて揺れている。ココナツの香りが、また爽太郎の鼻先をよぎって過ぎた。どこかから、C《クリス》・レアの歌う〈On The Beach《オン・ザ・ビーチ》〉が聞こえていた。

6

「そいつは、面白い話じゃないな」爽太郎は、ステアリングを握って言った。

ハワイから帰国した。羽田空港で、ロケ隊は解散。爽太郎は、カメラマンの東堂と握手をして別れた。空港の駐車場に駐めてあるラングラーに行く。菜摘と荷物を乗せ、空港を出た。

空港を出て、首都高速湾岸線を走りはじめた。助手席にいる菜摘が、スマホで誰かと話しはじめた。三、四分話していて、

「そうですか……。わかりました」と言い通話を終えた。スマホをしまう。

「わたしのマンションの管理人さんよ」彼女が留守をしている間の様子をきいたらしい。

って……」

「で？」

「ときどき、ラフなかっこうをした若い男が、マンションの玄関あたりをうろついていた
「あの迷走するハムレットの手下かな」

「もしかしたら」と菜摘。その口調は、当然のように少し暗い。

「そいつは、面白い話じゃないな」ステアリングを握って、爽太郎は言った。

「とりあえず、そのマンションに帰るのはやめた方がいいな」

しばらく走り、大黒パーキング・エリアで一度車を駐めた。爽太郎は、鎌倉プリンスホテルに予約の電話を入れる。また、湘南に向けて走り出した。

7

「へえ……」

スマホの画面を見て、菜摘が声を上げた。鎌倉プリンスにチェックインした。その一〇分後だった。菜摘は、スマホの画面を爽太郎に見せた。

どこかの店先が写っている画像だった。七、八人の客が店先にいる。よく見れば、本郷にある浅野青果店の店先だった。菜摘の弟、直樹が客の相手をしている。写真を撮ったの

は、直樹の妻だろう。

「やけに客がいるな。以前は、ガランとしていたのに」

「この三週間で、以前の三ヵ月分の売り上げですって」

「約四倍か」

「ええ……。あのチラシが、大きな効果を上げたらしいわ」と菜摘。「爽ちゃんにくれぐれもお礼を言っておいてくれって、直樹からメッセージがきてるわ」

「まあ、これからも頑張れと伝えといてくれ。本郷から、まっとうな青果店がなくなるのは寂しいからな」と爽太郎。

「そうだ、カメラマンの東堂にも知らせておこう」と言いながら、自分のスマホをとり出した。

8

「とりあえず、二〇人きてる」と熊沢。

ロケから帰国して三日。CFのナレーションを録音しようとしていた。六本木にある録音専門のスタジオ。

爽太郎、菜摘、熊沢の三人。そして、録音スタッフが四人いた。とりあえず、男性ナレーターのオーディションをはじめようとしていた。

『たかが服じゃないか。』のフレーズ。最初は、ケンイチ本人の声で録《と》ろうかと思った。けれど、ケンイチはハワイで育った日系人。その日本語には、かなり癖《くせ》がある。そこで、ナレーションは、帰国してから録ることにした。それは、ティナの女性バージョンも同じだった。

いま、男性ナレーションのためのオーディションをはじめようとしていた。若手のナレーター、そして俳優の卵など、二〇人がきているという。

爽太郎は、一枚の紙を用意した。そこには、こんな文章が書かれていた。

〈高級イタリアンといっても、たかがスパゲティ屋じゃないか〉

そう書かれていた。実際に使うフレーズでオーディションをしたら、そこから情報が漏《も》れかねない。そこで、爽太郎は長めのフレーズを作った。

それを読ませ、〈たかが〉と〈じゃないか〉の部分を聴きたかったのだ。新製品のキャンペーンを作るときなどに、多く使われるやり方だった。

9

オーディションが、はじまった。読み手は、一人ずつ、防音扉を開け、ガラスの向こうのブースに入る。マイクと原稿を前にして座る。録音スタッフが合図をすると、爽太郎が作った文章を読み上げる。事前に〈おさえ目の落ち着いた口調で〉という注文は出してある。

ナレーターや俳優が、つぎつぎとガラスの向こうに入り、文章を読み上げる。爽太郎は、腕組みし、スピーカーから流れてくるナレーションを聴いていた。

これはというナレーターがいると、四、五回読み上げさせる。

そうしてオーディションを続ける。十五人目に読み上げたナレーターに、〈当たり〉という手ごたえがあった。

けれど、とりあえず、きている最後のナレーターまで、やらせることにした。

二〇人目。背が高い長髪の男だった。ガラスの向こうで、マイクを前にする。スタッフが合図し、文章を読み上げる。

が、やたらりきんだトーンで読み上げる。大げさ過ぎる。爽太郎は、スタッフに首を横に振ってみせた。「ご苦労さま」スタッフが、マイクを通じてナレーターに言った。男は、防音扉を開けて出てくる。

その五秒後だった。男が、何か大声で叫んだ。あいているスタジオの椅子をつかみ、持ち上げた。爽太郎に投げつけようとした。

34　やらせとけよ

1

爽太郎はもう、半歩、左にかわしていた。

男が投げつけた椅子は、爽太郎の肩先をかすめ、大きな音をたてて床に落ちた。男は、右手をポケットに入れた。何かつかみ出そうとしている。

爽太郎は、す早く、三歩。向かい合った男の腹に左フック。八分の力。声にならないうめき声。男の体が前に崩れかかる。その手には、果物ナイフのようなものが握られていた。

それが、手からはなれる。

その横っ面《つら》。右の拳《こぶし》を叩き込んだ。

男は、勢いよく床に転がった。半ば気絶している。爽太郎は、啞然《あぜん》としているスタッフに、「そこのコード」と言った。

　録音機材のコードが、スタジオのすみにある。スタッフが、あわててコードを持ってくる。爽太郎は、男の手をコードで縛る。そうしながら、「警察」とスタッフに言う。

　スタッフがスマホで110番に通報をはじめた。

2

「お前さん、やたら動きが速かったな」と熊沢が言った。警察がくるのを待っているところだった。

「こいつは、怪しかった」と爽太郎。「おさえた口調と伝えてあるのに、やたらりきんで読み上げた。これは何かあるなと感じた」

「なるほど、確かにそうだな」熊沢が言った。そのとき、警官たちがスタジオに入ってきた。スタッフが、簡単になりゆきを話す。うなずいていた警官たちが、床に倒れている男を立ち上がらせた。床に落ちている果物ナイフも、ひろい上げた。

　男は意識が戻ったらしく、あたりを見渡す。爽太郎を睨みつけた。

「商業主義の犬が！」と、吐き捨てるように言った。警官たちが、男を引きたてていく。

その警官の一人に、「こいつの前歴を詳しく調べてくれ」と爽太郎。

3

「やっぱりか」と爽太郎。瓶のBUDを手にしていた。

翌日の夕方。南麻布にある〈S&W〉の編集室だ。熊沢や菜摘と、ハワイで撮った映像をすべてチェック。使用するカットを選び終えたところだった。

警察からいまさっき連絡がきた。きのうスタジオで暴れた男を、取り調べているという。その結果が少しわかった。

男は、いま〈中野アクターズ〉という俳優をかかえたプロダクションに所属している。が、一ヵ月前までは、〈劇団・夢限〉の団員だったという。

「劇団・夢限……」菜摘がつぶやいた。

「どうやら、例の迷走ハムレットの劇団だ。ということは、こいつは、ハムレットの手下ということかな」

「……たぶん、間違いないわ」と菜摘。爽太郎は、軽くうなずいた。

「ナレーションを読むとき、やたらりきんで大げさな口調だった。あれは、小劇場などで芝居をやってる連中の特徴だ。それをきいたとき、こいつは怪しいと感じたんだが、当ってたな。しかも、〈商業主義の犬〉ときたもんだ」爽太郎は苦笑。取り調べによると、

〈劇団・夢限〉は解散し、倉田は行方不明だという。近くにいる熊沢を見る。

「おっさん、こんな危ないやつをオーディションに呼ぶなよ」

「確かにおれのミスだ。が、オーディションに呼ぶやつの前歴までは調べられないぜ」

「それもそうだな。もういいや。忘れよう。ところで、〈DEAN〉の服につけるメッセージ・タグはどうなってる」爽太郎は菜摘に訊いた。

「明日、アメリカから日本支社に航空便で届くそうよ」

「了解。期待しよう」

4

「いけてるな」爽太郎は腕組みをした。

翌日の午後四時。アメリカから航空便で送られてきた包みを、菜摘が〈S&W〉に持ってきた。会議室で、その包みを開けた。

Tシャツとトレーナーが出てきた。薄いブルーのTシャツ。そのスソのあたり、赤いタグが縫いつけられていた。2センチ×5センチほどの赤いタグ。そこに〈Just Wear〉の文字が白で縫われている。グレーのトレーナーも同じだった。

「これで、ほかとの差別化ができるな」と熊沢。

包みからは、服に縫いつけていないタグも三枚出てきた。爽太郎は、それをじっと見た……。

「このタグは、単独で撮影してCFの中で使おう」と言った。そばにあるA4の紙に、ボールペンで書きはじめた。

〈ケンイチとティナの映像〉
〈そこへ、『たかが服じゃないか』のナレーションがOFFから入る〉
〈画像、白くF・O《フエード・アウト》〉
〈赤いメッセージ・タグの実物映像が、F・I《フエード・イン》〉
〈その下に、青い《DEAN》のロゴがC・I《カット・イン》〉
〈外国人ナレーターの声で、『Just Wear《ジヤスト・ウエアー》』そして『DEAN《ディーン》』と入る〉

「こんなところで、どうかな」と爽太郎。

「悪くない」と熊沢。「このタグの撮影は、社内のスタジオでできるだろう。すぐ手配してくれ」爽太郎が指示したときだった。

会議室のドアが開く。制作本部長の氷山があわただしく入ってきた。

「テレビを見てくれ！」

5

広告代理店なので、会議室のすみに大型のテレビがある。氷山は、それをつけた。夕方のニュース番組をやっている。芸能ニュースのコーナーらしい。

〈あの《X・FILE》が出演するテレビ・コマーシャル！〉

〈撮影スタジオにファン二千人を入れ、コマーシャルの撮影が行なわれた！〉

そんな文字が、画面に大きく映し出された。画面の背景には、歌っている〈X・FILE〉らしい映像が流れている。女性アナウンサーがその前に立ち、しゃべりはじめた。

〈あの《X・FILE》が、ファッション・ブランド《BAD　BOY》の広告キャンペーンに出演することはすでにお知らせしましたが、その最新ニュースです！〉

〈つい昨日、横浜市郊外にある超大型の撮影スタジオで《X・FILE》のコマーシャル撮影が行なわれましたが、その撮影には、なんと二千人のファンが招待されました〉

とアナウンサー。切りかわり、その映像が流されはじめた。

大きなステージで、〈X・FILE〉の連中が踊りながら歌っている。レーザー・ビームも飛びかう派手なステージ。

彼らが着ているのは、ややカジュアルなウェアーだ。黒地のTシャツに銀の英文が入ったもの、紺のパーカーなどなど。〈BAD　BOY〉が用意したウェアーだろう。

そして、ステージを多くの観客が囲んでいる。コンサートそのままだ。そんな光景を撮っているカメラマンも、ちらりと映った。コマーシャルの撮影をしている現場ということだろう。

また、アナウンサーが画面に映った。

「この日撮影されたコマーシャルは、二週間後からオンエアーされる予定ですが、さらにすばらしいお知らせがあるんです」女性アナは、興奮ぎみの口調で、「今回コマーシャルのキャラクターになった〈X・FILE〉のメンバー、ショウさんとマックさんが、一日店長をしてくださるというんですねえ！」

さらに説明する。七月二〇日、〈BAD　BOY〉渋谷店のリニューアル・オープン。その日、この二人が店にやってくるのだという。

画面が切りかわる。メンバーの二人が映った。ステージ裏のような場所だった。それぞれの前に、〈SHOW〉と〈MAC〉という文字が出る。それを見た熊沢が、

「こいつら日本人じゃなかったのか」と苦笑した。その二人がカメラを見る。ちょっとポーズをつけ、

「七月二〇日、渋谷にきてくれ！　ジョイントしようぜ！」と叫んだ。

「ありがとうございます。ファンの皆さん、これは大変じゃないですか？」とアナウンサー。そこでカットが変わる。撮影会場の外らしい。

二十歳ぐらいの女性ファン三人に、レポーターらしい男がマイクを向けた。

「七月二〇日、ショウさんとマックさんが渋谷で一日店長をやるということですが」と話をふる。「絶対いきます！」と三人。カメラに向けて絶叫した。

6

「やれやれ、あの手この手と、忙しいことだ」熊沢が、あい変わらず苦笑してつぶやいた。

「そんな、呑気なことを言ってる場合じゃないだろう。相手は、CFを公開撮影して、しかも、メンバーの二人が、七月二〇日に一日店長をやるというんだ」と氷山。キンキンとした声を上げた。「ここ数日は、このニュースがすべてのテレビ局で流れることになる。どうするんだ」

氷山は大声で言った。爽太郎を見た。爽太郎は、テーブルに置いた紙を見ていた。コンテを走り書きした紙を見つめていた。テレビの画面も、ろくに見ていなかった。

「流葉君！　敵は、あれだけ強力な手を打ってきてるんだ。あれに勝つ手はあるのか⁉」

「勝つ、カツ……巌さんのカツ丼が食いたくなったな」と爽太郎。あい変わらずテーブルの上を見ている。

「カツ丼？　何言ってるんだ。敵はあんな作戦に出てきた。どうするんだ」と氷山。

「やらせとけよ」ボソリと爽太郎は言った。そして、

「CFの撮影現場を公開するのも、タレントに店長をやらせるのも、よく使われてきた手だ。ほっとけ」

「ほっとけって……相手は、あの〈X・FILE〉だぞ」と氷山。

「あんた、ファンなのか？　なら、七月二〇日に〈BAD　BOY〉の店に行ったらどうだ。サインぐらいもらえるかもしれないぜ」と爽太郎。自分が書いたコンテを見ている。

7

「本当にカツ丼なのね」と菜摘。テーブルの向こうで笑った。

六時半。流葉亭。ほかの客はまだいない。爽太郎は、菜摘と向かい合ってBUDを飲んでいた。巌さんが、「お待ちどう」と、二人の前にカツ丼を運んできた。それを見た菜摘が〈本当に……〉と言ったのだ。爽太郎は、うなずく。

「あの〈勝つ〉のひとことで、急に食いたくなった」と爽太郎。「さめないうちに食おうぜ」と言った。菜摘は、まだ鎌倉プリンスに泊っている。「ホテルじゃ食えない、巖さんの特製だ」爽太郎は、ビールのグラスを置く。箸を手にした。

菜摘も、箸を手にした。ふと、

「爽ちゃん、何か、考えごとしてる？」と訊いた。「さっき、会議室にいるときから、何か考えてない？」

「ああ、考えてる」と爽太郎。

「それって？」と菜摘。

35　君の声が欲しい

1

「まあ、ちょっと待て。腹が減ってるんだ。食わしてくれ」

と爽太郎。箸を使いはじめた。カツ丼を半分ほどたいらげたところでペースを落とす。ゆっくりと話しはじめた。

「考えていたのは、ナレーションだ」

「ナレーション……」

「ああ、〈たかが服じゃないか〉のナレーション。その女性バージョンについて考えていた。ケンイチの映像を使う方は男のナレーション、〈たかが服じゃないか〉で問題ない。が、ティナの映像を使う方は、二つの可能性がある。男性バージョンと同じ言葉にするか、女性ということを考え〈たかが服じゃない〉にする手もある。そこを考えていた」

「それは、わたしも頭のすみで考えていたわ。でも、どっちがいいのか、まだよくわからない」

菜摘が、使っていた箸を止めた。爽太郎は、BUDをひと口。

「たぶん、いまは決まらないと思う。だから、両方録音しておいて、映像に当てはめてみて決める手はあるな」

「確かに、そうね」

2

「きょうのカツ丼は、とりわけ美味かったな」と爽太郎。カウンターの中にいる巖さんにふり向いた。「何かレシピを変えたのか?」

「いえ、レシピは変えていませんよ。ただ、玉ネギが違うんです」

「玉ネギ?」

「ええ、本郷の浅野青果店さんから、週に一回送ってもらってるんです」と巖さん。

「本郷の浅野? 弟の直樹が?」と菜摘。巖さんの白髪《しらが》頭が、うなずいた。「よろしくお伝えください」巖さんが言い、今度は菜摘がゆっくりとうなずいた。表情が嬉しそうだった。「必要なだけ、いくらでも送らせるわ」

「いまいちだなあ」爽太郎は、首を横に振った。

3

三日後。六本木の録音スタジオ。ナレーション録《ど》りが続いていた。〈たかが服じゃないか〉の男性ナレーションは昼過ぎに録り終わった。〈ジャスト・ウェアー〉〈ディーン〉を外国人男性に読ませるのも、４テイク録ってＯＫを出した。

問題は、女性ナレーションだった。二日前にオーディションをして、声優をやっている二十二歳の娘《こ》を選んだ。その声優を使って、ナレーション録りをはじめた。

が、うまくいかない。彼女のしゃべりに、どこかしら演技が入ってしまうのだ。声優として十六歳のときから仕事をしているという。アニメの声優も、かなりやってきたらしい。そのせいか、無意識に演技をしてしまう。そのわざとらしさが、どうしても抜けない。

すでに34テイク録った。が、ＯＫを出せないでいた。

「ビールの一杯も飲みたくなったぜ」爽太郎は小声でつぶやいた。録音スタッフのチーフが苦笑した。アシスタントに、「自販機で適当に何か買ってきてくれ。休憩にしよう」と言った。小銭を渡している。スタジオの廊下には、いろいろな飲み物の並んだ自販機がある。

五分後。アシスタントが、六、七缶の飲み物をかかえて戻ってきた。スタッフや菜摘たちに、きびきびとそれを配りはじめる。学生のような女性アシスタントだった。

「これはアイスティーで、こっちがアイスコーヒー、スポーツドリンクもありますけど……」

爽太郎は、背中でその声を聞いていた。やがて、「アイスコーヒーかアイスティー、どっちがいいですか？」彼女が爽太郎に訊いた。

「どっちもいらない。君の声が欲しい」爽太郎が言った。

4

「彼女にナレーションを読ませるんですか？　もしかして」と録音スタッフのチーフ。

「もしかしなくても、そうだ」と爽太郎。アシスタントの彼女を見た。「ピンチヒッターをやってくれないか？　難しいことじゃない。いま録音してたワンフレーズを読むだけだ」

「でも、なぜ彼女を……」と録音のチーフ。

「理由は、こうだ。彼女の声は、いまちょうど少女と女性の間にある」と爽太郎。きけば、いま十九歳。専門学校を出て、このスタジオに見習いとして入ったばかりだという。

「そこだな。まだ世慣《よな》れしていない。大人になりきっていない。そこのところが、このナレーションには合うと瞬間的に感じたんだ。ごたごた言ってないで録ろうぜ」

5

「オーケイ。じゃ、〈たかが服じゃないか〉、その一行だけ、落ち着いて読んでくれ」と爽太郎。マイクを通じて、ガラスの向こうの彼女に言った。本人は、マイクの前に座っている。目の前には、原稿がある。

「気分は、こうだ。家に帰ろうとして駅前から歩きはじめたら、にわか雨が降ってきた。そのまま歩いているうちに、着ているTシャツやジーンズが濡れてくる。でも、考えてみれば、TシャツもジーンズもЛ洗えばすむことだ。逆に気楽になって歩き続けている。たかが服だっていう気分で読んでみてくれ」

と爽太郎。ガラスの向こうで、彼女がうなずいた。表情は、かなり緊張している。

「じゃ、テイク1《ワン》」と録音のチーフ。彼女に合図《キュー》を出した。三秒、四秒……。

「……たかが服じゃないか」

その声が、スピーカーを通して流れた。爽太郎は腕組み。じっと天井を見上げていた。

そして、

「オーケイ」と言った。

「一発オーケイですか⁉」と録音のチーフ。爽太郎は、うなずいた。「オーケイ・テイクは一発あればいい」そして菜摘をふり返って見た。

「〈たかが服じゃない〉のバージョンはいらない気がする。彼女の少しボーイッシュな声には、〈服じゃないか〉の語尾がうまく合ってると思う。どうかな？」

「それは、爽ちゃんにまかせるわ」

「了解。じゃ、お疲れさん！」爽太郎の声がスタジオに響いた。

6

「すごい……どんぴしゃ……」

菜摘が、つぶやいた。午後七時半。〈S＆W〉の編集室。スタジオで録音した素材を持ち帰り、簡単に編集した。ケンイチとティナの映像に、それぞれのナレーションをかぶせてみた。

ケンイチのバージョンはもちろんＯＫ。そして、ティナの映像に、さっき録音したナレーションをかぶせた。それを見た菜摘が、〈すごい……〉と思わず声を上げた。

確かに、映像とナレーションはピタリと合っていた。

〈ギターを弾いているティナの静かな横顔〉

〈風のように流れるアコースティック・ギター〉

〈たかが服じゃないか――静かな女性のナレーション。ややボーイッシュな口調。その中にある若さ……〉

「できたな。細かい仕上げは、明日にしよう」爽太郎は立ち上がった。

7

「落ち着いた店ね」菜摘はそう言いながら、ウォッカ・トニックのグラスに口をつけた。

「仕事の後の一杯には向いてる」と爽太郎。モヒートを口に運んだ。

〈S&W〉から歩いて五、六分。麻布の住宅地の中にひっそりとある店だった。一流ホテルにいたバーテンダーが三年前に開いた店だった。コルトレーンの演奏だけが、レコード盤から低く流れている。バーテンダーは、声をかけない限り、窓の外を見ている。照明のついた庭では紫陽花《あじさい》がそろそろ花を終えようとしている。

「ひとつ訊いてもいい？」と菜摘。

「二つでも三つでも」

「爽ちゃん、撮影でも録音でも、あまり数をとらないじゃない。わたしが通販の広告を作ってたとき、カメラマンたちは、すごい数、シャッターを押してたけど……」

「通販のことはわからないが、確かに、おれはたくさんのテイクをとらないな」

「そう。典型が、一発オーケイだったさっきの録音……。それって？」と菜摘。爽太郎は、一杯目のモヒートをゆっくりと飲んだ。

「最初が一番いいってことが多いからさ。恋と同じでね」

店のスピーカーからは、かすかなノイズまじりのコルトレーンが低く流れていた。にわか雨が、窓ガラスを濡らしはじめていた。

8

CFの初号試写。完成したフィルムの試写には、アメリカ本社の人間もやってきた。

宣伝担当の役員、パトリック・リードという四十歳ぐらいの男だった。〈DEAN〉の役員らしく、ポロシャツにコットンパンツというスタイルで〈S&W〉の試写に現れた。

CFの試写を観たパトリックは、ゆっくりと立ち上がる。日本支社の吉沢CEOと握手、微笑して菜摘と握手、そして爽太郎と向かい合った。

「君の仕事は、これまでも見させてもらった。それぞれに感心させられたものだよ。それにしても、今回のキャンペーンは凄い。ファッション広告の歴史が変わった瞬間だ。つくづく、君がライバルの仕事を引き受けなくてラッキーだと思う」と言った。爽太郎とがっちりと握手した。そして、近くにいる氷山を見た。

「もし、日本でこのキャンペーンが成功したら、アメリカでも、これを展開したい。そのことは、すでに伝えてあるはずだが」

氷山は、さし出されたパトリックの右手を両手で握る。

「ありがとうございます。なんとしても、キャンペーンの成功に向けてまい進してまいります！」と力を込めた。

爽太郎は、苦笑い。〈勝手にまい進しろよ〉と胸の中でつぶやく。熊沢の背中を叩いた。

「おっさん、初号にオーケイが出た。局入れ、よろしく」

9

その電話がきたのは、午後四時過ぎだった。あと三日で、〈BAD BOY〉と〈DEAN〉のCFがオンエアされはじめる、そんなタイミングだった。

電話をかけてきたのは、Nテレビのディレクター、亀木。〈流葉ファン〉を自認している男だ。

「流葉さん、少し時間もらえますか？」と亀木。爽太郎は、数秒考えた。亀木の口調に、何か無視できないものを感じていた。

「オーケイ、どこで会う？」

「できるだけ、人に話をきかれない所で」

「わかった」

10

亀木は、もうバーにきていた。

横浜。本牧。元は米軍の施設があった場所だ。その敷地の端に、一軒のバーがある。ジェイソンという退役軍人がやっている店だ。窓から、横浜の沖をいく船の灯が見える。いつも、客は少ない。いまも、カウンターにいる亀木がただ一人の客だった。W《ウイリー》・ネルソンの曲が低く流れている。

「お待たせ」と爽太郎。亀木の隣りに腰かけた。バーテンダーのジェイソンにジン・トニックをオーダーした。

「彼は日本語がわからない。何を話しても大丈夫だ」爽太郎は、ジン・トニックをつくっているジェイソンを目でさした。

「なるほど」と亀木。ビールのグラスを手にうなずいた。

11

「〈X・FILE〉にトラブルの火種？」爽太郎は訊き返していた。

36 画像爆弾

1

「これは、まだ噂の段階なんですがね」と亀木。「〈X・FILE〉のメンバーが、違法なカジノに出入りしてるというんです」

「違法なカジノ？」

「ええ、新宿にある闇《やみ》カジノに出入りしてるっていう噂があるんです」

「ほう……メンバーっていうと？」

「ご存知かどうかわかりませんが、〈SHOW〉という芸名で活動しています。本名は、川上《かわかみ》ショウジ。いま二十七歳です」

と亀木。店のコースターに〈川上章次〉と書いた。爽太郎は思い出していた。ついこの前、テレビで観た。〈BAD BOY〉渋谷店で、七月二〇日に一日店長をやる。そのメンバーの一人が確か〈SHOW〉だった。

「その噂は、どこから?」

「週刊誌のフリーライターです。毎日のようにスキャンダルを追いかけてるやつですが、かなりいいネタをひろってきます。これまでに何回もスクープ記事をものにしてますね」

「なるほど……」

「流葉さんがキャンペーンを担当してるのが〈DEAN〉。ライバルが〈BAD BOY〉で、その宣伝キャラクターが〈X・FILE〉ですよね。どうします?」

「……ちょっと面白そうだな」と爽太郎。その横顔を見て亀木が歯を見せた。

「流葉さんがそういう顔をするときは、何かやろうとしてますね」

「別に、たいしたことはしないさ。とりあえず、そのカジノの場所を教えてくれ」と爽太郎。亀木は、とり出した手帳のページを破る。メモしはじめた。

「突入するんですか?」

「そんな物騒《ぶっそう》なことはしないさ。けど、たまにはギャンブルをしてもいいかな?」と爽太郎。ニッと白い歯を見せた。

2

「お、すごいミニスカートですね」とリョウ。車の助手席で間抜けな声を出した。

「ありゃ、キャバクラのおねえさんだぜ」と爽太郎。苦笑した。そうしながらも、油断せず三〇メートル先を見ていた。

新宿。歌舞伎町のはずれ。にぎやかなネオンがとぎれはじめるあたりだ。爽太郎とリョウは、路肩に駐めた車で張り込みをしていた。

怪しまれるとまずいので、毎日違うレンタカーを使っている。張り込みをはじめて、もう四日目になる。

張り込んでいる目標は、約三〇メートル先のビルだ。一階はイタリアン・レストラン。二階には不動産会社が入っている。その三階に、闇カジノがあるという。

ビルには、ときどき人が入っていく。が、いまのところ、〈ＳＨＯＷ〉らしい男の姿はない。爽太郎は、運転席でアクビをした。

「現れませんねえ」とリョウ。

「やばい噂が流れているのを知って、警戒したかな。そうなると、まず現れないだろうな」と爽太郎。「今夜も空振りだったら、やめよう。馬鹿馬鹿しくなってきた」

3

深夜〇時まで、あと五分というときだった。ビルの前に、黒いワンボックス・カーが駐まった。爽太郎は、シートにもたれていた体を起こした。

一階のイタリアン・レストランは、もう閉店している。二階の不動産会社も、明りが消えている。そんな時間だった。

ワンボックス・カーから、一人おりてきた。黒っぽいTシャツを着た若い男だった。周囲を見回している。エンジンを切っている爽太郎たちの車に気づく様子はない。わざわざ地味なセダンを借りてきていた。

やがて、もう一人、おりてきた。レザーのジャケットを着た男だった。サングラスをかけ、金色に染めた髪を、ハリネズミのように立ち上がらせている。

「〈SHOW〉ですね」とリョウ。手にしている爽太郎のスマホをビルの方に向け、カメラのシャッターを切った。

最初におりてきた若い男と〈SHOW〉は、ビルの入口に歩きはじめた。リョウが、シャッターを切り続ける。

4

二人がビルに入って二〇分が過ぎた。

「行こう」と爽太郎。車のドアを開けた。リョウと、ビルの入口に歩いていく。

入っていくとエレベーターがある。リョウがボタンを押し、エレベーターがおりてきた。

乗り込み、三階のボタンを押した。エレベーターが昇っていき、三階でドアが開いた。
六、七メートルの廊下がある。その先に、一人の男がいた。男の向こうには、ドアが見える。
男は、いかにも用心棒だった。三十代だろう。体が大きく、がっしりしている。坊主刈り。目つきが鋭い。光沢のあるジャケットを身につけている。

爽太郎は、相手を見ながら歩いていく。拳銃などを所持している雰囲気はない。が、腕っぷしは強そうだった。

爽太郎は、軽く口笛を吹きながら歩いていく。男と向かい合った。やつは、鋭い目つきで爽太郎を見た。

「遊びにきたんだ」と爽太郎。

「誰の紹介で」相手が訊いた。

「これさ」言うなり、爽太郎は左の拳を相手の腹に入れた。六分の力。それでも、太い腹に拳が埋まる。

グッというめき。大きな体が前に崩れかかる。その首筋に、右フック。重い手ごたえ。やつの体が床に崩れ落ちた。動かない。

「じゃ、入るぜ」

爽太郎は、倒れている男の体をまたぐ。その向こうのドアを開けた。リョウもついてくる。

中は、予想通りカジノだった。テーブルが四つある。すべて、カードゲームをやるテーブルだった。たぶん、勝負が簡単なバカラだろう。一〇人ぐらいの客がいた。

蝶ネクタイをしめた男が、近づいてきた。爽太郎たちを客だと思ったようだ。ドアの外にいた用心棒を信用しているのだろう。

「遊ばせてもらうよ」と爽太郎。どんどん中に入っていく。

一番奥のテーブルに〈SHOW〉がいた。金髪が目立っている。爽太郎たちは、近づいていく。

やはり、バカラの勝負をやっているらしい。グリーンのテーブルには、カードが散っている。そして、客の前には、一万円札がある。かなりの金額を持っている客もいれば、札が淋しい客もいる。チップなどは使っていない。

「現金決済か、わかりやすいな」爽太郎は、つぶやく。〈SHOW〉の斜め後ろに近づいた。彼の前には、一万円札の束がある。いま手にしているカードは、ハートの4、スペードの3、合計は7。

「いい手じゃないか」爽太郎が声をかけると、〈SHOW〉がふり向いた。もう、サングラスはかけていない。リョウがスマホを向けシャッターを切った。手にしたカードが入るように撮れとリョウに言ってある。うまくすれば、前に置いてある札束も写り込んでいるだろう。

〈SHOW〉は、口を半開きにしている。リョウが、またシャッターを切った。

そのとき、「てめえら！」という声。〈SHOW〉と一緒に車をおりてきた若い男だった。爽太郎につかみかかってきた。アロハのエリをつかんだ。

「服が破れるだろう」と爽太郎。相手の顔面にショート・フック。三分の力。が、相手は吹っ飛び床に転がった。

〈SHOW〉は、かたまっている。爽太郎は、その肩をポンと叩いた。

「がんばって勝てよ」と言った。ニッと笑顔を見せる。大股でカジノを出ていく。

「こりゃ傑作だ」と熊沢。スマホの画面を見て笑った。

5

翌日。午後四時過ぎ。葉山にあるバー〈グッド・ラック〉だ。爽太郎と菜摘は、BUDライトを飲みはじめていた。きのう撮った〈SHOW〉の画像を、熊沢と麻記子に見せたところだった。

画像は、よく撮れていた。〈SHOW〉ともう一人がビルに入っていくところ。そして、カードテーブルについている〈SHOW〉の姿。手にカードを持っている。二枚目の画像には、前に置いた一万円の束も写っている。

そのとき、カウンターのすみに置いた小型の液晶テレビに、〈BAD BOY〉のCFが流れはじめた。予想通りのものだった。

〈巨大なステージで、踊り歌っている《X・FILE》〉
〈熱狂しているファンたち〉
〈ステージの両サイドで花火が上がる〉
〈曲のラスト、ポーズを決める《X・FILE》のメンバー〉

〈本人たちによるＮａ《ナレーション》――『おれたちのこだわり！』〉

〈そして《ＢＡＤ　ＢＯＹ》のロゴが派手にＣ・Ｉ《カット・イン》〉

そんなＣＦだった。麻記子が、チャンネルを変えた。しばらくすると、こちらでは〈ＤＥＡＮ〉のＣＦが流れはじめた。

〈海を眺めているケンイチの落ち着いた横顔。かすかに揺れる前髪〉

〈規則的にきこえる波音。カモメの鳴き声〉

〈『たかが服じゃないか』のナレーション。淡々と流れる〉

〈画面が白くＦ・Ｏ《フエード・アウト》〉

〈《Just Wear》の赤いタグ、そして《ＤＥＡＮ》の青いロゴ〉

〈外国人男性のＮａ――『Just Wear《ジャスト・ウエアー》』『ＤＥＡＮ《ディーン》』〉

「まったく対照的なＣＦね」と麻記子。「でも、その〈ＳＨＯＷ〉のスキャンダルが暴露《ばくろ》されれば、〈ＢＡＤ　ＢＯＹ〉のキャンペーンは吹っ飛びかねない……」

「確かに、そうだな。このスキャンダルがマスコミに流れたら、〈Ｘ・ＦＩＬＥ〉の出てるCFは中止するしかないだろう。しかし、いまさら新しいCFを作れるわけもない。つまり、ギブアップだな」熊沢が言った。

「あの〈SHOW〉の方は、どう考えてるかしら」と菜摘。カウンター席のとなりにいる爽太郎を見た。

「ただビビッているだろうな。カジノに押し入って証拠写真を撮ったおれたちが何者か、向こうにはわかっていない」と爽太郎。「おれたちは、マスコミ関係者には見えづらかったはずだ。もしかしたら、チンピラに見えたかもしれない」

「チンピラ？」と菜摘。

「ああ、〈SHOW〉のスキャンダルを握って、口止め料を要求する。たとえば何百万円かを払えと要求する……」

「なるほどね」と菜摘。

「〈X・FILE〉の側としたら、その方が、ほっと出来る。早い話、金で解決できるからな」と爽太郎。「まさか、スキャンダルの証拠が、ライバルのおれたちに握られたとは、まだ想像してないだろう」

「そして、キャンペーンが空中分解するとも？」麻記子が言った。

そのとき、カウンターの中で熊沢が口を開いた。「さて、それはどうかな？」

37　女だって、腹をくるときがある

1

その一五分後。

爽太郎と菜摘は、海を眺めていた。〈グッド・ラック〉の裏口を出ると、階段がある。木の階段が七段。それをおりると、森戸海岸の砂浜におりられる。二人は、その階段に腰かけ、砂浜と海を眺めていた。手には、ジン・トニックのグラスがあった。

「ときどき、考えることがあるんだ」

爽太郎が口を開いた。菜摘が、爽太郎の横顔を見た。

「なんのために、CFの仕事をやっているのか、ふと考えることがある」と爽太郎。「おれが、そんなことを考えるなんて不思議かな」

菜摘は首を横に振った。

「爽ちゃんは、パッと見の印象とは違って、きちんとものを考える人だもの」

「それは、もしかしたら、十代の頃に本を読む楽しさを覚えたからかな。ある女友達のせいで」

「……そうだとすれば嬉しいわ」

と菜摘。ジン・トニックに口をつけた。陽は傾き、砂浜に細かい陰影をつけている。目の前の砂浜。グレーのTシャツを着た中年男が波打ちぎわをジョギングしていた。

「それで、CFの仕事をやっている理由については？」菜摘が、落ち着いた声で訊いた。

爽太郎は、しばらく黙っていた。そして、

「結局のところ、手ごたえだと思う」

「手ごたえ。いい仕事ができたという手ごたえ？」

「そうだな。いい仕事ができて、満足な結果が出たときの手ごたえかな」

「……わかるわ」

と菜摘。グラスを手に、水平線を眺めた。「で、ほかにも、わかって欲しいことがあるんじゃないの？」と言った。

「勘が鋭いな」

「そりゃ、十代から爽ちゃんを知ってるんだもの」

菜摘が言い、爽太郎は軽く苦笑した。ジン・トニックのグラスに口をつけた。ひと呼吸……。

「問題は、あの闇カジノの画像だ。あれをいまマスコミに流すかどうか、考えている」ゆっくりとした口調の爽太郎。「画像が世の中に流れれば、〈BAD BOY〉のキャンペーンは空中分解し、たぶんおれたちの勝ちになる」

その言葉をききながら、菜摘が小さくうなずいた。そして、

「でも……いってみれば不戦勝……」

「ああ、そういうことになるな」

「……嫌なのね、不戦勝が」

爽太郎は、うなずいた。

「爽ちゃんは、あくまでも、勝負をしたい？」

「ああ……そういうことだ」と爽太郎。「だが、これは、おれだけで決めることじゃない。おれと君がダブルスを組んでの戦いだ」

菜摘は、目を細め海を見ている。夕陽に染まりはじめた海。一艘のヨットが左から右に帆走していく。菜摘は、それを見ている。

「ハワイで、吉沢CEOが言った言葉を思い出すわ。ヨット・レースの話……。突然のブロウが吹いて、たまたまレースに勝っても、いまひとつスッキリしないという話」

「覚えてるよ」

「勝つ負けるより、どう戦ってどう勝つかにこだわる……そういう人がいることは、わかってる気がするわ」

「いつから」

「たぶん十代の頃から。ずっと爽ちゃんを見てきたから」

爽太郎は、苦笑した。菜摘の横顔を見た。ハワイで陽灼けした顔が、夕陽をうけている。湘南育ちの娘のようだった。着ている白いTシャツが、バレンシア・オレンジのような色に染まっている。

「スキャンダルのことは、爽ちゃんにまかせるわ」水平線を見つめたまま、菜摘は言った。「そうなると、結果はもう出ている。場合によっては、そのために渋谷戦争に負けるかもしれない。いいのか？」

菜摘は、あい変わらず水平線を見つめている。

「いいわ。女だって、腹をくるときがあるの」と言った。

静かだが、きっぱりとした口調だった。爽太郎は、かすかにうなずいた。

太陽は、水平線に近づいていた。帆走していたヨットは視界から消えようとしている。さざ波が、リズミカルに砂浜を洗っていた。水平線を見つめている菜摘の視線は、ゆるぎない。淡いピンクの口紅をひいた唇が、しっかりと結ばれている。海風が、彼女の髪を揺らしていた。

2

「お前さんらしいな」熊沢は言った。そして、

「おれは賛成だ。好きなようにすればいいさ」

「おっさん、物わかりがいいな」と爽太郎。

「もう長いつき合いだ。お前さんが言い出したらきかないことぐらい、とっくに知ってるよ」と熊沢は苦笑。きょう一杯目らしいBUDに口をつけた。

爽太郎は、スマホをとり出す。Nテレビの亀木にかけた。すぐに出た。

「どうでしたか？　収穫はありましたか？」と亀木。

「おかげさんで大当たりだ。が、このニュースを流すのは、一ヵ月待ってくれないか？」

「一ヵ月。八月の中旬ですか？」

「そういうこと」と爽太郎。二〇分ほどかけて事情を説明した。きき終わった亀木は、

「わかりました。流葉さんらしいですね」

「組んでるプロデューサーからも、同じことを言われたよ」

「わかります。とにかく、その件は了解しました。ネタをくれた週刊誌のライターも、説得しておきます」

「よろしく」

3

「いよいよか」爽太郎は、店内を見回して言った。

七月二〇日のグランド・オープンまであと二日。菜摘と爽太郎は渋谷にいた。〈DEAN〉の新店舗の中を見て回っていた。店は予想以上に広い。一階と二階がショップ。三階が、オフィスと倉庫になっている。

ショップの準備は、ほとんどできている。すっきりとクールな店内に、〈Just Wear《ジャスト・ウエアー》〉の赤いタグをつけた商品が並んでいる。ユニフォームを着た店員たちが、最後の準備と接客のリハーサルをしている。

ショップの壁には、ポスターが掲示されている。B倍判のポスター。一枚は男性バージョン、もう一枚は女性バージョンだ。

男性バージョンは、海を見ているケンイチの上半身。ＣＦと同じ映像だ。そのポスターの右上、〈たかが服じゃないか。〉のフレーズが、品格のある明朝体でレイアウトされている。

ポスターの下には、〈ＤＥＡＮ〉の青いロゴ。その上に〈Just Wear〉の赤いタグが置かれている。ティナの女性バージョンも同じだった。ＣＦのイメージを、そのままポスターにしている。

この二枚のポスターは、街の中にも七月初めから貼られている。

4

菜摘と爽太郎は、三階に上がった。

オフィスには、店内のカメラにつながっているモニター画面が用意され、すでに画像が映っている。七、八人のスタッフが忙しそうに動いている。その中心に、ＣＥＯの吉沢がいた。

爽太郎は、窓ぎわに行ってみた。通りの向こう。〈ＢＡＤ　ＢＯＹ〉の店舗がある。店舗の壁に、巨大な看板《ビルボード》がある。〈Ｘ・ＦＩＬＥ〉の連中が写っているビルボード。その下には、〈7月20日、来店!〉の文字が見える。

「まあ、がんばってくれ」爽太郎は、小声でつぶやいた。

5

七月二〇日。決戦のはじまる日。

朝の八時半。爽太郎は、鎌倉プリンスホテルに菜摘を迎えにいった。菜摘のマンション周辺には、まだ不審な若い男たちがうろついているという。菜摘は、鎌倉プリンスに泊り続けていた。爽太郎は、プリンスの駐車場にラングラーを駐めた。スマホで菜摘にかけた。

「駐車場に着いたぜ」

「ちょっと部屋まで来てくれる。テレビで現場の中継をやってるわ」

「了解」

6

画面に、渋谷の映像が流れていた。朝のテレビニュースらしい。女性レポーターが、マイクを持って話しはじめる。

「こちら、渋谷の道玄坂。〈ＢＡＤ　ＢＯＹ〉のお店の近くです。ごらんください。すごい人の列です」

そして、映像が流れる。〈BAD　BOY〉の店舗の近くらしい。若い連中が列をつくっている。何百人という人が列をなしている。

「午前一一時から、〈X・FILE〉の〈SHOW〉さん、〈MAC〉さんが一日店長をやる予定になっていますが、いま八時半なのに、このファンたちの数です！」レポーターが、まくしたてている。

38　二十年かけて告白した

1

爽太郎は、軽く苦笑い。

「こいつは、予想通りのことだ。さあ、行こう」

テレビを消した。

2

「それにしても、すごい人数ですね」と〈DEAN〉の若いスタッフ。三階の窓から外を眺めてつぶやいた。

昼の一二時半。通りの向こうにある〈BAD　BOY〉の周辺は、ごった返していた。

若い連中が、列をつくっている。その列も乱れはじめている。歩道の通行に障害がでるためか、警官が三、四人、人の整理にあたっていた。

「店内で、〈SHOW〉と〈MAC〉が握手会をやっているらしいです」とスタッフ。その様子も、テレビに流れたという。

3

「たまにはハンバーガーも悪くない」と爽太郎。スタッフが買ってきてくれたダブルバーガーをかじった。

午後一時過ぎ。〈BAD BOY〉の前は、まだごった返している。午後三時まで、店内での握手会は続くという。

窓の外を眺め、のんびりとハンバーガーをかじっている爽太郎。そのとなりに菜摘が立った。その表情は明るくない。モニター画面に映っている〈DEAN〉の店内に、客はまばらだ。となりに来たCEOの吉沢も、無表情だ。けれど、ハンバーガー片手の爽太郎は、

「気にするな」と言い、通りの向こうを指さした。

「確かに、若い連中が殺到してる。が、店を出てくるやつらをよく見てみろ」と言った。

菜摘と吉沢が身をのり出した。

「店を出てくるやつらの何人が、買い物をしたか……。出てくる連中の何人に一人が買い物をしたか、よく見てみろよ」

と爽太郎。菜摘が、さらに身をのり出す。店を出てくる連中で、〈BAD　BOY〉の袋を持っているのは少ない。七、八人に一人というところか……。

「あそこに押しかけてる連中の目的は〈X・FILE〉の二人だ。もちろん、そのついでに買い物をするのもいるだろう。が、せいぜい、あの程度のものだ」

と爽太郎。室内にあるモニター画面にふり向いた。店の出入口を映している画面。〈DEAN〉の店に入ろうとした客が、通りの向こうの騒ぎに気づき、そっちに歩きはじめる姿が映っている。いまも、若い女の二人連れが店に入ろうとして、立ち止まる。ふり向く。どうやら、〈BAD　BOY〉の前の人混みを見ている様子。やがて、モニター画面から消えた。

「だが、〈BAD　BOY〉の祭りは、きょう一日で終わる。勝負は、明日からだ」爽太郎は、落ち着いた声で言った。

4

三日後の朝。爽太郎は、由比ヶ浜を四〇分ほどランニングした。帰ってくると、スマホに菜摘からメールがきていた。画像が添付されている。

メールは〈画像を見て。スタッフが送ってくれたものよ〉となっている。爽太郎は、添付されている画像を開いた。〈DEAN〉の店舗、その出入口。客たちが列をつくっている画像だった。

爽太郎は、時計を見た。午前一〇時五分前。〈DEAN〉の開店は午前一〇時のはずだった。爽太郎は、菜摘のスマホにかけた。

「これから迎えに行く」

5

鎌倉プリンスで、菜摘を乗せる。渋谷に向かう。高速を走っている間に、菜摘のスマホに着信した。

「そうですか。わかりました。いま向かっています」

と菜摘。通話を切った。そして、

「吉沢CEOからよ。開店一時間で、入店制限をしてるらしいわ。店内がお客であふれてしまってるみたい」と言った。開店の翌日、翌々日、徐々《じょじょ》に客の数がふえているという情報はきいていた。そして、四日目、ついに爆発したらしい。

爽太郎は、ステアリングを握って微笑した。「ビンゴ」と、ひとこと。

6

「こりゃ、なかなか」

と爽太郎。モニターを眺めて言った。一二時半。〈DEAN〉の店内は、若い客であふれていた。店に入れない客たちは、歩道に列をつくっている。スタッフが列の整理をしているのが、モニター画面に映っている。

窓の外を見た。通りの向こう、〈BAD　BOY〉の店先に客の姿は少ない。ときおり、一人、二人と入っていく。「あっちの祭りは終わったな」と爽太郎。CEOの吉沢が、近づいてくる。無言で、爽太郎と握手をした。

7

一〇日が過ぎた。

〈DEAN〉には、あい変わらず客が押しかけていた。夏休みに入っているので、大学生、高校生を中心にした客たちで、あふれ返っていた。品切れが確実なので、アメリカの本社から大至急、航空便で商品が送られるという。

8

火曜日。夕方の五時半。

菜摘と爽太郎は、七里ヶ浜の駐車場にいた。鎌倉プリンスから歩いて五分の、海に面した駐車場で夕方の海を眺めていた。

この一〇日間、菜摘は渋谷の店舗で仕事をしていた。予想を大きくこえる売り上げなので、スタッフが不足しはじめたらしい。宣伝担当の菜摘も、列をつくっている客の整理、キャッシャー、在庫のチェックなどを手伝っていたという。

さすがに疲れているだろう。が、その表情は明るかった。

太陽は、江ノ島に沈みかけていた。穏やかな海に、サーファーの姿は少ない。広い駐車場にも、車はほとんど駐まっていない。風が涼しくなってきていた。

菜摘は、黄昏の水平線を、目を細めて見つめていた。

「勝ったのね……」と、つぶやいた。

「ああ、おれたちの完勝といえるだろう」

と爽太郎。菜摘と並んで、暮れようとしている海を眺めた。また一台、湘南ナンバーの車が駐車場から出ていく。ほぼ真横から射す夕陽だけが、がらんとした駐車場にあふれていた。

「いまのわたしたちはもう、宣伝担当者とCFディレクターじゃないわね」

「その通り」

と爽太郎。その肩に、菜摘の髪が触れた。

「やっと言える」

「やっと？」

「そう……二十年前のあの日に言いたかったひとことが、いまやっと言えるわ」

と菜摘。ひと呼吸……。小さな声で、

「爽ちゃんが好きよ」と言った。五秒、六秒、七秒、

「その答えは」と爽太郎。菜摘の頰に片手で触れる。そっとキスをした。短いキス……。

唇がはなれると、菜摘がほっと息を吐いた。その頰が少し赤い。

「すごく緊張してるんだけど、この先は？」

「そうだな。部屋に戻って、とりあえずダブルスの勝利に乾杯をする」と爽太郎。「そして、二十年がかりの恋の、その続きをやる。ゆっくりと……」

菜摘が、小さく、うなずいた。爽太郎は、その肩を抱き、ゆっくりと歩きはじめた。彼女の体温を感じる。かすかな海風が吹き、ココナツの香りが爽太郎の鼻先をよぎった。ハ

ワイで買ったコロンの香り……。

二人は、広い駐車場を歩いていく。その影が、アスファルトに長くのびている。頭上からは、カモメの鳴き声がきこえていた。体を寄せあい歩いていく爽太郎と菜摘に、もう言葉はいらなかった。頭上のカモメだけが、二人を見ていた。

あとがき

夏が、後ろ姿を見せ、去っていこうとしていた。

九月中旬の土曜日。昼過ぎ。

僕は、ペンを置いた。早朝から原稿を書いていたので、少し疲れたのだ。

一色海岸まで、ランニングすることにした。Tシャツ、ショートパンツ、N《ニュー》・バランスのシューズというスタイルで部屋を出た。

海岸町に、薄陽《うすび》が射していた。けれど、真夏の暑さは消え去り空気が軽くなっている。頬をなでる風もパウダーのように乾いている。

ゆっくりと走り、一色海岸に着いた。砂浜に出ると、さらにスピードを落とした。

砂浜に、もう海の家はない。もちろん海水浴客の姿もない。ほとんど人の姿が見えない砂浜。さざ波だけが打ち寄せていた。

砂浜をランニングしはじめて一〇〇メートルほど行くと、ボートが並んでいた。夏の営業を終えた貸しボートが一〇艘ほど、砂浜に伏せて置かれていた。

僕は、ふと視線をとめた。一人の少女に気づいていた。

少女は、中学生だろうか。薄いブルーのTシャツを着て、ジーンズをはいていた。ビーチサンダルを履いているところを見ると、地元の娘《こ》だろう。

彼女は、置かれているボートに腰かけていた。かたわらに、コンビニのものらしいビニール袋があった。

そして彼女はサンドイッチを食べていた。小さなペットボトルの飲み物を口にし、ゆっくりとサンドイッチを食べていた。一瞬、僕と目が合ったが、また視線を海に向けた。

その表情に、暗さのようなものはなかった。一人でいる時間を愉《たの》しんでいるようでもあった。

一色海岸の端まで行った僕は、Uターン。またゆっくりと砂浜を走りはじめた。ボートに腰かけている彼女に近づいていく。

ふと見れば、彼女は本を読んでいた。文庫本を広げ、活字を追っていた。七、八メートル離れて走り過ぎる僕の方は見なかった。

少しうつ向き本のページに視線を落としている、その整った横顔は静かだった。意思という言葉を、僕は思い起こしていた。彼女の頬にかかるストレートな髪が、海から吹く風に揺れていた。

流葉爽太郎は、どんな十代を過ごしたのか、どんな娘と出会ったのか……。それを描こうとしていた僕が、すぐに思い浮かべたのが、一色海岸で一瞬の通り雨のようにすれ違ったあの少女だった。

スマートフォンではなく、文庫本のページに視線を落としていた。その、一種美しさを感じさせる横顔……。

爽太郎が十代で出会い、ともに多感な日々を過ごすのにふさわしいのは、あの少女のような娘だろうと僕は決めた。

砂浜で少女と出会ってから約三ヵ月。一二月には小説のプロットをつくり上げ、一月からペンを走らせはじめた。

そして、読者に向けて送り出せたのが九月。あの少女とすれ違ってから、ちょうど一年後ということになる。

すでに読み終えた方には説明の必要がないだろうが、この流葉シリーズは新しいシーズンに突入した。

まず、爽太郎が中学時代をともに過ごした少女と、二十年後に再会するところから物語ははじまる。

そして、何より爽太郎の行動が、はっきりと違ってきている。安っぽいチンピラ、ヤクザとのアクションは出てこない。

では、爽太郎の魅力はどのように発揮されていくのか……。これから本文を読む方もいると思うので、そこは想像にまかせることにしようと思う。

新しいシーズンに入った流葉シリーズが、読者のあなたを思い切り楽しませれば、作者としては満足というものだ。

この作品を送り出すにあたっては、光文社文庫・園原行貴さんの手をわずらわせた。ここに記して感謝したいと思う。

そして、この本を手にしてくれたすべての読者の方に、ありがとう。また会えるときまで、少しだけグッドバイです。

夏が終わろうとしている葉山で　喜多嶋　隆

※このあとにある僕のファン・クラブ案内ですが、そのあとにお知らせがあります。

〈喜多嶋隆ファン・クラブ案内〉

〈芸能人でもないのに、ファン・クラブなんて〉とかなり照れながらも、熱心な方々の応援と後押しではじめたファン・クラブですが、はじめてみたら好評で、発足して19年以上をむかえることができました。

このクラブのおかげで、読者の方々と直接的なふれあいの機会もふえ、新刊の感想などがダイレクトにきけるようになったのは、僕にとって大きな収穫でした。

〈ファン・クラブが用意している基本的なもの〉

①会報……僕の手描き会報。カラーイラストや写真入りです。僕の近況、仕事の裏話。ショート・エッセイ。サイン入り新刊プレゼントなどの内容です。

②バースデー・カード……会員の方の誕生日には、僕が撮った写真を使ったバースデー・カードが、直筆サイン入りで届きます。

③ホームページ……会員専用のＨＰです。掲示板が中心ですが、僕の近況のスナップ写

真などもアップしています。ここで、お仲間を見つけた会員の方も多いようです。
④イベント……年に何回か、僕自身が参加する気楽な集まりを、主に湘南でやっています。
⑤新刊プレゼント……新刊が出るたびに、サイン入りでプレゼントしています。
⑥ブックフェア……もう手に入らなくなった過去の作品を、会員の方々にお届けしています。

★ほかにも、いろいろな企画をやっているのですが、くわしくは、事務局に問い合わせをしてください。

※問い合わせ先
FAX　046・876・0062
Eメール　coconuts@jeans.ocn.ne.jp

※お問い合わせの時には、お名前、ご住所をお忘れなく。当然ながら、いただいたお名

前、ご住所などは、ファン・クラブの案内、通知などの目的以外には使用いたしません。

★お知らせ

僕の作家キャリアも36年をこえ、この光文社文庫だけでも出版部数が累計200万部を突破することができました。そんなこともあり、この10年ほど、〈作家になりたい〉〈一生に一冊でも本を出したい〉という方からの相談がきたり、書いた原稿を送られてくることが増えました。

その数があまりに多いので、それぞれに対応できません。が、そのことが気にかかっていました。そんなとき、ある人から〈それなら、文章教室をやってみてもいいのでは〉と言われ、なるほどと思いました。少し考えましたが、ものを書きたい方々のためになるならと思い、FC会員でなくても、つまり誰でも参加できる〈もの書き講座〉をやってみる決心をしたので、お知らせします。

すでに講座ははじまりましたが、大手出版社から本が刊行されることが決まった受講生の方もいます。

喜多嶋隆の『もの書き講座』

（主宰）喜多嶋隆ファン・クラブ
（事務局）井上プランニング
（案内ホームページ）http://www007.upp.so-net.ne.jp/kitajima/〈喜多嶋隆のホームページ〉で検索できます
（Eメール）monoinfo@i-plan.bz
（FAX）０４２・３９９・３３７０
（電話）０９０・３０４９・０８６７（担当・井上）

※当然ながら、いただいたお名前、ご住所、メールアドレスなどは他の目的には使用いたしません。

★ファン・クラブの会員には、初回の受講が無料になる特典があります。

光文社文庫

文庫書下ろし
二十年《にじゆうねん》かけて君《きみ》と出《で》会《あ》った　CFギャング・シリーズ
著　者　喜《き》多《た》嶋《じま》隆《たかし》

2017年9月20日　初版1刷発行

発行者　鈴　木　広　和
印　刷　萩　原　印　刷
製　本　ナショナル製本

発行所　株式会社　光　文　社
〒112-8011　東京都文京区音羽1-16-6
電話（03）5395-8149　編　集　部
8116　書籍販売部
8125　業　務　部

ISBN978-4-334-77507-0　Printed in Japan

組版　萩原印刷